特攻隊振武寮

帰還兵は地獄を見た

大貫健一郎　渡辺 考

朝日文庫

本書は二〇〇九年七月、講談社より刊行された『特攻隊振武寮――証言・帰還兵は地獄を見た』を改題し、加筆・修正したものです。

序章　幽閉された軍神

死ぬことが運命ならば、生き残ることも運命ではなかろうか――。

あれはいまから六〇年以上も前のことです。

私、大貫健一郎《おおぬきけんいちろう》は昭和二〇年四月五日、鹿児島県の知覧《ちらん》飛行場から特攻機で沖縄の海に向かって飛び立ちましたが、待ちかまえていた米軍のグラマン戦闘機に迎撃され、命からがら徳之島《とくのしま》に不時着しました。その後、喜界島《きかいじま》に渡ってどうにか食いつなぎ、五〇日後に陸軍の重爆撃機に乗せられて福岡へと戻ってきたのです。そこで代わりの特攻機が渡され、再び沖縄に向かって突入するものと覚悟を決めていたのですが……実際には特攻機を渡されるどころか、特攻の帰還者は収容所に軟禁されてしまいました。

福岡に到着した翌日、我々生き残った二八名の特攻隊員は、第六航空軍司令部に隣接する私立福岡女学校の寄宿舎に連れていかれました。寄宿舎の周囲には鉄条網が張り巡らされ、銃を持った衛兵が入り口に立っていて、ものものしい雰囲気です。

「振武寮《しんぶりよう》」――。

真新しい看板に黒のペンキで、そう書かれていました。

それから、一六日間の幽閉生活が始まったのです。

「貴様ら、逃げ帰ってくるのは修養が足りないからだ」

「軍人のクズがよく飯《めし》を食えるな。おまえたち、命が惜しくて帰ってきたんだろう。そんなに死ぬのが嫌か」

「卑怯者《ひきょうもの》。死んだ連中に申し訳ないと思わないか」

「おまえら人間のクズだ。軍人のクズ以上に人間のクズだ」

こんな屈辱的な言葉を、酒臭い息をプンプンさせた参謀から連日投げかけられるのです。「不忠者!」と怒鳴られながら竹刀《しない》でめった打ちにされる、なんていうことも日常茶飯事でした。こんな侮辱って、ありますか。

我々特攻帰還者は、生きていてはならない存在なのだ――。

幽閉生活を過ごすなかで、私はそう確信しました。華々しく戦死したはずの特攻隊員が生き残っていては、軍上層部としては困るのです。

出撃前には「軍神」と呼ばれ、生き神様として扱われた我々特攻隊員でしたが、生き残るや一転、国賊扱いとなったのでした。

*

八八歳の大貫健一郎さんは、一九四五（昭和二〇）年三月末に始まった沖縄航空特攻作戦に参加した元陸軍少尉である。米艦隊攻撃の第一陣として鹿児島県薩摩《さつま》半島の南にある知覧飛行場を発進したものの、米軍機に発見され、攻撃を受けて徳之島に不時着。九死に一生を得て生還した。

私と大貫さんをひきあわせたのは、あるルートから入手した陸軍特攻隊員の編成表である。

表に掲載された特攻隊員の名前には、黒丸がついたものとそうでないものがあった。黒丸は、特攻で死んでいった隊員たち。一方、黒丸のない隊員は、知覧などの特攻基地から沖縄に向けて出撃したものの、不慮の事故やエンジントラブルなどによって、敵艦に突入せず生還した者たちだった。

生き延びた特攻隊員の多くは、名前の下に「在福岡」と書かれていた。

当時、特攻隊員たちは出撃すると、死んで「軍神」になるとされていた。「軍神」が生きていてはおかしい。陸軍司令部は生還した特攻隊員の扱いに苦慮し、福岡にあった第六航空軍司令部に呼び集め、密かに司令部横に造った施設に収容し、一般人や他の特攻隊員に知られないように隔離した。そこは「振武寮」と呼ばれ、外出や外部との連絡は禁じられ、再び特攻隊員として出撃するための厳しい精神教育が施されたという。

およそ八〇名ほどの特攻隊員が収容されていたといわれるが、実際に幽閉されていた数名が存命だとわかった。そのひとりが、大貫健一郎さんだった。

大貫さんは一九四二（昭和一七）年九月、大学を繰り上げで卒業し、歩兵部隊に一年間所属したあとに「特別操縦見習士官」を志願して航空隊に入隊、戦況の悪化によって編成された特攻隊員に選ばれた「学徒」出身操縦士だった。特攻隊に参加した人たちには大貫さん同様、学究の道から駆り出された若者が多数含まれている。航空特攻の犠牲者は陸海あわせて三〇〇〇人から四〇〇〇人といわれるが、その大半が学徒出身者と年《と》端《し》もいかぬ予科練出身者および少年飛行兵出身者だった。

特攻隊員になった当初の大貫さんには、お国のために捨て身の体当たり作戦で、米軍の艦隊を一艦でも沈めようという気持ちが強かったという。一九四五年二月、大貫さんは本土防衛のための特攻隊員として東京の成増《なります》飛行場に「と号第二二飛行隊」の一員として配置された。

別称「黒マフラー隊」。他の特攻隊員たちがおしなべて白いマフラーを首に巻くなか、隊長をはじめとして全員が、黒いマフラーを巻いていたのだ。四月一日、「黒マフラー隊」は鹿児島県知覧に集められ、沖縄本島に蝟集《いしゅう》した米艦隊を攻撃する「沖縄航空特攻作戦」に組み込まれた。

大貫さんには当時陸軍で最も活躍していた一式戦闘機「隼《はやぶさ》」が与えられたが、エンジンの調子は万全ではなかった。さらに、命がけの長距離飛行だというのに、上官からの指示らしい指示や敵に関する情報はほとんどないまま、「ただひたすら飛んで、敵艦が見えたら突っこめ」とだけ言い渡された。

大貫さんはその命令を果たせず、一命をとりとめることになった。しかし大貫さんとともに特攻隊員として訓練を受けた「黒マフラー隊」のメンバーの多くは、米軍機に迎撃されるか、絶え間ない艦砲射撃に阻まれ思いを果たすことも叶《かな》わず沖縄の海に散っていった。

教師、作曲家、農業指導者……。大貫さんの周囲にいた仲間たちはそれぞれの希望を抱いて学業に励んでいた。夢を断ち切られた彼らは、何を思いながら死んでいったのか。なぜ理不尽な作戦に参加しなくてはならなかったのか。大貫さんは戦後六〇年間、慰霊を続けながら、そのことばかり考えてきたという。

大貫さんと初めて会ったのは、二〇〇六年夏のことである。大貫さんの体調はけっして良好ではなかったが、強い決意のもと、体験をつぶさに話してくれることになった。私は福岡での取材を皮切りに、東京、神奈川、三重、鹿児島と日本各地を大貫さんとともに訪ね、インタビューを重ねた。

死ぬことを目的として背負わされた過酷な経験は、色あせることなく記憶に刻みこまれていた。死んだ仲間たちの無念への思い、生き残ったゆえの苦悩、特攻作戦への疑問の数々――それらの思いを語り尽くしたインタビューは、二本のテレビドキュメンタリー、ETV特集『許されなかった帰還～福岡・陸軍振武寮～』(二〇〇六年一〇月)、NHKスペシャル『学徒兵　許されざる帰還～陸軍特攻隊の悲劇～』(二〇〇七年一〇月)として結実した。

ふたつの番組を通じて語られた大貫さんの言葉を編んだのがこの本である。抗《あらが》いがたい運命から逃れようと苦悩し、生きながらにして地獄を見た、ひとりの生き残り特攻隊員の心の記録である。

NHKディレクター　渡辺　考

特攻隊振武寮 ● 目次

序章　幽閉された軍神……3
第一章　「特殊任務を熱望する」……19
特別操縦見習士官……21
大刀洗から北支、そして明野へ……25
少数精鋭の訓練所……37
敵を殲滅する新任務……39
フィリピンに散った仲間たち……44
〈解説〉
太平洋戦争と特攻作戦……50
陸軍は大陸、海軍は太平洋／絶対国防圏の危機／マリアナの七面鳥撃ち／跳飛爆撃／台湾沖航空戦／神風特別攻撃隊

／「万朶隊」と「富嶽隊」／学徒パイロットたちの「大戦果」／フィリピン戦線からの敗退

第二章　第二二振武隊……93
黒マフラーの飛行隊……95
任務は本土防衛……104
初めて気づいた特攻の困難……106
知覧へ……111
〈解説〉沖縄戦前夜……118
驚愕の「ウルトラ文書」／張り巡らされたレーダー網／駆逐艦ラッフェイ号／六〇冊の「菅原軍司令官日記」／「天号作戦」と「決号作戦」／沖縄戦準備の混乱／焦燥の菅原中将

第三章　知覧……155
菅原中将との再会……157
エンジントラブル……163
仲間たちの出撃……166
夢か現実か……172
「困難を排し突入するのみ」……178
〈解説〉陸海軍の不協和音……185
アメリカ軍の沖縄上陸／海軍主導の特攻作戦
第四章　友は死に、自らは生き残った……193
再出撃……195

グラマン機との遭遇……198
徳之島での再会……203
喜界島の困窮生活……210
内地への生還……217
〈解説〉陸軍第六航空軍司令官の絶望……222
菅原中将の嘆き／義烈空挺隊

第五章　振武寮……229
「死んだ仲間に恥ずかしくないのか」……231
台中に届いた戦死公報……237
倉澤参謀への反発……241
本土決戦の特攻要員……246

〈解説〉軍神たちの運命……252
靖部隊編成表／倉澤参謀最後の証言／語られた「振武寮」の実態／沖縄決戦から本土防衛へ

第六章　敗戦、そして慰霊の旅……267

菰野陸軍飛行基地……269
八月一五日……271
新橋マーケットの「用心棒」……276
母の死から始まった私の戦後……280
「特操一期生会名簿」……285
仲間たちの墓参……289
なぜ俺だけが……303

〈解説〉
上官たちの戦後……308
「父は自決すべきでした」／いつも拳銃を携行していた倉澤参謀

終章　知覧再訪……323

あとがきにかえて……335
文庫版あとがき……340
主要参考文献……346
謝　辞……350
解説　鴻上尚史……352

聞き書き・渡辺　考
地図・ワーズアウト

特攻隊振武寮

帰還兵は地獄を見た

本書に登場する
九州・沖縄の飛行場
N
0
100km
…陸軍飛行場
…海軍飛行場
山口県
山口
芦屋
雁ノ巣
福岡県
福岡
蓆田（現・福岡空港）
大刀洗
目達原
佐賀県
佐賀
大分県
大分
愛媛県
菊池
健軍
隈之庄
熊本
熊本県
長崎県
長崎
福江島
宮崎県
新田原
宮崎
鹿児島県
鹿児島
桜島
都城東
都城西
万世
知覧
上別府
開聞岳
鹿屋
種子島
屋久島
中之島
東シナ海
太平洋
喜界島（現・喜界空港）
奄美大島
喜界島
浅間
徳之島
沖永良部島
伊江島
沖縄県
沖縄島
沖縄北
那覇
慶良間諸島
沖縄中
（現・米軍嘉手納飛行場）
福岡
鹿児島
屋久島
奄美大島
東シナ海
南
西
諸
島
沖縄島
那覇
太平洋
台北
宮古島
台湾
西表島
石垣島
0
200km

第一章

「特殊任務を熱望する」

1944年10月。三重県・明野教導飛行師団にて。
ラッキーセブン隊の一員で、陸軍初の特攻隊「丹心隊」の一員に選ばれた佐々田眞三郎少尉（左）と談笑する大貫少尉。

特別操縦見習士官

私、大貫健一郎《おおぬきけんいちろう》の生い立ちからお話しすることにしましょう。生まれは北九州の小倉《こくら》なのですが、親父が台湾総督府に勤めていた関係で、三歳のころから台湾で育ちました。

本土に帰ってきたのは、中国語を勉強するために拓殖《たくしょく》大学に入学することが決まったからです。中国語以外の学業にはあまり熱心ではなく、応援団に入り、紋付、袴《はかま》に高下駄《たかげた》を履《は》いて、柔道、相撲、空手などいろんな部活動の応援をし、最後には副団長になったバンカラ学生でした。若さゆえでしょう、学校から近かった大塚の街に繰り出しては酒を飲み、将来の夢みたいなことを語りあっていた。卒業後は中国と日本を結ぶ貿易商のような仕事をしてみたいと思っていたのですが、そんな折に太平洋戦争が勃発《ぼっぱつ》し、激化していったのです。大学にも戦時色が漂いはじめ、軍事教練の全員参加が義務づけられるようになりましたが、私は何かと理由をつけてサボっていました。

私のもとに一通の赤紙が舞い込んだのは、昭和一七年の六月のこと。一〇月一日入隊を命ず——そんなことが書かれていました。本来なら翌年の三月まで、学生生活を送れるはずだったのが、半年繰り上げて九月末に大学を卒業することになりました。そのときの気持ちは、お国のために戦うという喜びより、戦争に行くのは義務だというある種の諦観《ていかん》が支配していたと思います。

もともと小倉出身なので、本籍地の小倉の歩兵第一四連隊に入れられました。日清、日露戦争を経験し、かつて乃木希典《のぎまれすけ》大将も連隊長をしていた古豪連隊なのですが、そんな由緒などどうでもいいくらい、とにかく厳しい体験でした。

軽機関銃班に編入され、鉄兜《てつかぶと》、背嚢《はいのう》、雑嚢《ざつのう》、弾薬、水筒、銃剣をつけた「完全装備」の訓練が、来る日も来る日も続きました。これらの装備だけでも一〇キロを超えましたが、さらに一〇キロの九九式軽機関銃を肩にかけて行軍するのです。小倉から大分県の中津まで片道五〇キロの道のりを延々と歩かされたこともありました。

軍隊の日常生活は、およそ四〇名単位の内務班と呼ばれる組織で営まれました。北九州という土地柄のせいか、半分以上の兵士が筑豊《ちくほう》出身の炭鉱夫とか若松の沖仲仕《おきなかし》とかで、川筋気質《かわすじきしつ》の向こう気の強い人たちが集まっており、この内務班で我々学徒兵は徹底的にいびられたものです。

そんな折に幹部候補生の試験があり、喜んで受験しました。甲種合格だと将校候補生として隊を抜けることができるのですが、私は乙種合格でした。乙種の幹候は下士官のせいぜい軍曹《ぐんそう》止まりです。中隊長に甲種合格でなかった理由を尋ねると、「おまえは大学生のころ、軍事教練にほとんど出ておらん。後日考課に影響があると配属将校から注意があったはずだ。乙種に合格しただけでもありがたく思え」と言われました。まさに「後の祭り」です。久留米の予備士官学校にいそいそと出ていく甲種幹候組を、羨望《せんぼう》の思いで見送りました。

そういう経験があったので、わずか一年ちょっとで将校になれるという夢のような制度があると知ったとき、私はすぐに飛びつきました。それが特別操縦見習士官制度、通称「特操」だったのです。

昭和一八年六月、部隊に特操の申込書が送られてきました。我々乙種幹部候補生全員が呼ばれ、「こういう制度が始まる。これからは空の決戦の時代だから、おまえたちも誰かかならず志願しろ」と言われました。大学や専門学校などの高等教育を受けた者たちに限った募集で、一年半の訓練で戦闘機などのパイロットになれるというふれこみでした。これはよいと、うちの隊の大学出の連中は喜び勇んで全員志願し、よおし、飛行機乗りになるぞと、意気軒昂《けんこう》でした。

戦闘機は格好いいという印象があったし、訓練の段階で将校になれるのも魅力でした。誰だってなりたかったと思います。当時すでにガダルカナルの悲惨な戦いなどは伝え聞いていましたから、歩兵としてボロボロになって餓死するより、華々しく敵機と空中戦をすることを夢想しました。

九州地区の各部隊からの特操の応募者はおよそ三六〇名。宮崎、大分からは日豊《にっぽう》本線、鹿児島、熊本からは鹿児島本線、長崎、佐賀からは長崎本線に乗って、沖縄以外のすべての県から学徒兵たちが博多《はかた》駅に集まりました。彼らとともに、貸し切りの夜行列車に乗って東京に向かい、軍人会館、現在の九段会館で受験したのです。

一万三〇〇〇名の学徒たちが全国から集まっていました。筆記試験はありきたりで、軍人の心掛けなどを記述すればよかったのですが、その後の適性検査が厳しかった。

現在のパイロットの試験にも似ており、まず視力検査の結果が重要視されました。近眼は論外で、遠視に近いくらいがちょうどよく、二〇〇メートル以上遠くの建物の形状を問われました。これでだいたい視力一・〇以下の者がふるい落とされます。機上では気圧が下がり酸素が少なくなりますので、肺活量が小さい者も落とされた。

平衡《へいこう》感覚も求められ、目をつぶって何秒立てるか試されました。妙な検査もありました。いろいろな方向に回転する特殊な椅子《いす》にくくりつけられて、ぐるぐると回されたのです。でんぐり返し、逆さでんぐり返し、さらには横にも倒されたりして、もみくちゃになりました。私は一度目は降ろされた途端に戻してしまったのですが、その検査を二度くり返しました。二度目も吐いたら不合格だったそうです。

定員は当初、一二〇〇名と聞かされていましたが、急遽《きゅうきょ》、倍以上の二五〇〇名を採ることになったようです。受かったときはうれしかったね。地獄の小倉部隊に帰らないですむと思うと、やれやれと安堵《あんど》しました。

小倉からいっしょに来て受かったのは七名だけで、不合格になり原隊に戻ることになった連中はがっくりしていました。それにしても運命の過酷さを感じることがあります。このとき小倉に帰っていった連中は、その後「死んでも帰れぬ」といわれた西部ニューギニアに送り込まれました。小倉の歩兵第一四連隊から派遣された二一〇〇名のうち、生還者は三八〇名にすぎず、ほぼ全滅の状態だったのです。かといって戦闘で死んだわけではなく、一発の弾すら撃たず、マラリア、デング熱、栄養失調によって命を失った将兵がほとんどでした。

ほんとうに何が運命かわかりません。私がもし、特操の試験に不合格だったら、ニューギニアで死んでいたでしょう。かといって、特操になっても結局特攻隊員に選ばれたのですから、どっちに転んでも私には死という運命だけが待ち受けていたことになります。

大刀洗から北支、そして明野へ

特操の一期生は全国に四つある飛行学校のいずれかに所属することになりました。昭和一八年一〇月一日、私が入隊したのは福岡の大刀洗《たちあらい》陸軍飛行学校本校です。大学や高専などから直接入隊した者、我々のような軍隊経験者など、二四〇名の同期生は四つの区隊に分けられたのですが、私は教育隊第三区隊所属となりました。

大刀洗の飛行場は当時、「東洋一の飛行場」と呼ばれるほど広大かつ設備が整っており、ここで六ヵ月間の基礎訓練を行ったのです。分校も佐賀の目達原《めたばる》、熊本の隈之庄《くまのしょう》、やがて特攻基地となる鹿児島の知覧《ちらん》、朝鮮の群山《クンサン》、大邱《テグ》の五ヵ所にありました。

地上に停止した練習機に搭乗するところから操縦訓練は始まるのですが、操縦方法の複雑さに少し戸惑いました。右手は操縦桿《そうじゅうかん》、左手はスロットルレバーを握りながら、左右の足先でフットバーと呼ばれる方向舵《ほうこうだ》に直結するペダルを踏みます。同時に正面の計器盤にある多くの指針に注意を払い、耳は有線通信を正確に捉えねばならず、両手両足どころかあらゆる器官を総動員して操縦するのです。こうした実地教育は助教と呼ばれるまだ若い下士官が担当していました。

一週間ほどの仮想訓練が終わると、いよいよ飛行訓練です。区隊ごとに分かれ、我々第三区隊の六六名には通称「赤とんぼ」と呼ばれていた複葉の飛行機、九五式一型練習機一五機が貸与されました。各人が一日一回、約二〇分間の空中訓練を受けることになったのです。

最初は助教の後ろの席に乗って、その手さばきを見ているだけでしたが、だいたい動きがわかってくると、今度は自分で実際に操縦することになります。剣道でいう見取り稽古《げいこ》といっしょで、自分が乗らないときは仲間の飛行を見て学びます。だから訓練は一日およそ四時間ほどでした。下にいる助教が上を飛んでいる仲間の赤とんぼの動きを見て「こういう舵《かじ》の操作をしたからああなった」などと逐一《ちくいち》解説してくれるのです。三〇時間でだいたいソロ（単独飛行）になるのですが、四〇時間でソロに出られなかったら、操縦不適者として通信や整備などの地上勤務にまわされる。だから、みな必死になってやりました。

私も一通りの操作ができるようになって、ひとりで飛ぶようになりました。まずは離着陸をくり返しやらされましたが、プロペラ飛行機には癖があるものなんです。プロペラを回すと尻《しり》の部分が横に振れるので、それを方向舵で修正してまっすぐにしないと離陸できません。

うまく飛び立てると、つぎは「場周飛行」です。飛行場のまわりをゆっくりと一周旋《せん》回《かい》します。右旋回左旋回も感覚的に覚えていかないといけない。空中ではだいたい夏は南東風、冬は西風が吹いていて、それは「恒風《こうふう》」と呼ばれていました。着陸時にはその風を計算しながら方角を定めて滑走路に進入し、まず主車輪を接地させ、減速してきたところで尾輪を接地させます。これがなかなか難しかった。そういう経験を積み重ねていったのです。

赤とんぼはエンジンに馬力がなく、最高速度で二二〇キロくらいです。実用上昇限度は五八〇〇メートルとなっていましたが、飛行演習はだいたい高度二〇〇〇～三〇〇〇メートルで行われました。航法も陸軍と海軍では違います。陸軍の場合、地文《ちもん》航法といって、地形や目標物を頼りにして飛行するため、計器類に頼ることがあまりありません。一方、海軍さんは目標物のない海上を延々と飛んでいくため、計器航法が主になります。だから私も基本的なことは別として、詳しい計器の見方なんてこのときは教わりませんでした。滑走路から上昇すると筑後川《ちくごがわ》の流れる筑後平野や阿蘇山《あそさん》の威容が見渡せ、有明海がキラキラと輝き、それはきれいでした。独力で飛行しながら九州の壮大な景色を見ていると、時には訓練だということを忘れ、うれしくて歌のひとつも歌いたくなったものです。

単独飛行がこなせるようになると、特殊飛行の訓練に移ります。宙返り、反転、横転、錐揉《きりも》み飛行などをやりましたが、難しかったのが編隊訓練でした。おたがいの間隔を一定に保つのに技術を要するのです。飛行機の背後には「後流《こうりゅう》」という気流ができるのですが、その後流が後続機の邪魔にならないように調整するなど、かなりのテクニックが身につきました。

大刀洗では飛行訓練だけではなく、会計など一般教科の授業もあり、そんなときには我々学徒兵が役に立ちます。教官たちがなかなかうまく教えられないとき、こちらにはその道の専門家がいたりするからです。エンジンの仕組みについての授業のとき、航空士官学校出身の教官がおかしな説明をしはじめたことがありました。ちょうど同期生のなかに神戸高等工業学校発動機専科出身の馬場駿吉《しゅんきち》という男がいて、急遽代理で教えることになったのですが、彼がまた教えるのが上手で、教官も感心して聞いていました。

なんといっても特操がよいのは、みな同じ学生出身者ばかりで、歩兵部隊のようにいばりくさる古兵がいなかったことです。貴様と俺の関係の学生寮に入ったような雰囲気でしたし、入隊と同時に見習士官だから、曹長の襟章をつけていました。飯《めし》は三食とも食堂でとることができ、先輩兵の洗濯をやらされることもなく、小倉の連隊の内務班が嘘《うそ》のように感じられました。

基礎訓練が終了すると、戦闘、偵察、爆撃の三部門に分けられ、それぞれの錬成飛行隊の所属になるのですが、私は希望していた戦闘の部門に進みました。

昭和一九年四月、私は一二〇人の訓練生の一員として、河北省にあった石家荘《せっかそう》の第二八教育飛行隊に所属することになりました。何せ学徒上がりの二五〇〇名を超す新しいパイロットが一挙に誕生するのですから、もはや内地には訓練のための飛行場が足りず、そのため陸軍は旧満州や中国やフィリピンなどに大きな飛行訓練所を新設したのです。陸軍は対ソ戦を意識していましたから、なるべく現場に近い大陸の飛行場で演習をしようという意図があったのかもしれません。

石家荘は辺鄙《へんぴ》なところで、あまり知られていませんでしたが、「農薬入り冷凍餃子《ギョウザ》」で話題になった工場がある場所ですね。大刀洗を出発し、門司《もじ》から船で釜山《プサン》に渡り、そこから延々と六泊七日の鉄道の旅が続きましたが、車中には将校たちの行李《こうり》がぎっしりで、身動きひとつとれず、ほとほと参ったのを覚えています。

戦闘機専修の訓練飛行場は、街の中心部から六キロほど郊外にありました。我々は六〇名ずつの区隊に分けられ、灼熱《しゃくねつ》の砂嵐に襲われたりしながら、約四ヵ月間、戦闘機の訓練をしたのです。それまで陸軍航空隊の主力は少年飛行兵で、彼らは、二年間みっちり基礎訓練を行ったのちに飛行機に乗ることができたのですが、我々特別操縦見習士官は、一年半で操縦士に育て上げられることになっていたので、基礎訓練もそこそこに操縦桿を握っていました。それだけに、着陸時に機体がでんぐり返しをしてしまうとか、墜落して燃えて黒焦《くろこ》げになるなどの事故も日常茶飯事でした。

練習機は九七式戦闘機、または二式高等練習機です。九七式は昭和一四年のノモンハン事件から太平洋戦争の初期まで第一線で使われていた旧式のもの。旋回性能はよいのですが、速度が遅く故障しがちで、こんな古びた九七式がやがて特攻機に使われるようになるとは、このときには夢にも思っていませんでした。二式高等練習機は九七式戦闘機を練習用に改造したもので、性能としては九七式とほぼ同じです。

私は第一区隊の所属になり、大刀洗と同じような訓練をくり返すことになりました。大刀洗で使っていた二枚翼の赤とんぼから一枚翼の練習機になったので、最初は慣れるのが大変でした。二枚翼は浮力があって安定感に優れていたのですが、翼が一枚になるとそれだけ不安定になるので、浮力をつけるためにもスピードを出すことが必要だったのです。

九七式は第一線を退いていたとはいえ、赤とんぼと違って格段にスピードが出ました。時速四〇〇キロは出る。高度も、五〇〇〇〜六〇〇〇メートルまで上がれるようになりました。ちょっと慣れてくると編隊を組んだり、二機対二機、四機対四機など空中戦の練習をしましたが、四対四になるとぶつかりはしないかと怖くて怖くて、もう無我夢中でした。

編隊飛行を見ると、その隊の練度がはっきりとわかります。下からだと同じ高さで飛んでいるように見えますが、「一機高一機幅」といって、それぞれの飛行機がちょうど一機分の高さと幅をあけて飛んでいるわけです。それ以上でもそれ以下でもいけないのですが、これがなかなかうまくいかない。練習中に衝突事故が起こると大変で、機体は木《こ》っ端微塵《ぱみじん》に砕け散ってしまいました。

仲間の死体処理は嫌だった。我々訓練生が肉とか骨とか集めて、それを焼かないといけなかったのです。事故が起きるとその日の訓練は中止になり、一個区隊六〇名全員で遺体の捜索をすることになります。訓練生全員がバケツを持って車に分乗し現場に向かうのですが、遠いところでは三時間くらいかかったこともあった。遺骸《いがい》は広い範囲に飛び散って人間の形を留めておらず、頭蓋骨《ずがいこつ》から脳みそが飛び出していたり、内臓も滅茶苦茶になったりしていた。それにしても人間の腸というのは強いものです。たいてい切

河北省石家荘にて。前から4列目右から6人目が大貫見習士官。
ここに並ぶ第28教育飛行隊隊員の、およそ7割が戦没した。

れずにそのままの形で残っていましたから。

革の手袋を使って遺骸を拾っていたら、上官に怒られたことがあります。

「その手袋は操縦桿を握るための手袋である。さっきまでいっしょに訓練していた戦友の死体を手づかみするのがそんなに嫌か」

そう言われてぶん殴られ、それ以来、素手で拾うようになりました。ちょうど夏だったからでしょう、すでに遺骸の腐敗が始まっていて、とにかく臭いのです。布で口と鼻を覆《おお》いながら拾うのですが、思わず吐いてしまったこともあります。

射撃訓練もやりました。助教の乗った飛行機の後端に長いロープが結ばれ、その先につけられた吹き流しを射撃するのですが、射距離、角度、速度、横から吹いてくる偏流、横滑りなどを瞬時に計算せねばならず、これがなかなか難しい。弾に色がつけてあり、誰の弾が当たったかがわかるのですが、命中したと思ってもなかなか吹き流しに当たらない。「滑っていく」と我々はいうのですが、飛行機は傾きやすく、滑らないように舵を扱わないといけません。飛行機が傾いた状態ではいくら撃っても当たらないのです。

短期間で一人前に育てようというのですから、訓練は時とともに厳しさを増し、学徒兵に対する風当たりも強くなっていきました。飛行技術はなかなか口で説明しづらく、教官も我々が上達しないと「精神力が足りない」と言って殴りつけるようになった。体で覚えろということでしょうが、射撃訓練で弾が一発も当たっていないと殴られるのです。「おまえたち学生は軍人として使い物にならん」とののしられ、屈辱的な扱いを受けました。

こちらもまだまだ駆け出しでしたし、エンジンの不調などのトラブルもあります。でもそんなことは関係なく、ちょっとでも事故をおこすと、「天皇陛下の飛行機を壊してなんだと思っている。いますぐここで腹を切れ」などと言われ足で蹴《け》られるのです。だけど、辞めるやつはひとりもいなかった。大空をかけめぐる爽快《そうかい》感は他の何物にも代えがたく、戦闘機を自由自在に操縦できるようになったときは、ああ男に生まれてよかったと思いました。

第一区隊では、大刀洗飛行学校の本校から来た加治木文男、戸沢吾郎、それに私、分教所の佐賀の目達原から来た佐伯修、朝鮮群山の中島三夫、藤喜八郎、大邱の佐々田眞三郎の七人の仲間ができました。彼らとはその後に所属になった内地の訓練所でもいっしょでした。

たまの休日、我々は街に繰り出して食事をしたのですが、酒が入ると盛り上がり、流行歌や母校の校歌などを歌いました。鹿児島出身の中島と加治木は朗々とおはら節を歌ったし、圧巻は天下一品の美声の持ち主、戸沢が歌ったズーズー弁の秋田音頭。彼は秋田師範の出身で、いずれは中学の校長になりたいという夢を持っていました。

羽目をはずしすぎて、いざ勘定の段になったとき持ちあわせが足りなくなったこともあった。店主がタバコを置いていけばいいというので、みなでかき集めました。当時中国ではタバコは貴重品で、我々が酒保《しゅほ》（基地内に設けられていた売店）で購買する三〇倍の値段で流通していたのです。そこで酒保に行くたびにタバコをしこたま買い込み、それを飲み代《のしろ》にして料理屋に行くのが、我々の習わしになりました。タバコの換金がばれたら営倉《えいそう》行きもしくは降格だったでしょうが、悪運に恵まれました。

石家荘の訓練生は技量上位者から順に、最終的な実用機訓練のため三重県の明野《あけの》教導飛行師団に行くことになりました。選抜されないとそのまま中国の各飛行部隊に残されてしまいます。射撃の成績が重視されたので、弾を一発でも多く吹き流しに命中させようとがんばりました。やっぱりみんな日本に帰りたかったわけですが、明野に行った同期生の多くには、特攻隊員になるという運命が待っていたのです。

結局、第一区隊六〇人の中から一〇人の訓練生が明野に呼ばれましたが、そこには我々七人の仲間全員が含まれていたのです。藤が快哉《かいさい》を叫び、「ラッキー、ラッキー、俺たち七人だから、ラッキーセブン隊と命名しよう」ということになりました。

三つの決まりを作ったのです。

一、絶対に生き抜くことを旨《むね》とすべし。

二、喜怒哀楽は惜しみなく分かつべし。

三、悔悟《かいご》なき日々を送るべし　以上頑《かたく》なに遵奉《じゅんぽう》すべし。

のちになって「アンラッキー」に暗転するとはこのときは思いもしません。私以外の六人は誰ひとりとして生き残ることはなかったのです。

少数精鋭の訓練所

昭和一九年八月七日、私は晴れて三重県の明野教導飛行師団に入隊しました。戦闘機乗りを希望していた私にとって、精鋭の戦闘機パイロットが集まる明野に招集されたのはとても名誉なことでした。明野の飛行場は戦闘機乗員養成の学校として、錬成飛行隊で中間練習機での訓練を修了した我々のような者に実用機の操縦訓練を行うとともに、中堅の航空兵科将校の専修課程教育、さらには調査研究をするなどの幅広い任務を持っていました。私が入隊したときは航空士官学校出身のパイロット、幹部候補生、転科学生など一五〇名あまりが戦闘機の訓練に明け暮れており、彼らは時間をかけて訓練されていたためすでに相当の腕を持っていました。

そこに全国の錬成教育隊から集められた特操一期生八〇名ほどが加わったのです。やがて同じ特攻隊に編成されることになる大上弘《おおうえひろむ》と立川美亀太《たちかわみきた》、井上立智《りっち》、島津等そして西長武志《にしながたけし》らがいました。それまでの九七式の古びた戦闘機から、一式戦闘機「隼《はやぶさ》」などの本格的な戦闘機に乗れるようになって、毎日の訓練は目新しく、楽しいものになっていきます。

ところが、少数精鋭のパイロット養成システムだった訓練所に我々のような大学卒の学徒兵が初めて送り込まれてきたわけですから、士官学校出身の職業軍人の卵たちにしてみれば面白くなかったのでしょう。「大学で自由主義にかぶれた連中に、軍人精神などと無理だろう。おまえたちに軍人精神を叩き込むのは容易なことではない」などと朝から晩まで言われ続けることになったのです。

入隊から一ヵ月後の九月初めに、我々特操は上官に呼びだされました。

「特操は明野分校の北伊勢《きたいせ》分教所に転属を命じる」

明野飛行場が手狭《てぜま》になり大量の操縦士の育成が不可能になったためとのことでしたが、実際は選りすぐりの正規軍人といっしょに学生上がりを訓練するのは難しいと、判断したのかもしれません。我々特操八〇名は明野からトラックで一時間ほどの、北伊勢飛行場で訓練することになりました。

そこで初めて乗ったのが三式戦闘機「飛燕《ひえん》」です。一式と違って操縦がきわめて難しかった。朝の集合時にはいた戦友が夕方戻ると見当たらないので、あいつはどうしたのかと聞くと、「訓練中に死亡した」なんていうことがよくありました。そのほとんどの原因が着陸時の操縦ミスにありました。飛燕はスピードが速かったため、着陸時のオーバーランや、脚が折れたりする事故が起きやすかったのです。北伊勢には二ヵ月間いたのですが、その間に六名の訓練生が殉職《じゅんしょく》しました。明野の本校で格納庫に祭壇をつくって合同慰霊祭を行うのですが、そんなときも我々学徒兵は役に立ちます。同期生のなかには仏教系の大学を卒業した著名な寺院の息子がいて、わざわざ坊主を呼んでこなくても事足りたのです。ふだんむっつりしていたやつが見事にお経をあげるんですから、我々学徒パイロットは不思議な集団です。

あまりにも頻繁に死者が出るから、だんだんと死に対して鈍感になっていきました。振り返ってみるとこのころから、特攻への第一歩を踏み出していたという気がします。一〇月一日に発令があり、我々特操一期生は少尉に任官されました。ついに憧《あこが》れの将校になったわけですが、特別な感情は湧《わ》きませんでした。

明野飛行場の思い出は複雑です。まずひとつは青春の思い出の場所だということ。仲間たちといろいろ語らって、騒いでね。でもそれと同時に、明野は我々の運命が決まった場所でもありました。

敵を殲滅する新任務

忘れもしない昭和一九年一〇月六日のことです。当時は北伊勢飛行場で訓練をしていたのですが、この日は我々の半数ほどが急遽、明野飛行場へ集合を命じられました。残りの三十数名は北伊勢で集合させられたようです。明野の格納庫には航空士官学校出身者を含む約二〇〇人の訓練生が集められ、整列し終わった我々の前に陸軍航空のトップ、菅原道大《すがわらみちおお》中将が現れました。

菅原中将は我々に向かって「国の存亡の時である。命を投げ出して国を守らなければならぬ」と訓示しました。私もその言葉に耳を澄まして神妙な気持ちになり、よし、戦闘機のパイロットとして立派に闘うぞと思ったものです。

しかし菅原中将は、単に発破《はっぱ》をかけるだけのために来たわけではありませんでした。

「そこで、おまえたちにはある任務についてもらいたい。特殊な任務だが、うまく果たすことができれば敵を殲滅《せんめつ》できる新任務だ」

菅原中将は力を込めて言いきりました。特殊任務にみなが率先して志願してくれることを期待する。国を守るのはおまえたちだと。訓示は三〇分も続いたと記憶しています。

菅原中将のただならぬ厳粛な態度に、格納庫の中には息詰まるような空気が充満していました。そして菅原中将は驚くべき言葉を続けたのです。

「ただし、特殊任務を遂行する以上、絶対に生還はできない」

あたりは静まりかえり、物音ひとつしませんでした。そんな緊張感のなかで全員に一枚の紙が配られたのです。週刊誌ぐらいの大きさの紙で、右端には特殊任務と大きく書かれ、紙の中央部分に文字が三列にわたって並んでいました。

「熱望する
　希望する
　希望せず」

　菅原中将の退席後、同行していた副官が言葉を継ぎます。

「この紙に官姓名を署名し、いずれかに丸をして、夕食までに提出せよ」

　猶予《ゆうよ》は一時間半しかありません。格納庫から宿舎に戻った我々は、学徒出身者だけで集まり話し合いを持ちました。いったい特殊任務とは何なのだろうか。学徒出身者の関心はそのことに集中していました。

　よっぽど難しい任務なのだろうという想像はつきましたが、どういうものかわからぬまま志願するわけにはいかないので、誰かが聞きに行こうということになりました。そこで代表を決め、菅原中将の副官を訪ねたわけです。

　そいつは真っ赤な顔で戻ってきました。

「おい、とんでもない特殊任務だぞ」

　我々の顔を見るや、一気に吐き出すように言います。

「爆弾を抱いたまま戦闘機ごと敵艦に体当たりするんだ。特殊任務とは、爆弾もろとも敵に突っこむ人間爆弾のことだぞ」

　みな一様に青ざめた。冗談じゃない、そんなことできるわけないじゃないか。俺たちは戦闘機乗りを志願したわけで、戦わないで突っこんでいくなんてとんでもない。

我々学徒出身者はみな一斉に、紙のいちばん左側の「希望せず」の上に鉛筆で丸を書きました。するとそのとき、ひとりが立ちあがったのです。

「俺もおまえたちと同じ考えだ。しかし、はたして希望せずで通るのか」

彼、道場《どうば》七郎はそう語りはじめます。

「菅原閣下自ら訓示に来ているのに、それを無下《むげ》にしてよいのか」

みな考え込みました。爆弾を抱いて突っこむなんて聞いたことがないし、そんなことを誰が考えたのか知らないけれど、そこまで戦局がせっぱ詰まっているなら考え直すべきじゃないのか、ということになりました。

このときの決断に大きな影響を与えたのは、我々が学徒だったということです。学徒《に》だからといって馬鹿にされてたまるかという意地のようなものが根本にありました。二束三文《そくさんもん》の消耗品だとか、軍人精神が入っていないとか毎日言われていたので、それに対する強い反発心が湧いてきたのです。

そして、すでに特操は二期三期四期と募集していることも聞いており、我々は先輩として毅然《きぜん》としたところを見せてやろうじゃないか、士官学校を出た現役将校も我々も国に対する思いは変わらないんだということをはっきり示してやろう、となったわけです。

道場の演説が効きました。みな黙って爆弾とともに死のうじゃないかという気持ちに、だんだんと傾いていったのです。道場は小樽《おたる》高等商業出身の熱血漢で、いい男だったけど、このわずか一ヵ月後、フィリピン特攻でレイテ湾に突入し、亡くなりました。

よしやろう、志願しよう。全員の意見が変わります。「希望せず」の上に書いた丸を消し、今度は「熱望する」の上に丸をつけたのです。

菅原中将はその提出書を見て、

「全員熱望か、そうだろうな」

そう言ったそうです。そう書いてくるだろうと待ちかまえていたようで、いま考えると腹が立ちます。もし「希望せず」に丸をつけて出したら、どうなったのかと思うこともあります。

それにしても飛行機もろとも敵艦に突っこむとは、想像もしないことでした。当然一〇〇パーセント生きて帰れないわけですが、書類を副官に提出して自分の部屋に戻ると急に自信がなくなり、そんなことがほんとうにできるのだろうか、という不安に襲われはじめたのです。だいたいからして洋上の船を沈めるのは海軍の仕事で、我々は海上の飛行訓練などしたこともありませんでした。

自分ひとりで悩んでいても答えが得られず、仲間に聞いてみるとこれまたどうしていいかわからないと言う。それはそうです、誰もこれまでにやったことがない戦法なんですから。でも考えてみれば成功するような気もするし、考えれば考えるほど難しい気もしてくる。当然、死に対する恐怖心も湧いてきましたが、いくらジタバタしたって軍隊にいる限り死ぬときは死ぬんだから潔《いさぎよ》く散っていこう、と自分に言い聞かせることにしたのです。

翌日から訓練の内容が根本的に変わりました。空中戦の訓練はなくなり、四五度の角度での急降下と編隊を組む訓練ばかりになったのです。一一月になると我々特操は北伊勢から静岡の天竜飛行場に移動し、そこで再び一式戦闘機「隼」が与えられました。そして、天竜飛行場での訓練中、つぎつぎと仲間たちがフィリピン特攻に編成されていったのです。

フィリピンに散った仲間たち

いま、天竜飛行場の跡地は広大な田園地帯となっていますが、かつてその飛行場で特操同期生のフィリピン出征を見送ったことがあります。

航空特攻が始まったのは、昭和一九年一〇月のこと。二〇日、米軍がフィリピン・レイテ島に上陸を開始し、その艦隊を叩くため海軍が史上初めて正式な作戦として航空機による特攻を行ったのです。そして海軍に遅れること二週間、陸軍もフィリピンで航空特攻を開始します。一一月に入ると、明野教導飛行師団ではフィリピン攻撃のための特攻隊が三隊編成され、特操の一期生のなかからも一八人が選抜されました。みな私といっしょに天竜飛行場で訓練していた仲間たちで、我々のなかでもとりわけ操縦が上手い優秀な連中でした。私と同室だった馬場駿吉少尉もそのひとりです。大刀洗飛行学校で、飛行機エンジンの構造について教官役をつとめた男でしたが、夜も眠れずに苦しんでいました。

フィリピンへの出発を目前に控えた夜、ふたりきりの部屋で馬場は私に心中を吐露しました。

「いざ死と直面したときどう対処すればいいのか、もう考える時間がない。同期の先陣を承る俺は必ず立派に任務を果たすことを誓う。男の最後のやせ我慢と笑ってくれ。戦闘機が爆弾を抱えて敵艦に体当たりしなければならない戦局には不安を持つが、俺たちには命令の遂行あるのみだよ。隊の編成以来、体内を風が音を立てて吹き抜けていく夢をよく見る。早く朝が来ないかと眠れぬ夜が辛い。早く任地に行って安楽になりたい。万一、貴様が生き残るようなことがあったら、この事実を、きっと後世に伝えてくれ」

馬場は特攻という戦術がいかに無謀であるかを言いたかったんだと思います。その後自分が特攻隊に編成されて、馬場の言葉の意味が痛いほどよくわかりました。死ぬことによってのみ責務が果たされる作戦であることを予告され、悩み苦しむ時間を十分に与えられつつ死を迎えるという特攻の体験は、人間の精神力の耐えうる限界を超えています。

仲間うちで最初の特攻隊員ということもあって、飛行場での別れは盛大なものでした。万歳を叫ぶ者、手を握りあい別れを惜しむ者、涙を浮かべている者……。送られる者、送る者の双方が複雑な気持ちを抱えていました。

馬場はレイテの海で還らぬ者となりました。そして彼らを見送ったあと、私は急に恐ろしくなりました。自分の番はいつなのか、我々は常に特攻の影におびえながら生きていくことになったのです。

実際特攻隊に編成されるのか、されないのか。されるのならそれはいつなのか……。宿舎に毎朝やってくる週番下士官のことを、いつの日からか我々は「死刑宣告人」と呼ぶようになっていました。

朝七時半ごろ、命令を伝えに板張りの廊下をコツコツと音を立てて歩いてくる。すると、あ、週番が来たな、今日は誰が呼ばれるんだろう、と思って聞き耳を立てるんです。天竜飛行場の宿舎には一〇ぐらいの部屋が並んでおり、一部屋には六人が寝起きをともにしていました。週番が部屋の前に止まったら、その部屋の誰かが命令を受けることを意味しますから、自室の前を通り過ぎると、ああ今日はこの部屋から特攻隊員を出さずにすんだとホッとするのですが、弄《もてあそ》ばれているような気持ちがして嫌なものでした。

「大貫少尉殿、部隊長殿がお呼びです」

いまも死刑宣告人に呼ばれる夢を見ます。あのころの私の気持ちは、死刑囚が教誨師《きょうかいし》の読経《どきょう》を待っているときに近いものではないでしょうか。訓練また訓練の日々も、いわば死ぬための訓練をしているわけですから、気疲れも大変なものです。仲間とはいつも、どう言って死のうか、どんな言葉を遺《のこ》そうかなどということばかりを話し、気を紛《まぎ》らわすため他愛もない冗談をたくさん言いあっていました。

明野教導飛行師団でも、石家荘でいっしょだった「ラッキーセブン」の七人は同じ班に編入され、明野本校はもちろんのこと、分校の北伊勢、天竜の各飛行場でも、ともに訓練を積みました。

明野にいたときは、休みの日には、七人連れだって宇治山田、四日市あたりまで飲みに出ることがありました。佐々田の提案で、酒席では川柳を作るのが常のことになりましたが、いまでも仲間たちが作った川柳の数々を憶《おぼ》えています。

学鷲《がくしゅう》は学鷲なりの意地があり
特操は攻撃法にも特が付き
命《めい》来たかお先にごめんと戦友《とも》消ゆる
生き死にがのたくって舞う滑走路
赤子《せきし》なり我が身に聞かせ桿《はら》握り
一度死にゃ済む事なりと肝くくり

海原《うなばら》の閻魔《えんま》に会いに基地を蹴《け》る
来世では貴様百までわしゃ九十九《くじゅく》まで
こん畜生女房持つ夢覚めし夢
あの世行き次の上番《じょうばん》誰と誰
激突の間際の面《つら》にナンマイダ
浮世での借り無し金無し女無し

これらの川柳には学業半ばにして命を捨てざるを得なくなった者たちの無念さが、自《じ》嘲《ちょう》気味に詠《よ》み込《こ》まれているような気がします。

一一月、ラッキーセブン隊の中でもとりわけ操縦が上手だった、東北帝国大学出身の佐々田眞三郎と早稲田大学出身の加治木文男の二名が「八紘《はっこう》第七隊」別称「丹心《たんしん》隊」の一員に選ばれました。これはフィリピン特攻作戦のために編成された陸軍初の特攻隊のうちの一隊です。出撃の間際に私は、佐々田と加治木に何かを書き残してくれと依頼しました。ややあって佐々田はにやりと笑い一枚の紙片をよこしたのですが、そこに書かれていたのは佐々田の十八番《おはこ》の川柳でした。

いざさらば接吻《キス》も出来ねえ別れなる

わだつみの果てに消されて蟬《せみ》と哭《な》く

加治木のほうはというと、さびしい笑顔を浮かべて「ちょっくら気障《きざ》っぽかったかな」と言いながら、達筆のメモを私に手渡します。

人が人を愛し、
愛する者のため犠牲になる心のある限り、
日本民族は滅びる事はない。
俺はそれを信じて征《ゆ》く。

「また貴様といっしょにたらふく支那料理を食えるときもあると思っていたが、もうダメだな。大貫、世話になったな」

作り笑いを浮かべる加治木の目に、光るものがありました。佐々田は昭和一九年一二月一〇日、加治木はその一週間後の一二月一七日にフィリピンの海に散っていきました。二五〇名あまりの陸軍の特攻隊員がフィリピンで命を落としたのですが、うち特操出身者は三二名、その大半は私がよく知った仲間たちでした。

〈大貫健一郎〉

〈解説〉

太平洋戦争と特攻作戦

陸軍は大陸、海軍は太平洋

大学で中国語を学んでいた大貫健一郎さんは、貿易商として世界を股《また》に活躍しようと希望に燃えていた。そんな大貫さんの人生を翻弄《ほんろう》した航空特攻作戦は、どのようにして始められたのか。まずは太平洋戦争開戦前の状況から見ていくことにする。

当時、陸軍の「仮想敵国」は日本海を隔てた隣国ソビエト連邦だった。日露戦争（一九〇四～一九〇五年）の勝利以降、陸軍は「ロシアの復讐に備えろ」というスローガンのもと、部隊の編成、装備から戦法に至るまでソ連軍との戦闘を前提とした準備を進めていたのである。対華二一ヵ条要求、満州国建国宣言、日中戦争の開始と、中国での戦線が拡大するにつれて米英との緊張も急激に高まっていったが、陸軍はソ連の軍事力のほうがアメリカより強大であり、ソ連軍に対して装備、訓練をしていれば米軍には対応できると踏んでいたのだ。

一方海軍は、日本海海戦以降ロシア極東艦隊が実質的に存在しなくなったため、アメリカを「軍備対象国」とし、アメリカと戦うに足る軍備を持つことを目標としていた。陸軍は太平洋戦争が始まったあとも一九四三（昭和一八）年初頭まで、ソ連を仮想敵国とする考えを崩すことがなかった。当時、日本とソ連の間には「日ソ中立条約」（一九四一年四月公布）が結ばれていたものの、陸軍では、いずれソ連は条約を反故《ほご》にして攻め込んでくると警戒していたのである。

太平洋戦争開戦前夜、大陸戦への準備を進める陸軍は、太平洋は海軍の分担地域と見なしていた。初期の進攻作戦では南方へ兵力を出すが、諸地域を押さえることができたら、直ちに兵力を引いて北方の警戒に当たらせようと考えていた。

ソビエト方面で作戦を展開できない冬季のうちに初期の南方作戦を完了させ、その後対ソ戦に備えようという考えは、大本営陸軍部が開戦直前に作った資料からも窺《うかが》える。

北方に於《お》きまする大規模の作戦行動を不可能ならしむる冬の期間に於《おい》て、神速《しんそく》に南方を片付けますると同時に、目下執《と》りつつある対北方警戒の措置を基礎と致しまして作戦準備を進め、来春以降北方に於きまする事態の急変に方《あた》りましては、機を失せず作戦を遂行し得る如く有利なる態勢を整えてあることが必要であると信じます。

（『大本営陸軍部　上奏関係資料』南方作戦全般に関する件）

一九四一（昭和一六）年一二月八日、太平洋戦争が開戦し、大本営はフィリピン、マレー・シンガポール、インドネシア、ビルマを占領する南方作戦を実行した。陸軍はすでに中国に展開していた四〇万の部隊、さらには満州国の関東軍から砲兵部隊や戦車部隊を引き抜いて南方地域に投入、南方各地を制圧したところで満州部隊の主力を満州に戻し、対ソ戦に備えるという目論見《もくろみ》を立てていた。

しかし、陸軍にとって想定外の事態が持ちあがる。海軍が戦線をインド洋、中部太平洋、ニューギニア・ソロモン諸島、さらにはアリューシャン列島にまで広げはじめたのだ。日本から五〇〇〇キロ離れたラバウルに航空基地を造り、オーストラリアへの上陸作戦をも立てた。さすがにこの作戦は陸軍の反対で中止となったが、海軍はオーストラリアを孤立させるため、ソロモン諸島、ニューギニア、ニューカレドニア、およびフィジー、サモア方面を攻略する「FS作戦」を主張し、陸軍に協力を求めた。大本営陸軍部は仕方なくこの作戦だけは承認することになる。

開戦直後の動きを見ても、大陸重視の陸軍と太平洋重視の海軍との間には明確な温度差があったことが窺える。

太平洋に勢力を拡大していた海軍に大きな打撃となったのが、ミッドウェー海戦である。一九四二（昭和一七）年六月、北太平洋のミッドウェー諸島沖で、海軍は待ち伏せをしていた米機動部隊の攻撃により空母四隻《せき》を失うなど大敗を喫し、艦載機二八九機と多数のベテラン操縦士を失った。

このころから、日本陸海軍の航空は米軍の攻撃の前に劣勢となる。海軍はミッドウェー海戦につづくガダルカナルでラバウル航空隊の精鋭を失い痛手を受けた。一方、当初陸軍は海軍から太平洋へ航空戦力を供出するよう要請されていたが、洋上での訓練を受けておらず装備も適していないため戦力を出ししぶっていた。しかしニューギニア方面へは一九四二年一一月より航空の主力部隊を出動させ、四三年以降の戦闘で虎の子の操縦士と戦闘機の多くを失っていく。航空の苦戦はそのまま制空権の喪失につながり、その後の南太平洋方面の難戦の主因となっていった。

一九四三年六月、首相兼陸相の東條英機は航空の拡充を指令する。陸軍は年間二万人の操縦士を養成する計画を立てた。指揮能力のある航空将校育成のため、航空士官学校への入校者を増員し、訓練期間を四年間から二年半に短縮した。陸軍士官学校の卒業生の多くも航空に転科させられ、四四年の時点で新たに陸軍の将校に任官される者の約半数は航空勤務となった。

地上軍備を絶対視していた陸軍の伝統からすれば、ドラスティックな改革ではあったが、航空士官学校や陸軍士官学校出身の「職業軍人」だけではどうしても人数的に間に合わなくなり、陸軍は大学生や専門学校生に目をつけはじめた。すでに海軍は一九三四(昭和九)年一一月から、大学生を短い訓練期間で将校パイロットに育てる「海軍飛行予備学生」という制度を導入していたが、陸軍も海軍に対抗する形で、心身ともに充実した学生たちを将校パイロットに鍛え上げ第一線に投入することにしたのだった。

すでに開戦翌年の一九四一年一〇月、政府は学校の修業年限を短縮する非常措置をとり、大学、専門学校生を半年繰り上げで卒業させ、兵卒として徴集していたが、四三年六月、陸軍は大学や専門学校を出たばかりの学徒兵を対象に、一年半で将校パイロットを育成する「特別操縦見習士官（通称・特操）制度」を設けたのである。

この制度は学徒兵たちの人気を呼び、第一期、第二期あわせて三〇〇〇名の採用予定のところに六倍の応募者が殺到した。大貫健一郎さんもそのうちのひとりである。彼らは特別操縦見習士官に命じられると、すぐに下士官の最上位の曹長となり、基本操縦、基本戦技教育、そして錬成教育を経て、少尉に任官し戦場へと赴《おもむ》くことになった。

一期から四期まで順次募集され、総数六五〇〇名の学徒兵が集められる。しかし戦況の悪化により、かろうじて飛行訓練と呼べるものを受けることができたのは、一期生の二五〇〇名および二期生の一二〇〇名だけであった。

絶対国防圏の危機

特操一期生の訓練がまさに始まろうとしているころ、大本営は戦線を再考し、兵力を集中して防御体制を構築する必要に迫られていた。一九四三（昭和一八）年九月三〇日に開かれた御前会議では、日本軍が本土と南方要地防衛のために、絶対に守り抜かなければならない「絶対国防圏」が設定される。それまでに日本が占領した北千島から内南洋（中部太平洋地域）、ニューギニア西部、小スンダ列島、ビルマを結ぶラインがそれで、この内側に米軍の戦略拠点を与えないというものである。地図で確認するまでもない広大な地域で、占領したとはいうものの各地域に十分な兵力を配置できるはずもなく、戦線は伸びきってしまっていた。

このころ米軍は、二方面から日本軍を攻める方針を立てている。中部太平洋の島々をひとつずつ落として北上しようとする、海軍を主体とするニミッツ提督の太平洋艦隊と、ニューギニアの北岸沿いに西進し、フィリピン奪回を目指す陸軍主体のマッカーサー将軍の西南太平洋軍である。そして、ニミッツ率いる高速空母を主要戦力とした海軍主力の部隊と、マッカーサー率いる護衛空母つきの陸軍部隊はライバル関係にあり、協力しつつも手柄を競っていた。

ニミッツ海軍の島づたいに日本本土に迫っていく作戦は「蛙飛《かえると》び作戦」と呼ばれたが、日本軍は米軍がこのような作戦を採ってくることを予測しておらず、島々の守備隊は強化されないまま放置されていた。一九四三年一一月、米軍はまずギルバート諸島のマキン、タラワ両島を占領し、四四年一月には空母一九隻、戦艦一五隻、重巡洋艦一二隻を擁する大艦隊でマーシャル諸島のクエゼリン島に進攻し上陸する。二月には、日本連合艦隊の根拠地だったトラック諸島を空襲。「日本海軍の牙城《がじょう》」は大損害を受けた。続いて米軍は、六月にマリアナ沖海戦で勝利し、一一月にパラオ諸島のペリリュー島を陥落させた。

防衛研修所戦史室によって編纂《へんさん》された『戦史叢書《そうしょ》』などによると、陸軍が特攻作戦の導入を本格的に検討しはじめたのは一九四四年二月ごろと推定されるが、その議論の中心にいたのが東條英機首相兼陸相である。東條はこのころ、周囲の反対を押し切って陸軍参謀総長も兼務し、絶対的な権力を握っていた。

絶対国防圏が危機にさらされるなか、もはや正攻法で臨んでも米軍の圧倒的な軍事力に対抗することは困難で、米軍の意表をつくしか策はない。参謀本部では東條を中心にそんな論議がくり返されていた。

俎上《そじょう》に載せられたのが、航空戦力を利用した奇策である。参謀本部は物量の面ではアメリカには遠く及ばないが、将兵の精神力では日本軍が一枚上手《うわて》で、死を覚悟して国に殉ずる若者は断然多いとしていた。参謀本部はその「純忠決死の精神力」を逆手《さかて》にとり、歴史上に類を見ない「身を以て体当たりする作戦」以外に術《すべ》がないという方向に議論を傾けていく。

それまでも飛行不能になった飛行機の操縦士が、独自の判断で米軍の飛行場や飛行機に突入した例があるなど、体当たり作戦は、唐突な発案ではないようだ。海軍では飛行機が敵潜水艦が放った魚雷に突っこんだというケースもあった。

しかし、航空総監兼航空本部長の安田武雄中将は、そのような捨て身の作戦には虎の子の戦力を使えないと考え、特攻の導入に異を唱える。しかし特攻を推し進めたい参謀本部はその意見を聞き入れず、三月二八日、安田を更迭《こうてつ》し、参謀次長だった後宮淳《うしろくじゅん》大将を後任とした。後宮は東條の陸軍大学時代の同期生かつ無二の親友であり、直情型の、東條のいわば「イエスマン」である。そして航空本部次長のポストが新設され、航空士官学校長で航空部隊を指揮させれば陸軍随一といわれた菅原道大《すがわらみちおお》中将が任じられた。

この時点では、慎重論を展開する幹部もまだ少なくなかったのだが、東條・後宮コンビは特攻作戦にこだわった。後宮は就任直後から陸軍航空本部での会議の席上で、特攻作戦の有効性について熱弁をふるい、東條は四月一八日、参謀本部内に設置された「B29対策委員会」で、近々、同機による本土空爆が行われる可能性があり、それを阻止するためには体当たり攻撃が不可欠であるという主旨の発言をしている。この段階ではまだ東條らは、特攻を艦船相手ではなくB29などの爆撃機に対する作戦と考えていたことが窺われる。

流れが変わったのは、翌五月下旬のことである。陸軍の飛行第五戦隊長の高田勝重少佐が、連合軍のニューギニア・ビアク島来攻に際し、独断で四機の複式戦闘機を率いて敵艦船に突入し自爆、この攻撃で駆逐艦級の艦船が撃沈、寺内寿一《じゆいち》南方軍総司令官は高田に対して感状を出し、全軍に戦果を布告した。このことが特攻作戦推進派にとって追い風になった。当初は一機で敵機を一機というレベルで考えられていた体当たり攻撃は、やがて部隊を編成して米艦隊に突入し、あたふたしているところを狙《ねら》って後に続く攻撃部隊が電撃的にとどめをさすという、組織的な作戦に変化していったのである。

マリアナの七面鳥撃ち

「蛙飛び作戦」をつぎつぎと成功させたニミッツ海軍が最大の攻撃目標としたのが、サイパン島を中心としたマリアナ諸島である。このころ、米軍はＢ29の量産を急いでいた。サイパンから東京までの直線距離は約二二〇〇キロ。サイパン、テニアンなどの島々の飛行場をおさえ、そこに航続距離の長いＢ29を配備すれば、日本本土を空爆して戻ってくることが可能になるのだ。

六月一五日、米軍は七万を超える大軍で日本が絶対国防圏の要《かなめ》としていたサイパンに上陸しアスリート飛行場を占拠したが、これに対し大本営は、同島死守を目的とした「あ号作戦」を実施した。一九、二〇の両日、マリアナ、パラオの両諸島沖で日米両海軍の空母機動部隊が激突、これが太平洋戦争における最大の海戦、マリアナ沖海戦である。日本海軍は空母九隻と艦載機四六〇機あまりを投入し、航空戦を挑んだ。しかし、すでにベテラン操縦士の多くを失っており、経験の浅い操縦士を主力とせざるを得なかった。初日に飛び立った艦載機のうちおよそ一〇〇機が、目標の米空母を発見できずに引き返すというありさまだった。

米軍は一五隻の空母と九〇〇機の艦載機で対抗した。日本海軍の艦載機は、空母の手前およそ一〇〇キロの地点で待ちかまえる米機動部隊に、つぎつぎと葬られてしまった。そこをすり抜けても、敵機が接近すると至近距離で炸裂《さくれつ》するVT信管付対空砲弾などの新兵器によって、三〇〇機以上の戦闘機、爆撃機を操縦士とともに失い、壊滅状態に追い込まれていく。米従軍記者はこの様子を「マリアナの七面鳥撃ち」と打電した。

米軍は航空機を約一〇〇機失ったものの艦船の沈没はなく、主力空母三隻が撃沈され四隻が損傷（二隻は無傷）した日本海軍は、この戦闘を境に空母や艦船を駆使して米海軍に近代戦を挑むことが実質的に難しくなった。六隻の空母が残ったものの、発進、着艦の技術を持った操縦士は皆無になったといってよいだろう。

六月二四日、東條と嶋田繁太郎《しげたろう》海軍軍令部総長は、中部太平洋方面の今後の作戦展開について、サイパン島奪回が困難であると上奏する。これを受け翌二五日、緊急の元帥《げんすい》会議が開催され、天皇臨席のもと、海軍伏見宮博恭王《ふしみのみやひろやすおう》、陸軍梨本宮守正王《なしもとのみやもりまさおう》、永野修身《ながのおさみ》、杉山元《すぎやまはじめ》の四元帥の他、東條、嶋田の両総長が出席し、サイパン奪回を断念することが決定された。この際、出席者のひとりである伏見宮からつぎのような意見が出た。

「現在の戦争において（中略）このままでは良い結果を得られないと考える。陸海軍とも、なにか特殊な兵器を考え、これを用いて戦争をしなければならない。そしてこの対策は、急がなければならない。戦局がこのように困難となった以上、航空機、軍艦、小舟艇《しょうしゅうてい》とも特殊のものを考案し迅速に使用するを要する」（『戦史叢書』四五巻　大本営海軍部聯合艦隊6第三段作戦後期）

特殊な兵器――つまり特攻兵器である。これを受けて東條は新兵器を研究中と答え、嶋田も海軍が新兵器をいくつか考案中であるとつけ加えた。

前掲書には、天皇は翌日、東條と嶋田を呼んで、つぎのように伝えたとある。

「昨日の上奏のことは差支《さしつかえ》なし。実行に方《あた》りて迅速にやる様に。陸海軍の航空兵力の協同を一層緊密に行う様に」

これを受けての海軍の動きを見てみよう。嶋田は関係者に新しい計画を伝え、「奇襲兵器の促進掛り」を設け、大森仙太郎中将を実行委員長に定めた。海軍首脳部では人間魚雷や爆弾を積んだ小型ボートなどを新たに設計することとし、九月、特攻部を発足させると、海軍省から士官一八名、軍令部から七名の人員を集め大森を部長とした。特攻部の指導のもとで人間魚雷「回天」、小型特攻艇「震洋」、人間爆弾「桜花《おうか》」などの特攻機の製造が急ピッチでおこなわれることになる。

一方、陸軍が大きく動いたのは七月七日、孤立化していたサイパンの将兵がまさに玉砕した日のことだった。

同日夕方、参謀本部、航空本部、航空審査部、航空技術部、実戦部隊を代表する陸軍将校が東京市ヶ谷の大本営近くに集まっていた。「市ヶ谷会議」と呼ばれるこの秘密会議で話し合われたのは、特攻戦術だった。航空審査部員、酒本英夫少佐の証言によると、ある参謀が発言の口火を切ったという。海軍の航空兵力はすでに全滅し、サイパン島も陥落したいまとなっては、通常の攻撃手段ではとうてい敵勢力を撃滅することはできない。一機により一艦を撃沈させる体当たり攻撃を採用するしか途《みち》はないと。

酒本は反対意見を述べたが、参謀本部は、滅私奉公、悠久の大義に生きるのみという精神論で押し切り、特攻作戦は各方面で承服された。この会議を機に陸軍では特攻機の開発が促進されることになり、特攻用飛行機の研究を命じられていた第三航空技術研究所長の正木博少将は、四日後航空本部に対して、即刻可能な方法は九九式双発軽爆撃機に一トン爆弾を装着するやり方であると回答している。

サイパン及びマリアナ沖海戦の責任を問われた東條は、当初、辞任する意思はまったくなかったが、天皇に諭《さと》され一八日になってようやく内閣を総辞職し、朝鮮総督だった小磯国昭大将に組閣の大命がくだる。航空総監及び航空本部長だった後宮も退任して満州の第三方面軍司令官に転出となり、陸軍大臣は杉山元元帥に、参謀総長は梅津美治郎《うめづよしじろう》大将に交代する。

この日、大貫さんたちに特殊任務への熱望を求めた菅原道大中将は航空総監及び航空本部長に昇格し、名実ともに陸軍航空作戦のトップとなる。菅原が三重県の明野飛行場を訪ねたのはこの日から約二ヵ月半後のことだった。

跳飛爆撃

基礎訓練を終えた操縦士が最終的に専門的な訓練を受けるのが、全国に六ヵ所あった飛行教育学校である。一九四四年六月、戦況の悪化により、飛行学校は教導飛行師団と名前を変え、訓練を基本としながらも同時に敵の進攻を受けた際には戦闘に対応できるように改編されていた。

それぞれの教導飛行師団は、戦闘機や重爆撃機などに専門が分かれていた。たとえば、大貫さんが所属した三重県の明野教導飛行師団は戦闘機パイロットの養成所だったが、茨城県の鉾田《ほこた》教導飛行師団は軽爆撃機、静岡県の浜松教導飛行師団は重爆撃機、千葉県の下志津《しもしづ》教導飛行師団は偵察機の操縦士養成をそれぞれ主眼とした。そしてこれらの教導飛行師団が、その後の特攻作戦を実施する際、隊員編成の母体となっていったのである。

東條や後宮が退任し新体制となった陸軍だが、特攻作戦はそのまま検討され続けていく。七月、大本営陸軍部は鉾田教導飛行師団と浜松教導飛行師団に対して特攻隊の編成を内示、八月中旬には、陸軍爆撃機の一部を体当たり機に改造する作業が始まり、積載する爆弾の改造も着手される。陸軍最初の特攻機は、九九式双発軽爆撃機を改造し五〇〇キロの爆弾を吊《つ》り下げたもので、機首には針のような電気信管が突き出し、そこに何かが触れると爆弾が爆発する仕組みになっていた。

特攻用に改造された九九式双発軽爆撃機は一九四四年一〇月に鉾田教導飛行師団に運ばれたが、同師団では「跳飛爆撃《ちょうひばくげき》」という戦法を研究している最中だった。軽爆撃機が水面上一〇メートルの超低空を飛行し、目標の二〇〇〜三〇〇メートルまで近づいたところで爆弾を投下すると、爆弾は平たい石を水面に投げたときのように水面を跳躍し、目標の艦船の横腹に命中するというものだ。

研究スタッフのひとりが、やがて沖縄特攻作戦の参謀となる倉澤清忠《くらさわきよただ》少佐である。倉澤は陸軍上層部から「跳飛爆撃」訓練と同じ要領で敵艦船に近づき、そのまま体当たりをすれば特攻は成功するではないかと指摘され、鉾田の飛行部隊は「跳飛爆撃」の訓練を続行することになった。

同じころ、浜松の教導飛行師団にも四式重爆撃機を改造した特攻機が運びこまれている。陸軍航空特攻の実施は、もはや時間の問題だった。

マッカーサー率いる西南太平洋軍は、一九四三年九月にニューギニアのラエ、サラモア、フィンシュハーフェンを攻め落とし、一一月にはニミッツ海軍と協同し、日本海軍の前線基地だったブーゲンビル島を制圧する。さらにはビアク、ペリリュー、モロタイを陥落させ、西に向かって兵を進めていく。二年前に日本軍の攻撃を受けてフィリピンのコレヒドールを脱出する際、「アイ・シャル・リターン」という言葉を残したマッカーサーは、その公言を守るためにも、意地でもフィリピンを攻め落とさねばならなかったのだ。

グアム、サイパンなどマリアナ諸島を失った大本営陸海軍部は、マッカーサー軍のつぎの狙いはフィリピン、台湾いずれかの可能性が高いと判断した。そしてどちらの場合でも、陸海軍および双方の航空兵力を結束して撃滅することとし、一九四四年七月二四日決定の「捷号《しょうごう》作戦」を打ち出す。フィリピンが「捷一号」、台湾南西諸島が「捷二号」である。

大本営陸海軍部は、航空部隊の統一運用協定「作戦指導大綱」を決定する。そして台湾、沖縄方面に海軍は第二航空艦隊を、陸軍は第八飛行師団を配置し、フィリピン方面に海軍は第一航空艦隊を、陸軍は第四航空軍を配置した。とりわけ陸軍はフィリピンを「天王山」と見なし、フィリピン方面の第一四軍を第一四方面軍に昇格させた。

九月初め、第四航空軍の司令官に富永恭次《きょうじ》中将が選ばれる。富永はかつて東條の直属の部下だったこともあり、陸軍次官兼人事局長の要職に就いていたが、東條の失脚以来疎《うと》んじられていた。

「この決戦場で死ぬ覚悟だ。おまえたちもいっしょに死んでくれ」

富永はフィリピンに着任早々、力強く演説し、多くの将兵の感涙《かんるい》をそそったものの、この人選がのちに足枷《あしかせ》となる。歩兵出身の富永には航空作戦の経験がまったくなく、当然航空部隊を指揮したこともなかったのだ。

富永の着任前後から、米軍によるフィリピン空襲は熾烈《しれつ》さを増す。九月九日にはミンダナオ島北部、一二日にはネグロス島の基地が襲われ、二一日には、マニラにまで空襲が及んだが、第一四方面軍司令官黒田重徳《しげのり》中将には、フィリピンが決戦場だという意識が薄く、敵軍には野戦型の戦闘で対応すればよいという自らの策に頑として執着し、大本営の指示に従わなかった。二六日、黒田が罷免《ひめん》されると、新軍司令官には山下奉文《ともゆき》大将が親任された。

その二日後のことである。

大本営陸軍部で参謀本部の要請により関係幕僚の会議が開催され、その結論として「もはや航空特攻以外に戦局打開の道なし、航空本部は速《すみ》やかに特攻隊を編成して特攻に踏み切るべし」との命令が出された。二八日午後、参謀本部は航空特攻に関する大本営陸軍部指示を航空本部に突きつける。命を受けた航空本部では、教育部長や総務部長が直接各地の教導飛行師団に飛び、特攻隊編成の下準備を始めた。

山下が第一四方面軍司令官に親任された翌日、梅津参謀総長は山下あてに左記の要望書を送っている。そこには梅津がすでに、フィリピンにおける作戦を特攻を前提に組み立てていることが明確に読みとれる。

今や優勢なる敵に対し、尋常一様の手段を以てしては戦勝を獲得することは至難なり。即ち、従来の如き生温《なまぬる》き観念を脱却して国軍独持の殉国《じゅんこく》の精神力を極度に発揮し、空、海、地共深く敵中に挺進《ていしん》肉迫し、死中克《よ》く活を求め、体当りに依《よ》り、一機一艦、一人一戦車撃破主義に依り、敵を必殺必滅するの戦法に徹し、敵の心胆を奪うるの要あり。

(『大本営陸軍部　上奏関係資料』第一四方面軍司令官に対する参謀総長要望)

しかし陸軍は、米軍のフィリピンへの本格的進攻を一〇月末と見込んでいたため、特攻隊はこの時点ではまだ編成されていなかった。

台湾沖航空戦

空母一七隻を擁する米海軍第三八機動部隊は、フィリピン攻略を本格的に進めていくための前哨戦《ぜんしょうせん》として、一〇月一〇日には沖縄県那覇を艦載機で初めて空襲している。那覇の市街地は焼け野原となり約六〇〇名の市民が犠牲になった。

このころ日本海軍では鹿児島県鹿屋《かのや》を基地とするT攻撃部隊という飛行部隊を、切り札的存在として編成していた。T攻撃部隊の「T」とは「Typhoon」の頭文字を採ったもので、敵が飛行できないような台風などの悪天候を逆利用して米艦隊を奇襲することを想定していた。しかし各地の航空隊から優秀な人員を求めたが、ミッドウェーやマリアナ海戦で失った操縦士の補充はできておらず、集まったうちの四割が実用機の搭乗経験の少ない初心者だった。

沖縄空襲の二日後、T攻撃部隊およそ一〇〇機が米海軍第三八機動部隊を迎え撃つことになり、五日間にわたって台湾沖で航空戦を繰り広げた。台湾沖航空戦である。

一二日、第一次攻撃に出撃したT攻撃部隊は五〇機以上の未帰還機を出して敗退する。しかし帰還した操縦士が空母が沈むのを見たと報告。海軍首脳部は聞き取り調査の結果、米軍側の空母四隻を沈めたという結論に至る。さらに翌一三日には、四五機が出撃し、一八機が未帰還となったが、前日同様に米軍の空母三隻を撃沈し、一隻を炎上させたとの続報が入る。そこで日本海軍航空部隊は翌一四日を米軍掃討の絶好の機会ととらえ、T攻撃部隊だけでなく各地の航空部隊を投入し、およそ三八〇機が九州各地を発進、大規模な攻撃を目論んだ。米軍の猛撃を受け、この日の夜に帰投したのは一四三機にすぎなかったが、米軍の空母、戦艦等を撃沈したという報告が相次ぎ、一五、一六日もそれまで同様に華々しい戦果が報告された。

これらの報告を受けた大本営海軍部は一九日に以下の発表をする。

我部《わが》隊は、十月十二日以降連日連夜、台湾及《およ》び「ルソン」東方海面の敵機動部隊を猛攻し、其《そ》の過半の兵力を壊滅して之《これ》を潰走《かいそう》せしめたり。

一、我方《わがほう》の収めたる戦果綜合《そうごう》次の如し。
轟撃沈《ごうげきちん》　航空母艦十一隻、戦艦二隻、巡洋艦三隻、巡洋艦若《もし》くは駆逐艦一隻
撃破　航空母艦八隻、戦艦二隻、巡洋艦四隻、巡洋艦若は駆逐艦一隻、艦種不詳十三隻
其の他火焔《かえん》火柱を認めたるもの十二を下らず
撃墜　百十二機（基地に於ける撃墜を含まず）

二、我方の損害。
飛行機未帰還三百十二機

註　本戦闘を台湾沖航空戦と呼称す。

合計四五隻を撃沈撃破したということは、太平洋地域の米海軍の主力を全滅させたに等しい数字である。一〇月二〇日、東京の日比谷公会堂で「一億憤激米英撃摧《げきさい》国民大会」なる集会が開かれ、その席上で小磯首相は「勝利は今やわが頭上にあり。フィリピンは大東亜戦争の天王山である」と叫んだという。

翌二一日には、大戦果をあげた部隊は天皇陛下から御嘉賞《ごかしよう》の勅語を賜《たまわ》る。

「朕《ちん》が陸海軍部隊は緊密なる協同の下《もと》、敵艦隊を邀撃《ようげき》し奮戦、大いにこれを撃破せり。朕深くこれを嘉尚《かしよう》す」

戦果に国民は熱狂し、日本中が万歳の連呼に包まれ、提灯《ちようちん》行列が行われた。サトウハチロー作詞、古関裕而《こせきゆうじ》作曲による『台湾沖の凱歌《がいか》』という歌まで作られ、連日ラジオで放送された。

ところが、その後海軍は偵察機によって、米軍の機動部隊がさほどの損害を受けていないことを確認する。未曾有《みぞう》の大戦果は、撃破された日本の攻撃機が米空母や艦隊周辺の海上で燃えていたのを、未熟な日本側のパイロットが敵空母や艦船そのものの炎上や損傷と誤認するなど、確実性の乏しい報告に基づいたものだったのだ。実際の戦果は、重巡洋艦キャンベラと軽巡洋艦ヒューストンを大破させ、空母フランクリンと駆逐艦二隻を小破させたにすぎなかった。

しかしすでに大本営発表までしてしまった海軍は、その事実を天皇と陸軍に連絡しなかった。そのため陸軍はこの誤った大戦果を鵜呑《うの》みにしたまま、つぎの作戦に取りかかった。そしてそのことが悲惨な事態を引き起こしたのである。

神風特別攻撃隊

フィリピン攻略に執念を燃やすマッカーサーが上陸地点に選んだのは、フィリピン中央部に位置するレイテ島だった。太平洋に面したレイテは約四〇〇〇平方キロ、フィリピンで八番目に大きな島である。一〇月二〇日、四個師団からなるマッカーサー率いる第六軍は、レイテの主要都市タクロバンの南方に一七万余の大軍と一〇万余トンの軍需品を揚陸《ようりく》し、一挙に突進を開始する。

しかし、大本営陸軍部はこの報に接しても、さほど慌てることはなかった。台湾沖海戦で日本海軍が大勝利を収め、米軍の太平洋艦隊は壊滅的な打撃を受けたと信じていたからだ。大本営は、米軍のレイテ上陸はかろうじて台湾沖航空戦を生き延びた満身創痍《そうい》の米艦隊が寄港したのか、破れかぶれの作戦かのどちらかだろうと見なした。フィリピンを含む南方軍の総司令官である寺内寿一元帥は「驕敵《きようてき》撃滅の神機到来せり」と語って、上陸してきた米軍を一気に叩くチャンスだと判断し、大本営陸軍部もこれに呼応して、急遽レイテ地上決戦方針を第一四方面軍司令官の山下に推奨した。

少ない兵力でフィリピン全域を守るのは不可能だと考え、主力をルソン島に集中させていた山下は、大本営の方針に反対しルソン島防衛に固執する。情報通の山下は米艦隊がレイテ島で破れかぶれの作戦をとるとは考えなかった。レイテには十分な兵員が配置されておらず、兵員や武器、糧秣《りようまつ》を送るために必要な船舶が、ルソン周辺の海域にはないという問題もあった。第四航空軍の航空機も台湾沖航空戦で消耗したためにわずか一〇五機しか残っておらず、山下は予定どおりルソンで米軍を待ち受けるほうが得策と考えたのである。

しかし大本営は方針を変えず、山下の主張は退けられた。そして第一四方面軍は、急遽ルソン島からレイテ島に向けて、増員部隊を送り出すことになったのである。

そこには、台湾沖航空戦で沈んだはずの米空母が無傷のまま待ちかまえていた。

一方、海軍は栗田、志摩、小沢、西村の四艦隊でレイテ湾の米艦隊に突入することになった。小沢艦隊の空母部隊が囮《おとり》になって米機動部隊を北方に引き留め、その間隙《かんげき》を狙って主力である栗田艦隊以下が捨て身でぶつかっていくという戦法だった。参加する主要艦船は大和、武蔵を筆頭とする戦艦九隻、重巡一三隻、軽巡六隻、駆逐艦三四隻、空母四隻、潜水艦一三隻などで、当時の日本海軍のほぼ全戦力といってよいだろう。

しかし米艦隊の規模はこれを大幅に上まわり、空母だけで実に三五隻、そこに艦載された戦闘機は一五〇〇機を数えていた。レイテ沖海戦での日本の成否は航空兵力の活躍いかんとされていたにもかかわらず、台湾沖航空戦の結果、第一航空艦隊の実働飛行機数はわずか三五機にまで激減していた。

第一航空艦隊司令長官大西瀧治郎《たきじろう》中将は特攻作戦以外に打つ手がないと判断し、フィリピン着任前に特攻の実施を決意、そのことを海軍大臣の耳にも入れている。

『戦史叢書』によると、一〇月一九日夕刻にマニラから車で二時間ほど離れたマバラカット基地、戦闘機部隊二〇一海軍航空隊本部に到着した大西は、隊の主要メンバーを集めてこう語った。

「戦局はみなも承知のとおりで、今度の捷号作戦に失敗すれば、それこそ由々《ゆゆ》しい大事を招くことになる。したがって、第一航空艦隊としては是非とも第一遊撃隊（栗田部隊）のレイテ突入を成功させねばならぬ。そのためには、敵の機動部隊を叩いて、少なくとも一週間ぐらい空母の甲板を使えないようにする必要があると思う」

ややあって大西は言葉を続けた。

「それには零戦《ぜろせん》に二五〇キロ爆弾を抱かせて体当たりをやるほかに、確実な方法はないと思うが……どんなもんだろう」

部隊の幹部たちの意見も同様だった。

日本の戦争史上初となる体当たり部隊の隊員は、フィリピンにいた優秀なパイロットによって編成された。指揮官には海軍兵学校の出身者がいいということになり、関行男大尉が選ばれた。二〇日午前一時過ぎ、関は就寝中を叩き起こされ、この話を聞かされている。

敷島隊、大和隊、朝日隊、山桜隊の四隊三三名が編成された。本居宣長《もとおりのりなが》の「敷島の大和心を人問わば朝日に匂《にお》う山桜花」という短歌にちなんだ命名である。これら海軍初期の特別攻撃隊は「神風《しんぷう》特別攻撃隊」と総称され、のちに陸海軍による航空特攻そのものが「カミカゼ」と呼ばれるもととなった。

夜が明けて午前一〇時、大西は特別攻撃隊員を集めてこう訓示している。

「日本は、まさに危機である。しかも、この危機を救い得るものは、大臣でも大将でも軍令部総長でもない。それは諸子の如き純真にして気力に満ちた若い人々のみである。したがって自分は一億国民に代わってみなにお願いする。どうか成功を祈る」

「みなはすでに神である。神であるから欲望はないであろう。が、もしあるとすれば、それは自分の体当たりが、無駄ではなかったかどうか、それを知りたいことであろう。しかしみなは永い眠りにつくのであるから、残念ながら知ることもできないし、知らせることもできない。だが自分はこれを見届けて、必ず上聞《じょうぶん》に達するようにするから、そこは安心して行ってくれ」

訓示を終えた大西は、「しっかり頼む」と言いながら隊員ひとりひとりと握手をかわした。

同日夜、大西は二〇一海軍航空隊司令に対して正式に体当たり攻撃隊の編成を命じた。

一、二〇一空司令は現有兵力を以て体当《たいあたり》特別攻撃隊を編成、十月二十三日迄に菲《ひ》島《とう》東方海面の敵航空母艦殲滅《せんめつ》に任ぜしむべし。

二、本攻撃隊を神風特別攻撃隊と称す。
三、司令は今後の増強兵力を以てする特別攻撃隊編成を予《あらかじ》め準備すべし。
（『戦史叢書』五六巻　海軍捷号作戦2フィリピン沖海戦）


神風特攻隊は、戦艦武蔵などの海軍の主力部隊がレイテ湾に進入する際、連携して米艦隊に突入することになり、一〇月二五日早朝、敷島隊はルソン島のマバラカット飛行場、朝日隊、山桜隊はミンダナオのダバオ基地、大和隊はセブ基地を飛び立った。

敷島隊の攻撃目標はレイテ島北東岸タクロバンの沖合にある空母四隻、駆逐艦六隻だが、関ら海軍選り抜きの操縦士たちにとって洋上飛行はお手の物であった。米艦船はレーダーを装備していたが、敷島隊の特攻機はレーダーの画面に映らないよう海上すれすれを飛び、午前一〇時四〇分に四隻の空母を発見し、至近距離まで近づくと上空一五〇〇メートルまで急上昇、その高さから一気に突入した。

特攻機が上空に差し掛かったとき、ようやく米艦隊は対空射撃を開始する。関の一番機が被弾し黒煙を吐いたが、関は特攻機をコントロールし、護衛空母セイントローの飛行甲板の中央に激突した。この様子を見ていたセイントローの乗組員オーバル・バザード兵曹は、アメリカのテレビ番組でこう証言している。

「この戦闘機はかなりの低空飛行だった。まるでセイントローのフライトデッキに着艦するかのように飛来してきた。背後から誰かが二〇ミリ砲で攻撃したが、それでも彼は止まらなかった」

関の特攻機自体は甲板で跳ね返り海中に沈んだが、爆弾は甲板を突き破って爆発した。バザードは言う。

「私は運よく爆発には巻き込まれなかったけど、頭上に炎が迫ったため、体を低くしてこれを避けたんだ」

魚雷と爆弾に引火し、燃え上がった炎が艦尾まで広がるとセイントローは大爆発し、ふたつに折れて沈没した。午前一一時二五分のことである。艦長は船の放棄を命じ、クルーたちは海に飛び込んで、船が沈むときに発生する渦《うず》巻《ま》きに巻き込まれぬように、船から離れようと必死で泳いだ。セイントローは航空特攻によって最初に沈没した船となった。

ついで特攻機二機が護衛空母カリニン・ベイに突入、他の特攻機も数隻の米艦隊に突入を遂げた。朝日隊、山桜隊、大和隊もそれぞれ特攻を実施し、護衛空母サンティ、スワニーなどに損傷を与えている。

しかし日本海軍の栗田、志摩、小沢、西村の四艦隊は連携がうまく取れず、栗田艦隊がレイテ湾を目前に突如引き返すなど作戦も乱れたあげく、空母四隻と戦艦武蔵を失うなど、完膚なきまでに叩かれ、捷一号作戦は失敗に終わった。しかし、海軍による特攻作戦だけは米軍の意表を完全についたために相応の戦果を挙げ、その命中率は六〇パーセントだったともいわれている。

大本営海軍部は、わずか三〇機あまりの小型機の体当たりが海軍の主力艦隊より大きな戦果を挙げたことを、国民の戦意高揚のために利用する。海軍のフィリピン特攻隊の戦果は海軍省より一〇月二八日に発表され、翌日の各新聞紙面を大きく飾った。朝日新聞では一面トップの大見出しを「神鷲《しんしゅう》の忠烈　萬世《ばんせい》に燦《さん》たり」とし、関の遺影を掲げて「敵艦隊を捕捉《ほそく》し必死必中の体当り」と続け、敷島隊五名の氏名の横に連合艦隊司令長官豊田副武《とよだそえむ》大将の布告文を載せた。

神風《しんぷう》特別攻撃隊敷島隊員として、昭和十九年十月二十五日〇〇時「スルアン」島の〇〇度〇〇浬《り》に於《おい》て中型航空母艦四隻《せき》を基幹とする敵艦隊の一群を捕捉するや、必死必中の体当り攻撃を以て航空母艦一隻撃沈、同一隻炎上撃破、巡洋艦一隻轟沈《ごうちん》の戦果を収め、悠久の大義に殉《じゅん》ず忠烈、萬世《ばんせい》に燦《さん》たり。仍《よ》て茲《ここ》に其《そ》の殊勲を認め、全軍に布告す。

社説にも敷島隊の功績に対する讃辞《さんじ》の言葉が綴《つづ》られた。ラジオ、雑誌から、映画館のニュース映画に至るまで、敷島隊の戦果は大きく取り上げられ国民の志気を鼓舞した。

敷島隊の五人は全員二階級特進して「軍神」とされ、国民的英雄となった。

ところで特攻を命じた大西だが、彼は常々「特攻は統率の外道《げどう》」と言ってはばからなかった。元海軍特攻隊員角田和男《つのたかずお》少尉の回想録に、特攻作戦には九割九分成功の見込みはないと大西が考えていたと記述されている。ではなぜ大西は特攻作戦を推進していったのか。

「万世一系仁慈《じんじ》を以て統治され給《たま》う天皇陛下は、この事を聞かれたならば、必ず戦争を止めろ、と仰《おお》せられるであろう」

前掲の回想録には、大西はそう第一航空艦隊参謀長に語ったとある。若者が死に至る作戦に身を以て殉《じゅん》じていることを知れば、天皇は戦争そのものを止めるのではないかという期待が大西にはあり、そのためには貴重な血が流されることは仕方がないと考えたというのだ。

初期の特攻作戦の戦果は、米内《よない》海軍大臣と及川軍令部総長から天皇陛下に上奏された。このときの天皇の反応については諸説あるのだが、敷島隊を出撃させた第二〇一海軍航空隊飛行長の中島正少佐が、戦後、第一航空艦隊首席参謀の猪口《いのくち》力平大佐とともに著した『神風特別攻撃隊』によると、

「そのようにまでせねばならなかったか。しかしよくやった」

とある。「よくやった」という言葉を受けた現場としては、そのまま特攻作戦を継続

するより途がなくなっていったはずだ。

「万朶隊」と「富嶽隊」

陸軍もほぼ同時期に特攻隊を組織しているのだが、フィリピンには海軍のように十分な航空兵力がなく日本国内で部隊を編成したため、その実施時期は海軍より遅れた。海軍が特攻隊の編成を完了した一〇月二〇日、大本営陸軍部は精鋭操縦士が揃《そろ》う茨城県の鉾田陸軍教導飛行師団に特攻隊編成の命令を下し、翌日、岩本益臣《ますおみ》大尉をはじめとするエース級の操縦士一六名が特攻隊員に選ばれた。陸軍初の特攻隊「万朶隊《ばんだたい》」と「富嶽隊《ふがくたい》」の誕生である。特攻機には九九式双発軽爆撃機を改造したものが使用された。この時点では、特攻隊員のほとんどが飛行経験豊富な航空士官学校出身者で、学徒パイロットはひとりも参加していない。とはいえ大貫さんが証言しているように、陸軍航空にとって洋上飛行や対艦船攻撃は未知の分野だった。

万朶隊は、一〇月二六日、ルソン島のリパ飛行場に到着したが、すでに海軍の神風特攻隊による一回目の攻撃は終了しており、そのまま待機し、訓練をくり返すことになった。

その間特攻機には改良が加えられ、固定されていた爆弾が投下可能になる。戦時中、新聞記者として特攻隊員の取材にあたっていた高木俊朗が著した『陸軍特別攻撃隊』によると、改良を命じたのは隊長の岩本だったとされる。改良が終了したのち、岩本はフィリピンにあるすべての飛行場の場所が記された地図を隊員ひとりひとりに手渡し、「爆弾を命中させて帰ってこい」と語った。つまり万朶隊は特攻隊であっても、必ずしも死を前提としていなかったことになる。

一一月五日になり、第四航空軍司令部から万朶隊に対して、連絡事項があるから飛来せよとの命令が下り、岩本以下将校全五名がマニラの軍司令部に向かうことになった。飛来命令の理由は富永軍司令官が特攻隊員に訓示をするためということだったが、岩本らが乗った飛行機はマニラへの途上で米戦闘機に遭遇、撃墜された。岩本ら五名は全員戦死し、万朶隊は予定どおりに出撃することができなくなってしまった。

一方、富嶽隊は一〇月二八日にルソン島のクラークフィールド飛行場に到着。一一月七日未明にラモン湾東方海上の米機動部隊に向けて出撃したが、目標を発見できずに基地に引き返した。しかし山本達夫隊員機は再びラモン湾に向けて離陸し、そのまま帰還することはなかった。その戦果は不詳である。

わずか四人の編成となった万朶隊も隊長を欠いたままついに出撃することになる。一一月一二日早朝、マニラの飛行場を飛び立った四機は、戦闘機に援護されながら、戦死した五人の隊員たちの遺骨を抱いて、レイテ湾に向かった。午前八時三〇分、田中逸夫《いつお》曹長が翼を振って仲間たちに合図を送ると急反転降下し、五〇〇〇メートルの高さから米輸送船に突入する。久保昌昭軍曹、佐々木友次伍長も続いて突入したが、佐々木は隊長の岩本に言われたとおり、ギリギリの地点で爆弾を切り離して現場を離脱し、ミンダナオの飛行場に不時着している。

その二日後、マニラ、クラーク地区が米軍の攻撃を受けたため、今度は富嶽隊の五機がクラーク飛行場からマニラ沖三〇〇キロにある米機動部隊に向かって再出撃した。午後六時ごろ、西尾常三郎隊長機は待ち受けていた二〇機のグラマン戦闘機に撃墜された。この間に国重《くにしげ》武夫機が米軍艦船に突入したと記録されているが、米軍側には、その日に撃沈されたり損傷を受けた艦船の記録はない。富嶽隊の他三機は攻撃の機を逸したため基地に引き返している。

このころ、内地では陸軍特攻の第一陣として送り出された万朶隊のことが大きく報じられている。この中には佐々木があげた「戦果」も含まれていた。梅津参謀総長は、陸軍特攻隊の戦果を天皇に上奏し、その感動を「御上《おかみ》には御満足あらせられ御嘉賞《ごかしょう》の御言葉を賜《たま》われり」(『大本営陸軍部戦争指導班　機密戦争日誌・下』)と日記にしたためている。

前掲の『陸軍特別攻撃隊』によると、佐々木はミンダナオから第四航空軍司令部に出頭した際に参謀から「不時着したことは軍司令部ではわからなかったから、大本営には突入したと報告した。このことを肝《きも》に銘じ、つぎの攻撃ではほんとうに戦艦を体当たりで沈めてほしい」と言われたという。佐々木は翌一五日にも出撃したものの僚機を見失ったために引き返し、二八日に三度目の出撃が決定した。出撃の際、参謀長から「晴れの舞台だから、立派に体当たりするんだ」と発破をかけられ、別の参謀には「佐々木伍長に期待するのは敵艦撃沈の大戦果を、爆撃でなく体当たり攻撃によってあげることである。今度の攻撃には必ず体当たりで確実に戦果をあげてもらいたい」と語気強く諭《さと》された。

このときに佐々木は「私は必中攻撃であっても死ななくてもいいと思います。そのかわりに死ぬまで何度も行って爆弾を命中させます」と岩本隊長からも言われた理に適《かな》った持論を披瀝《ひれき》した。しかしそれを聞いた参謀長は「佐々木の考えはわかるが軍の考えということがある。今度は必ず死んでもらう。いいな」と佐々木の考えを一蹴《いっしゅう》し、「死ぬこと」の必要性を強調した。

特攻機は爆弾を切り離し何度でも攻撃できるように改良されていたにもかかわらず、陸軍上層部は「特攻隊＝華々しい戦死」という図式にこだわった。着実に特攻の戦果をあげている海軍へのライバル意識は当然あっただろう。ところで佐々木だが、その出撃はトータルで八度に及び、周囲が死に追い立てるのをあざ笑うかの如く、ことごとく生還している。

陸軍第四航空軍司令官の富永には航空運用に関する知識も経験も欠けていたが、特攻隊で確実な戦果を挙げようと焦燥し、地上作戦のような感覚で航空作戦を進めていた。その後も、万朶・富嶽両隊の残存部隊に数度にわたって特攻をくり返させたが、大きな戦果は挙げられなかった。

学徒パイロットたちの「大戦果」

レイテ島の地上戦でも陸軍は苦境に立たされていた。レイテの各飛行場を米軍が占拠し制空権を失ったことにより、一一月一〇日以降は補給が途絶、山下軍司令官はレイテ戦は継続不可能だと寺内総司令官に伝えるのだが、続行を主張する寺内に押し切られてしまう。

窮地脱出を狙った大本営陸軍部は、あらたに二回にわたって計一二隊一五〇人の特攻隊の編成を決定し、日本国内の錬成飛行隊（教導飛行師団）にその命令を下した。

ここで問題になったのが特攻隊員の選び方である。万朶・富嶽両特攻隊員の際は、陸軍のメンツにかけて技量優秀な操縦士を選出したが、この段階では、ただぶつかるだけなら必ずしも高度な飛行技術は必要ないとされ、年端《としは》もいかぬ少年飛行兵、さらには訓練を終えたばかりの特別操縦見習士官からも特攻隊員を出すことになった。必ず死に至るのだから、係累の少ない青年が優先されるべきともされた。そして、上からの強制ではなく、「志願」という方法がとられることになった。

志願の実態はいかなるものだったのか。私は、東京・目黒にある防衛研究所を訪ねたところ、航空本部長の菅原道大中将の回想録を見つけることができた。菅原は防衛研修所の戦史室（当時）の求めに応じ、特攻隊員の選出の実情をこう記している。

特攻隊員の特攻志願の状況は、部隊の状態、時機、部隊長の性格等によって千差万別である。澎湃《ほうはい》たる志願殺到の初期においては、志願者等は中央部で企図した組織を満たすのに十分であって問題はなかったであろうが、時日の経過に従い志願が減少し、反面時局は要員の増加を要求したのではなかったか。ここに問題が生ずる余地があった。志願制を立て前とする中央部と、指示の部隊数を編成せねばならぬ部隊長の間に処する幕僚の言動など、各隊各様の状態を生じたであろう。

志願者採用の方法も、全員に布告して、「志願者は、一歩前進」という方法もあれば、中隊長が一名ずつ呼んで確かめるのもある。関係者を一室に集め記名投票させるもの、志願のうえに更に熱望の欄を設ける等さまざまであったようである。

（「特攻作戦の指揮に任じたる軍司令官としての回想」）

最高責任者にもかかわらず、他人事のような筆致に胸がザラついてしまうのは私だけだろうか。こうして、若者たちが自発的に命を捧《ささ》げるという形がとられた。大貫さんたちも、明野教導飛行師団で決断を迫られ、「熱望する」に丸をつけたのだった。上層部が命令でない形で部下に迫り、部下は重圧の中で上層部の意向を忖度する仕組みができあがっていたのだ。

この際、隊内に聞こえるように、また聞こえないように兵員の私語「誰々は特攻を志願しないそうだ、臆病《おくびょう》な奴だ」、「某は特攻志願で張り切っている」等々、内務班や廊下の立ち話しに囁《ささや》かれたであろう。このような有形無形の雰囲気の中で起居する関係者は少なからぬ圧迫を感じたであろう。

（同前）

特攻隊は全国各地の飛行師団で募られたが、菅原が記述するように、そのやり方は一律ではなかったようだ。岡山に、大貫さんと同じ第二二振武隊に所属していた元特攻隊員が健在だった。歯学生から特操になった島津等さんである。島津さんによれば、明野飛行師団近くの北伊勢分教所に所属していた訓練生たちの一部は、明野には行かずに分教所内で集合をかけられ、上官から「一命を国に捧げることを熱望するものは、一歩前に出ろ」と言われ、それが特攻隊であることはいっさい告げられず、全員が訳もわからないまま一歩前に出たという。

学徒出身の特別操縦見習士官二期生の片山啓二さんにも話を聞くことができた。大貫さんたち一期生より六ヵ月あとの入隊だったが、やはり明野で用紙を配られている。緊迫した雰囲気のなかで、片山さんが丸をつけたのは、「希望する」。しかしこのときには、大貫さんたちのように仲間と相談する余裕も与えられなかったという。

「希望せずに丸をつけた奴らも多かったのです。しかし俺は希望せずだったのに指名されてしまったという同期生が何人もいました。だから紙に書かされたのは形式的なことで、希望するもしないも全部ひっくるめて、特攻隊員に指名されたのではないでしょうかね」

片山さんの話からも、この「志願」制度はあくまでも形式だけだったことがうかがわれる。

こうして特攻隊員は集まったものの、同時に微妙な問題が持ち上がっていた。隊員を特攻隊として編成する際に、これを正式の部隊として認め、天皇に上奏して裁可を仰ぐかどうかという問題である。

軍隊の編成は天皇の命令によるもので、特攻隊も当然そのように編成されるべきだというのが参謀本部の主張である。一方、陸軍省、とりわけ菅原をトップとする航空本部のスタンスは異なり、必ず死に至る任務を天皇の名において命令することは適当ではないとした。

この論議は、特攻戦法の規模が拡大したあとも長く続けられたが、最後まで菅原の唱える方式によることになった。特攻隊にも当然、隊名、隊長などが存在するが、部隊の規模が小さいこともあり、作戦計画により臨機に組織された「殉国同志の集団」という扱いとなり、隊長には人事、教育、賞罰などに関する完全な統率権を与えなかった。一方で、飴《あめ》と鞭《むち》というわけではないが、一九四四（昭和一九）年一一月一日に勅令第六四九号が公布され、特攻を実施した者は二階級特進させることになった。

「万朶」・「富嶽」の二隊に続く形で新たにフィリピン航空作戦のために編成された一二の特攻隊は、八紘一宇《はっこういちう》の理想実現を目指して「八紘隊」と総称され、一五〇名の若者が隊員となった。それまでの特攻隊員は航空士官学校の卒業生が大半だったが、この時点から特別操縦見習士官のなかからも特攻隊員が選ばれている。一二隊のうちの、三隊（第一隊・別称「八紘隊」、第七隊・同「丹心隊」、第九隊・同「一誠隊」）が明野飛行師団において結成された。大貫さんと同室だった馬場駿吉と、特攻の決断を迫られたときに「希望せずで通るのか」と特操の仲間を諭した道場七郎は八紘隊に、大貫さんの親友だった「ラッキーセブン」の佐々田眞三郎と加治木文男は丹心隊の所属になった。選ばれた特操パイロットは特に技量に秀でた者だったという。

一一月半ばから一二月にかけて、フィリピンでは特攻が連日のように展開されていく。第一隊・八紘隊は一一月二七日、レイテ湾の米輸送船団に特攻を敢行し、二日後、大本営陸軍部はその戦果を国民に大々的に発表している。

大本営発表
昭和十九年十一月二十九日十四時
我《わが》特別攻撃隊八紘《はっこう》飛行隊は十機を以て、十一月二十七日レイテ湾内の敵艦船に対し、果敢なる攻撃を敢行し、次の如く敵艦船十隻《せき》を撃沈破せり。
轟撃沈《ごうげきちん》　戦艦　一隻
　大型巡洋艦　三隻
　大型輸送船　四隻
大破炎上　戦艦又は大型巡洋艦　一隻
　大型輸送船　一隻

朝日新聞には、この「大戦果」を報じた記事の横に「七学鷲《がくしゅう》　特攻の初陣《ういじん》」「八紘隊神鷲《しんしゅう》最後の言葉　学徒よ、我に続け」と大きな見出しが躍っていた。学徒パイロットが命を賭《か》けて戦っているということが、プロパガンダとなって大きく報じられたのである。「七学鷲」の一員として馬場も道場もレイテ湾に命を落とした。

丹心隊の主力は一二月一〇日、レイテ島南方のスリガオ海峡の米輸送船団に突入、この攻撃で佐々田は還らぬ人となった。加治木は一七日、他の一機とともにミンドロ島付近の米艦船に突入している。

フィリピン戦線からの敗退

陸軍は特攻作戦への傾斜を強め、陸軍大臣杉山元は、特攻の戦果だけでなく若者たちの犠牲的精神を賛美した。帝国議会で国会議員を前に緊張した面持ちで演説する軍服姿の杉山が、記録ニュース映像に残されている。

「万朶隊をはじめとする我が陸軍特攻隊は海軍の神風特攻隊とともに体当たりし、敵の魂胆《こんたん》を奪った。真《まこと》に感激。この敵艦船等を求めまして、必死必沈を期し、体当たりに任じまする者はいずれも二〇歳前後の若武者であります」

しかし、フィリピン・レイテ島では苦戦が続いていた。一二月七日、米軍がレイテ島西部のオルモック湾に上陸し、レイテ島の日本軍は完全に補給路を断たれた。さらに一五日、米軍はミンドロ島に上陸、これらを受けて一九日、服部卓四郎参謀本部作戦課長は今後のフィリピン作戦について「レイテ決戦を断念せざるを得ないが、航空決戦をなお持続せんとする」という案を参謀総長に述べ、同意を得ている。つまり敗色は濃厚だが特攻作戦は続けるという方針が打ち出されたのである。

しかし一二月半ばには、内地で編成された第四航空軍の手持ちの特攻兵力は底をついたため、司令官の富永は、在フィリピンの航空兵力を特攻隊に再編成した。まずは、第五飛行師団に対して特攻を命じ「菊水隊」と命名した。飛行団長の山本健児《けんじ》少将は作戦に反発を覚えたとされるが、結局は同意する。一二月一四日菊水隊四七名はクラーク基地を飛び立ち、ネグロス島西方海上で米軍の迎撃を受け、全隊員の命が奪われた。その後も富永は「皇華隊」「若桜隊」「精華隊」など菊水隊同様、本来は戦隊所属だった操縦士を特攻隊に編成し、出撃させつづけた。

富永はこのころ、精神状態が安定していなかったといわれており、一二月の末に辞意を表明したが、寺内南方軍総司令官によって慰留されている。

地上部隊も窮地に追いこまれていた。一二月二五日、山下軍司令官はレイテ島の第三五軍司令官鈴木宗作《そうさく》中将に「永久抗戦命令」を出し、「将来の皇軍反攻の支掌《ししよう》たるべし」と命じたが、その二日後、大本営および第一四方面軍はレイテ作戦の打ち切りを決定した。

同日、大本営は「今後の作戦指導に関する件」とする陸軍部海軍部協同の上奏文を提出する。

今日迄《まで》に於《お》ける捷《しよう》一号作戦の指導は「レイテ」島に作戦の重点を指向し、同島の敵を撃滅して之《これ》を確保するを主眼として指導されて参りましたが、今後に於きましては「レイテ」島のみに限定することなく、菲島《ひとう》全域に於《おい》て随処に敵の企図遂行を制扼《せいやく》しつつ其《そ》の弱点、特に船団に対して必殺の攻撃を加え、殊《こと》に航空を中核とする特攻に依《よ》り敵を震撼《しんかん》せしめます（後略）

「随処に」という作戦にしてはあまりにもアバウトな表現にとまどいを覚えてしまう。いずれにしても、特攻作戦へのさらなる傾斜が強調されている。

レイテのみならずフィリピン全域で日本軍は苦戦を強いられていく。一九四五（昭和二〇）年一月九日、米軍がルソン島に上陸すると、山下が直接指揮する約一三万の将兵は追いつめられ、各地で玉砕をくり返した。フィリピンに残っていた陸海軍の航空部隊のほとんどは特攻隊として再編成され、隊員たちは南の海へと散っていった。

予想もつかない出来事がさらなる混乱を招く。富永は、まだ作戦が続いている最中の一月一六日に、現場を離れ突如台湾へ引き揚げてしまったのだ。その理由は不明で、フィリピンを統括する山下も把握していなかったため、敵前逃亡として軍法会議にかけるべきとの声が高まった。軍法会議は免《まぬが》れたものの、富永は司令官を罷免され予備役に編入、二月一三日第四航空軍司令部は解隊し、指揮下の各部隊はそれぞれ他に転属することになった。

『第二次大戦米国海軍作戦年誌』によると、フィリピン戦での特攻隊による米艦隊の損害は、空母二隻を含む沈没が一四隻、損傷八九隻、計一〇三隻。『陸軍航空特別攻撃隊史』によると、そのために失われた日本側の特攻機は海軍が三三一機、陸軍が二〇二機である。二五一人の陸軍航空特攻隊員が死亡した。

日本軍はフィリピン戦で五〇万の将兵を失ったといわれている。「天王山」の決戦と位置づけていたフィリピン作戦は日本軍の大敗だった。

〈渡辺　考〉

第二章　第二三振武隊

1945年３月、東京・成増飛行場から都城へ向かう大貫少尉（左）。出陣前に早大生の弟・卓二さんと。

黒マフラーの飛行隊

フィリピン作戦のあとしばらく特攻出撃の命令が来なくなったので、私の中に特攻に編成されずにすむのではないかという淡い期待がふくらみはじめました。でもそれは甘かった。陸軍は今度は本土防衛用の特攻隊「と号隊」を結成しはじめたのです。「と」とは特攻隊の頭文字です。そして昭和二〇年の二月二〇日ごろ、私にもついに運命の瞬間が訪れました。

このとき私は天竜飛行場から再び北伊勢《きたいせ》飛行場に戻り一式戦闘機「隼《はやぶさ》」の訓練を続けていたのですが、朝七時ごろ北伊勢の宿舎で飛行訓練の身支度《みじたく》をしていると、編上靴《へんじょうか》のコツコツコツという音がだんだんと近づいてくる。私の部屋の扉が叩かれ、緊張した面持ちの週番下士官、いわゆる「死刑宣告人」から、「大貫《おおぬき》少尉殿、部隊長殿がお呼びです」と告げられました。

来たな、と思いましたね。同室の者たちは雑談をやめて、いっせいに私を見つめました。腹の底からの震えがとまらず、鼻の奥がきな臭くなって、頭の中が空っぽになりました。

未練だぞ、しっかりしろ、と別の声が私を叱咤《しった》する。ようやく落ち着きを取り戻して、部隊長室へ赴《おもむ》いたのですが、命令を受けたときには足がガクガクと震えているのが自分でもわかりました。

「貴官は本日付をもって、と号第二二飛行隊に転属を命ず。心おきなく任務に邁進《まいしん》することを祈る」

と言われました。

「誓って最善を尽くし、ご期待にそいます」

どうにか簡単な復命をすますことができました。

本土防衛のための特攻隊はみな一二人編成で、明野《あけの》でも数隊作られていたのですが、「と号第二二飛行隊」は、明野飛行師団でも優秀な一二名の操縦士によって前の月に結成されていましたが、隊員のひとりが他の隊に移ったため、私がひと月遅れで補充されることになったのです。

第二二飛行隊は「黒マフラー隊」の異名を持っていました。当時、操縦士は白いマフラーをしていましたが、隊長藤山二典《つぎのり》中尉のアイディアで喪服に倣《なら》って黒マフラーにしたといいます。以前、第二二飛行隊を食堂で見かけたことがありました。そのときは特操仲間が何人もいたので声をかけようかなと思いましたが、みんなが巻いている黒マフラーには人を寄せつけない雰囲気があって、声をかけそびれてしまいました。

特攻隊員たちはおしゃれとしてマフラーをしていた訳ではありません。飛行中に万一の事故で火災がおきたり、油もれが発生したときなどに顔を覆《おお》ったり、怪我をしたときに包帯がわりにするためでした。飛行服を着用するときには首に巻くことが義務づけられていましたが、色までは指定されていなかったのです。数ある特攻隊のなかで、黒いマフラーを巻いていたのは、第二二飛行隊一隊だけでした。

第二二飛行隊の訓練を見学したことがあるのですが、一糸乱れぬ編隊で、逆落《さかお》としから超低空飛行まで凄《すさ》まじい気迫で華麗な飛行を繰り広げていました。彼らが優秀な操縦士であることは一目瞭然《いちもくりようぜん》で、みなで感嘆しましたが、自分がそこに所属するとは思いもよりませんでした。はたしてこの精鋭隊についていくことができるのだろうかと不安を覚えたものです。

宿舎で身の回りをまとめると、同期生全員が送ってくれました。「死に急ぐなよ、俺たちもおっつけ続くからな」と、激励と惜別の言葉に囲まれたのを憶《おぼ》えています。大刀洗《たちあらい》の飛行学校からいっしょで、法政大学アイスホッケー部の主将だった鮫島《さめしま》豊少尉が近寄ってくると、日ごろから大切にしていた備前長船《びぜんおさふね》の一振りを渡されました。鮫島は「貴様とは今生《こんじょう》の別れだな。俺だと思って抱いてゆけ」と大粒の涙を流しながら、痛いほど両手を握り締めてくれました。言い知れぬ感動と寂しさに返す言葉もなかったのですが、後日、この名刀も徳之島で私の隼とともに焼《や》け焦《こ》げてしまうことになります。鮫島は、五月六日、第五一振武《しんぶ》隊員として沖縄に散っていきましたから、切ないものです。ほんとうに、あのときが鮫島との今生の別れとなりました。

話を戻しましょう。明野の第二二飛行隊の宿舎に出頭すると、黒いマフラーを巻いた特攻隊員たちが勢揃《せいぞろ》いしており、緊張感を漂わせていました。黒マフラーは明野飛行師団の売店で売っているはずもなく、私はさっそく明野町内の呉服屋で長さ五メートルの黒い純絹のマフラーを発注しました。その日は、私の歓迎の宴を宇治山田の料亭「新川」で催してくれ、晴れて第二二飛行隊の一員に認められたという気持ちになりました。

隊員に特別操縦見習士官の一期生が多かったことも、私の意を強くさせました。

私と同期の特操一期生は八名で、全国各地からさまざまな経歴の面々が集まっていました。東京出身で明治大学でマンドリンクラブのバンドマスター兼キャプテンだった伊東信夫、岡山出身で大阪歯科大学を出た島津等、山形の大地主の跡継ぎで東京農業大学出身の西長武志《にしながたけし》、三重の高等農林を出た立川美亀太《たちかわみきた》、新潟出身で剣道五段の資格を持っていた国士舘大学出身の柄沢嘉則《からさわよしのり》、そして明治大学出身の井上立智《りっち》、広島師範学校出身の大上弘《おおうえひろむ》、それから私です。同じような境遇の彼らとはなんでも腹を割って話し合うことができました。

第二二飛行隊の一二名は、四名ずつの三小隊に分かれていました。隊のまとめ役の三名は召集を受けた学徒兵ではなく航空士官学校出身です。隊長は鹿児島県出身の五六期生藤山二典中尉。広島幼年学校、航空士官学校をともに首席で卒業し、その操縦技術も並外れて高度なものでした。薩摩隼人《さつまはやと》の気質にあふれ、軍人に徹した厳しい態度で隊をまとめ、隊員たちの気持ちを掌握していました。鬼のように思えるほど厳しい反面、優しさも人一倍で、隊員とその家族への労《いたわ》りの気持ちには並々ならぬものがあり、本人にかわって家族に近況を知らせる葉書をしばしば送っていました。隊が移動するときは、隊員の家族を面会に呼び寄せてくれましたし、誰の家族が来ても近くの料亭にいっしょに繰り出していました。「親ほどありがたいものはない、隊員の親はみんなの親だ」というのが藤山隊長の口癖でした。

そして隊長補佐役の柴田秋歳《あきとし》小隊長と前田光彦小隊長の両少尉。ふたりは航空士官学校で藤山隊長の一期下の五七期卒業生です。柴田小隊長は文才豊かな読書家で、隊の生き字引ともいえる存在であり、藤山さんから副隊長をまかせられていました。前田小隊長は小柄で現役将校とは思えないような優男《やさおとこ》でしたが、操縦技術は藤山隊長にひけをとらないほどでした。隊長とふたりの小隊長は航空士官だったため、特操の仲間に対してのようには気安く話すことができませんでしたが、我々一同一目を置いていました。

隊にはもうひとり、竹下重之《しげゆき》がいました。竹下は豪放な性格だった。横浜専門学校（現在の神奈川大学）を卒業後、地上兵科部隊に所属、そこで幹部候補生の試験を受けて甲種合格し、航空に転じてきたのです。だから竹下は特操ではなかったけれど、我々同様、学校出のいわゆる「学徒パイロット」でした。

私は、前田小隊長率いる第三小隊所属となりました。小隊長といっても私より若く、まだ二一歳でした。三人の隊員、大上と伊東と私は特操一期出身です。宿舎でも同室で、編隊を組むのも寝起きするのも、いつもいっしょでした。

とりわけ私がなかよくしていたのは、特操時代から意気投合しウマがあった大上弘です。大上は、広島師範学校出身で、教師を志望していました。明朗で闊達《かったつ》、運動神経も抜群で、サッカーの全国大会の代表選手に選ばれたりしていた。師範学校を首席で卒業した秀才だということが戦後わかったけど、そんなことをおくびにも出さない気持ちのよい男でした。

ふたりとも実家が広島と台湾と、各訓練飛行場から遠かったという境遇の共通性が、我々を近づけるきっかけになりました。みな休暇には里帰りを許されて、故郷の家族に会いに行っていましたが、我々は簡単に里帰りもできず、宿舎に居残ったのですが、大上はいつも家族にあてた手紙を書いていました。

手紙を書き終えると、きまって家族の話になります。母の健康状態を気にかけ、ニューギニア戦線に赴いたお兄さんのことを心配していた。兄は山の中に入ってしまったのか、まったく手紙の返事がない、おそらく前線に行かされているに違いないと、安否を気遣っていました。「ニューギニアで助かりそうもない兄と特攻隊で死んでいく俺。せっかく授かったふたりの子どもを戦争でいっぺんに亡くしてしまうのだから、父と母は不幸だ」と言って。大上は自分のことより両親の気持ちをいつも思いやって、悲嘆していました。いろんなことを話し、いつの間にか我々は無二の親友になっていました。

特操一期出身八人の中には、歴史が生んだいたずらのような経歴の持ち主もいました。明治大学出身の井上立智です。本名リチャード・リッチー・井上。私が振武隊に入ってすぐに開かれた親睦会の席での自己紹介で、彼がアメリカ出身の日系二世であることを知りました。

井上は四人兄弟の次男で、大正八（一九一九）年カリフォルニアの生まれです。和歌山県出身の両親はサンフランシスコ郊外で、セロリなどの野菜栽培を手広く手がけていた移民一世でした。当時日系移民の子どもは自動的に米国市民権を得ることができましたが、日本でも両親の本籍地に出生の届け出が義務づけられていたため、井上は二重国籍を得ていたのです。

順調な生活を送っていた井上の家族でしたが、満州事変勃発《ぼっぱつ》を機に運命が一転します。日米の対立が深まり、米国に反日の嵐が吹きはじめると、井上はそれを避ける決断をします。サンフランシスコ南部の高校を卒業した昭和一三年、大阪で小学校の校長をしている母方の親戚《しんせき》を頼って来日したのです。

しばらくして川崎にあった日系人を対象とした日本語学校に入り、同時に明治大学に入学しました。やがて日米開戦を迎えると両親は強制収容所に入れられてしまい、大学生の井上はそのまま帰国できなくなってしまいました。

昭和一七年九月に明治大学を繰り上げで卒業すると、陸軍に入隊します。翌年、特操に一期生として合格し、朝鮮大邱《テグ》にあった飛行隊を経て明野の教導飛行師団に移ると、昭和一九年一二月、特攻隊員に選ばれたのです。

毎朝軍人勅諭《ちょくゆ》を唱和させられるのは苦手のようでしたが、日常会話にはなんの不自由もなかった。でも心中は複雑だったでしょう。自分のもうひとつの母国を相手に体当たり攻撃をするのですから。出撃前の寄せ書きには「必沈」「命中」と書いていましたが、並々ならぬ覚悟だったろうと思います。

第三小隊のもうひとりの男、伊東信夫は二三歳。私と同い年の物静かな男で、酒を一升飲んでもちっとも乱れません。伝統ある明大マンドリンクラブのバンドマスターだっただけあって、音楽に関する知識も豊富で、将来は作曲家になるんだと言っていました。時間を見つけてはせっせと五線譜に曲を書きつけていましたし、クラシックを小声で口ずさむこともありました。ある日の訓練後、いつもより真剣な顔をして黙って何か書いているから、「何やっているんだ」と聞くと「隊歌を作曲している」と言うのです。

柴田秋歳小隊長の歌詞に曲をつけたものでしたが、これがまたいいんです。忘れられない歌になりました。

一　此処《ここ》神州の雲染めて　至誠に燃ゆる大丈夫《ますらお》が
　散りて帰らぬ鵬翼《ほうよく》に　御国《みくに》の永遠《とわ》を祈りつつ
　莞爾《かんじ》と笑みて天翔《あまか》ける　我等《われら》特別攻撃隊

二　暁《あかつき》寒き基地の空　爆音高く轟《とどろ》けば
　眼中死無く生も無し　只殉皇《ただじゅんこう》の一念に
　咲かずして散る若桜　我等特別攻撃隊

三　決然発《た》って地を蹴《け》れば　風浪《ふうろう》高く山なせど
　目指すは敵の空母群　必沈《ひっちん》の陣いや堅し
　嗚呼《ああ》神州よ永久《とわ》なれと　我等特別攻撃隊

偶然が導いたとはいえ、同じ運命を背負ってしまった一二人。初めていっしょに歌ったとき、私のなかではみなと共に死ぬんだという連帯の意識がたかまっていました。

任務は本土防衛

私が第二二飛行隊の一員となった昭和二〇年二月ごろ、陸軍は米軍の動向を正確に把握しておらず、上陸の狙《ねら》いは東京ではないかという噂《うわさ》が広まっていました。そのため、陸軍は本土で編成した九特攻隊のうちの四隊を関東地区に配置したのです。当時、東京の成増《なります》、調布《ちょうふ》、千葉の松戸、柏《かしわ》に帝都防衛用の飛行場があり、私は第二二飛行隊に合流してすぐに明野から成増飛行場へ移動することになりました。ここには防空戦隊の飛行第四七戦隊が常駐しており、そこに居候《いそうろう》する形をとったのです。

第二二飛行隊は、最重要地域である東京周辺に米軍の機動部隊が来襲した際、海軍航空隊と連携して洋上攻撃をかけるのが最大の任務で、沖縄戦のことは頭にみじんも浮かびませんでした。

戦闘機の操縦士は一〇〇〇時間操縦してやっと一人前とされていましたが、我々の飛行時間は四〇〇時間にも満たなかった。それでも私は長時間乗ったほうで、もし特攻隊員にならなかったら、二〇〇時間くらいだったでしょう。その程度の飛行経験では空中戦なんて絶対にできませんし、敵機と相対《あいたい》してもただ墜《お》とされるだけです。のちに特攻作戦が泥沼化すると、二〇〇時間くらいしか乗っていない者も突っこまされるようになり、最後のほうは一〇〇時間くらいの飛行時間で突入させられた者もいました。一〇〇時間では離陸して飛ぶのがやっとですから、まったく哀れなもんです。

陸軍の場合、飛行経路の要所要所に補給のための基地があるという前提で飛びますから、戦闘機も航続距離が短く設計されています。この飛行場を爆撃すると決め、地図を見ながら目標物を探しつつ飛行していくわけで、海上で索敵するなどということは想定していません。

一方、海軍機はなんの目標物もない洋上で敵を探し回らないといけないので、航続距離が長く設計されています。特に爆撃機となると何時間もなにもないところを進むため、計器に頼って飛行することになる。風はどちらの方向からどれだけの強さで吹いているか、横からの偏流はあるのか……二一世紀の現在のように気象データを逐一《ちくいち》入手することはできず、海上の波の様子から風の方向、強さなどを計算して飛んでいたのです。でも陸軍では、そんなことは少しも教わりませんでした。

我々は、海上の米艦船に突入することを想定して、洋上飛行の訓練をすることになりました。これは陸軍ではきわめて珍しいケースで、それだけ我々は恵まれていたのだと思います。毎日が命がけの猛訓練の連続で、一寸先が見えない雲海に編隊のまま突っこみ真上に急上昇したこともあります。身の毛がよだつとは、まさにあのときの恐怖感のことをいうのでしょう。でも藤山隊長は目標に突っこむ突入角度が浅いと、妥協を許さずに何度でもやり直しを命じましたし、失敗すると容赦なく鉄拳《てっけん》制裁を食らわせました。

特攻で敵艦船に命中するためには、周囲が薄暗く、物体が見分けにくい払暁《ふつぎょう》と薄暮《はくぼ》の時間帯に攻撃を仕掛けるのがよいとされていました。しかしそんな時間帯に訓練をするのはきわめて危険なことなので、ほとんどの隊では日中のみに訓練をしていたのですが、我々第二二飛行隊は、夜間、三宅島《みやけじま》を往復したこともありました。

もっとも上の連中は、離陸して飛行し浮いている船に突っこめばいいんだ、という程度の認識で、高度な訓練は必要ないと考えていたようです。フィリピンである程度うまくいったものだから、舐《な》めていたのでしょう。訓練中に参謀が来ては、「見敵必滅、勇《ゆう》往邁進《おうまいしん》、乾坤一擲《けんこんいってき》」などのお題目を並べて発破《はっぱ》をかけることもしばしばで、迷惑千万な話でした。

初めて気づいた特攻の困難

二月末になると、我々第二二飛行隊は大分県別府《べっぷ》の近くにある海軍の大分海軍航空基地に短期派遣され、実際の船舶を相手にした実戦訓練を受けることになりました。特攻隊の大半がぶっつけ本番に近い状態で、特別な訓練を受けずに飛び立たされたことを考えると、我々の隊に対して上層部の期待がいかに高かったかを窺《うかが》い知ることができます。

海軍の協力のもと、我々は別府湾に浮かぶ海軍の船に向かって、実際に急降下して突入する訓練をしたのですが、そこで私は強い衝撃を受けました。それまでただ突っこむだけで簡単だと聞いていた特攻が、きわめて困難なものだということがわかったからです。

艦船に突っこむ際は、通常三〇〇〇メートルほど上空から米艦隊目がけて急降下するのがよいとされていました。巨大な軍艦がマッチ箱くらいにしか見えない高さから急降下するのですが、あまり急な角度で突っこむと、速度が出すぎて危険な状態に陥ります。理想の角度は四五度とされていましたが、それでもすぐに時速五五〇キロほどになり、舵《かじ》が利きづらくなりました。

我々が使っていた機材は当時陸軍では最上級機とされていた一式戦闘機「隼」のⅢ型です。隼は昭和一六年、中島飛行機が開発したもので、時速五〇〇キロ以上、航続距離も三〇〇〇キロ以上ときわめて優秀でした。しかし、特に注意が必要だったのがスピードの出し過ぎで、軽量化を図ったため機体の強度が不足し、時速六〇〇キロを超えると空中分解の危険性があったのです。

一式戦闘機「隼」は私が中国で使っていた九七式戦闘機の後継機として、陸軍航空を担《にな》った主力機です。太平洋戦争緒戦のシンガポール作戦やビルマ方面の航空戦では、連合国の戦闘機が旧式だったせいもあり、当時お目見えしたばかりの隼は数多くの戦果を収めました。とりわけ七度にわたって感状をもらった「加藤隼戦闘隊」の活躍は有名です。

急降下の訓練はどうしても三五度くらいの甘い角度になりがちでした。すると今度は風圧の影響で飛行機が横滑りし、標的からずれてしまうのです。二〇〇〇メートルの高さで四五度の角度から一度水平飛行に戻して、再び四五度で突っこみ、その後は一〇〇〇メートルの高さでもう一度水平飛行に戻して訓練は終了するのですが、飛行機の向きはそう簡単に変えられるものではありません。そうこうしているうちに海軍の船の急《きゅう》旋回《せんかい》についていけず、目標を見失ってしまうこともしばしばでした。

我々には選ばれた者としてのプライドがあり自信満々でやっていましたが、大分での訓練で完全に鼻をへし折られました。我々の飛行隊は陸軍特攻隊のなかでは精鋭中の精鋭といわれていたわけですから、傍《かたわ》らで見ていた海軍の連中はあきれていたでしょう。海上すれすれを飛び、米艦船の土手《どて》っ腹《ぱら》にぶつかる作戦に切り替えたのですが、その方法も高度な技術を要し、藤山隊長ですらうまくいきませんでした。このとき私ははっきりと特攻作戦の困難さを認識したのです。

第二二飛行隊のなかに厭戦《えんせん》気分というより特攻への拒絶意識が広がっていったのもこのころのことです。藤山隊長はばりばりの職業軍人で、後輩の教官をやっていたような人ですが、その藤山さんからして俺たちはこんなことのために戦闘機乗りになったわけじゃない、ってはっきり言ってましたからね。大分での訓練で完全に自信喪失に陥りました。

それでも一二人のなかには、どうせ死ぬのだから勇ましく死のう、俺は行くぞという、英雄気取りが三人いました。それから絶対成功しない、当たらないという、特攻そのものに懐疑的な者もいた。藤山隊長を筆頭として、私も含め五人がそういう考えでした。あとの四人はいつもニコニコ。どうせ死ぬんだからどうでもいいや、という諦観《ていかん》に支配されていたようでした。私はあの境地にはなれませんでしたが。

特攻隊と一口にいってもそういういろんな人間の集団だったわけで、戦後世間で大づかみにいわれているような、みんな国のために勇ましく死んだなんてことではけっしてなかったのです。

私の隊には渡されなかったのですが、別の隊では「特攻隊員用極秘操縦マニュアル」というのを使っていました。陸軍が昭和二〇年二月に発行したもので、私は千葉県の下志津《しもしづ》飛行隊で使っていたものを戦後になって見せてもらいました。そこには特攻機をどのように目標まで操縦していくか、どのような高度、角度からどんな速度で敵艦に突入すれば大きな打撃を与えられるかなど、操縦法に関することがこと細かく書かれていました。そこまではまだいいんですが……さらにご丁寧《ていねい》にこんなことが書いてあるんです。

衝突直前

◎速度ハ最大限ダ　飛行機ハ浮ク　ダガ浮カレテハ駄目ダ
◎力一パイ　押《オサ》ヘロ　押ヘロ
人生二十五年　最後ノ力ダ
神力ヲ出セ
衝突ノ瞬間
◎頑張レ神モ英霊モ照覧シ給フゾ
◎目ナド「ツム」ッテ
目標ニ逃ゲラレテハナラヌ
◎眼ハ開ケタママダ
眼ヲ開ケタママ「ブッ」カッタ男モアル
彼レハ其《ソ》ノ楽シサヲ語ル
◎体当リハ容易ナラン事ダ
敵トシテハコンナ割ノ悪ルイコトハナイカラ敵トシテ出来ル
最大限ノ逃手ヲ打ツニ決ッテヰル
衝突時ノ注意
◎「必ラズ沈メル」信念ヲ絶対ニ動カサズ
◎「必殺」ノ喚声ヲ挙ゲテ撲《なぐ》リ込メ

（斯《カ》クシテ靖国ノ桜ノ花ハ微笑ム）

自分の死の瞬間まで指図《さしず》されるなんて……。目を開けたままぶつかった男が、なんでその楽しさを語ることができるのでしょうか。まったく、こんなことまでこと細かく指図されていたなんて、もう馬鹿馬鹿しくて腹をたてる気力もありません。

知覧へ

三月二〇日、我々が所属する第一〇飛行師団の参謀が成増にやってきて集合をかけました。

「おまえたちはこれからは沖縄作戦に参加してもらう。都城《みやこのじょう》に移動して待機せよ」

この時点で我々はようやく、作戦が本土防衛から沖縄作戦に変わったことを知ったのです。これといった感慨もありませんでしたが、参謀が帰ると藤山隊長が我々の小隊を呼びつけました。

「三小隊はちょくちょく夜行軍をしているが、明晩は第二二飛行隊全員の設営を頼むぞ」

夜行軍というのは一種の比喩《ひゆ》ですね。我々の小隊が訓練終了後しばしば連れだって夜の街に繰り出していたことを隊長は知っていて、死にゆく前に隊員全員で別れの宴を開こうと言ってくれたのです。

幹事役は私が買ってでて、翌日、拓殖《たくしょく》大学時代に通っていた大塚の料亭「夢路」に出向き、交渉しました。馴染《なじ》みの女将《おかみ》が出てきたのですが、私が事情を説明すると狼狽《ろうばい》の表情でこう言います。

「みなさんの門出をお祝いしたいのはやまやまですが、飲み物も食べ物もないし、芸者は勤労動員でいないし、どうすることもできません」

確かに酒と食べ物がなければ話になりませんから、食料と酒は持ち込むということを条件にしました。女将も、死んでいく我々を不憫《ふびん》に思ってくれたのでしょう、夜までに芸妓《げいこ》さんをなんとかかき集めてくれるということになったのです。

実は学生時代のツケが未払いのままだったから、ほんとうは夢路には行きたくなかったのです。でも兵隊生活で貯金もできていたから、これを機に返済しようと思って女将に切りだすと、女将はそれはいいですと断り、

「お国のためにこれから命を捧《ささ》げる方から、お金なんかもらえません。こちらが御香典《おこうでん》を差し上げなければならないのに」

と恐縮していました。

私は基地に戻って、日ごろから我々特攻隊員を親身に世話してくれていた、成増の最

高責任者である奥田暢《のぼる》四七戦隊長に相談しました。

「おう、主計に話しとくから、好きなだけ持っていってくれ」

豪気な戦隊長はそう言ってくれました。明後日に出発して死ぬんだから、今生の名残になんでも好きなだけ持っていけというわけです。いまではサントリーの角瓶は、高級なウイスキーとはいえないようですが、当時寿屋《ことぶきや》の角瓶は超高級品でした。もちろん、配給品になることなどありません。ところが、成増飛行場の倉庫には酒も食料も豊富に揃《そろ》い、寿屋の角瓶も大量に備蓄されていたのです。

夕方になるとトラックを拝借し、角瓶三〇本と沢の鶴二〇本、それからビールを二ケース、さらに肉、魚、米、缶詰《かんづめ》をはじめとした食料を満載し、隊員一二名もいっしょに乗り込みました。これをぜんぶ一二人で食べ飲みつくそうというわけではありません。余った分は女将たちへの差し入れにするのです。夢路に到着して荷物を帳場に持ち込むと、女将以下腰を抜かさんばかりに目を丸くしていました。角瓶一本を闇《やみ》に流すだけで相当な金額になりますから、女将も胸算用していたことでしょう。

えり抜きの若い芸者さんたちが一二名集まっていました。今宵《こよい》は天下御免と、もんぺを脱ぎ捨て裾《すそ》を引き、いやはや一同大喜びでしたね。幹事として苦労のし甲斐《がい》があったというものです。

三月一〇日の東京大空襲の直後だったこともあり、灯火管制が敷かれていましたが、どうせ死ぬ身だからと、窓に降ろしていた黒幕を外してワイワイやっていました。すぐに地元の警察が飛んできましたが、相手が軍人だとわかると何も言いません。ウイスキーもストレートで飲んでいたのですが、大上が珍しく泥酔してしまい、日本刀を抜き出して、座敷の柱を斬《き》りつけました。女将も「どうせ空襲を受けるのよ、全部切り倒してちょうだい」などと気炎《きえん》をあげていました。

ところが宴たけなわのころ、女将が「大貫少尉さん、ちょっと」と手招きをします。帳場に降りると、そこには憲兵曹長《そうちょう》がいて、これはまずいなと思いました。苦虫を嚙《か》みつぶしたような顔で「何事ですか、このご時世に」と抗議されました。私は明日都城へ出発する特攻隊員であることを説明しましたが、納得しない憲兵は、成増の四七戦隊に電話で問い合わせを始めました。話は奥田戦隊長まで行ったようで、どうなることかと思ったのですが、意外な展開になりました。奥田戦隊長は恐縮するどころか、憲兵を怒鳴りつけたのです。

「お預かりしている特攻隊の方々だ。文句があるなら戦隊が全力でお相手するが、どうするか。憲兵隊長に聞いてこい」

怒号にも似た迫力のある声が電話口から漏れてきて、さっきまで居丈高《いたけだか》だった憲兵が、すっかり縮こまってしまいました。私はほっとして憲兵に「一杯やれ」と勧めたのですが、憲兵は「勤務中ですから」と固辞したため、隊長に渡すようにと清酒を三本ほど持たせると、「なるべくお静かに」と言って帰っていきました。

我々は明け方近くまで痛飲し、成増の基地まで歩いて帰りました。霜柱を踏みしめながら、ふと見上げると朝焼けがやけに鮮やかだったのを覚えています。

三月二二日午前一〇時ごろ、搭乗機の整備が完了したのを確認すると、黒マフラーを首に巻いて機に乗り込み、戦隊長以下全戦隊員、飛行場勤務者総員をあげての盛大な見送りを受け、成増をあとにしました。明野、防府《ほうふ》で一泊ずつしたのち、三月二四日、都城に到着。東西のふたつの飛行場がありましたが、我々は西飛行場で待機することになりました。

着いてすぐに隊長が司令部に呼ばれて、我々「と号第二二飛行隊」は第六航空軍の下に所属することになり、陸軍の沖縄航空特攻隊「振武隊」のひとつになったことが言い渡されました。こうして我々の隊は正式に「第二二振武隊」となったのです。

都城西は大きな飛行場で、三つの飛行戦隊からなる第一〇〇飛行団が駐留していたのですが、彼らは我々特攻隊を援護する部隊だということがわかり、夜いっしょに飲むと飛行団の連中がこんなふうに語ってくれました。

「俺たちがいるからおまえらは心おきなく突っこんでくれ」

「おまえたち、守ってくれるのか」

「まかせてくれ」

とても心強く感じました。どっちみち死ぬわけだけど、やはり戦果を挙げるためには、我々が突っこむ前の露払いをしてもらうことは大きかったのです。この連中が守ってくれるならうまくいくのではと大いに期待しました。

戦後、『第百飛行団の軌跡』という本が出版されたので読んでみたら、びっくりしました。彼らは四式戦闘機「疾風《はやて》」という戦闘機に乗っていたのですが、燃料を満タンにしても奄美大島《あまみおおしま》に行くのがやっとだったというのです。つまり奄美までは行くけど、そこで引き返さないといけなかったらしい。沖縄本島まで行ってくれるものと信じていたのですが、奄美より先は援護なしの「裸」で行かないといけなかったのです。どのみち我々の出撃のときに援護部隊は飛びさえしなかったのですが。

都城についてから三日後の三月二七日朝、飛行場にいた参謀から沖縄方面の航空作戦「天一号作戦」の発令を知らされました。これで我々の目標がはっきりと定まりました。

この日、昼飯《ひるめし》を食いながら私は大上に聞きました。

「おまえ、遺書はどうするのか」

すると大上はこう教えてくれました。

「北伊勢で日の丸に寄せ書きしたからもういいんだ」

そのあと、大上は一枚の日章旗を取り出して広げて見せてくれました。日の丸を囲むようにして、隊員全員の名前とそれぞれの辞世の句が毛筆で思い思いに書かれていました。第二二飛行隊の遺書でした。私が隊に合流する前に北伊勢飛行場で訓練をしているときに、隊員全員とそこにいた整備兵たちで寄せ書きしたものでした。

「大貫少尉、おまえも書けよ」

と大上に言われたのですが、そこにいまさら書き加える気にもならず、私は筆を執《と》りませんでした。なんと書いていいかわからなかったし、書いても書かなくても同じだと思ったのです。あのときの心境は、とにかく飛び上がってぶち当たればいいんだという捨て鉢な気持ちでした。

都城で一週間ほどを過ごした四月一日の早朝、我々は知覧《ちらん》飛行場への移動を命じられました。我々の出発を知った第一〇〇飛行団本部の方々が拡声放送で熱烈な見送りをしてくれるなか、都城を飛び立ち、桜島の噴煙を眺め、最終基地の知覧に降り立ったのです。いよいよ沖縄突入が目前に迫ってきました。


〈大貫健一郎〉

〈解説〉沖縄戦前夜

驚愕の「ウルトラ文書」

アメリカの首都ワシントンDCから車で小一時間、メリーランド州にある米国国立公文書館分室には、米軍が収集した膨大な数量の特攻に関する資料が保管されている。二〇〇七年夏、現地に赴いた私は、それらを読み進めていくうちに、ひとつのことに気づかされた。

大貫健一郎《おおぬきけんいちろう》さんたちが沖縄に向かおうとしていた時点で、すでに米軍は日本軍の情報を収集し、沖縄特攻に対する防御網の準備を着々と進めていたのである。鍵となったのが解析文書「ウルトラ」である。

ウルトラ（Ultra）はもともとナチスドイツの暗号機「エニグマ（Enigma）」の暗号文を解読した書類に付された名称だったが、その後、ハイレベルの暗号解読情報全てが「ウルトラ」と呼ばれるようになった。

ウルトラ文書は数百のボックスにわけて保存されているが、すべての文書が、黄色いアメリカンレターサイズの紙に紫のインクで印刷され、最初のページの左上には、「Top Secret」とピンクのスタンプが押されている。名称はウルトラ・シークレットに由来するといわれ、太平洋戦争中はほぼ毎日、日本軍の暗号分析の詳細な情報が記録されていた。

沖縄特攻に関するウルトラ文書は、一九四五（昭和二〇）年三月二八日から始まり、米海軍が収集した情報が五つのカテゴリーに分類、章立てされている。

〈日本陸軍、及び海軍の戦闘機配置に関する推定〉の章では、日本及び占領地域のどこにどれだけの数の戦闘機を保有しているかを、一の位まで正確に把握して表にしている。〈B29作戦〉と〈損害の査定〉の二章では、米軍機の爆撃による被害状況が、〈哨戒艇《しょうかいてい》〉の章には日本の哨戒艇の動きが綴《つづ》られ、〈沖縄の防衛〉と銘打たれた章では、天号作戦についての細かい分析が記されている。

日本軍は航空機バンザイ攻撃によって、我々の高速艦隊機動部隊を壊滅させようと計画している。この攻撃のために日本にある全航空機兵力が犠牲的に使われる。

三月二八日付の〈沖縄の防衛〉の一文である。まさに大貫さんら第二二振武隊が都城で参謀から初めて沖縄特攻のことを聞かされた翌日にあたる。時差を考慮しても、米軍の作戦把握の素早さと精緻さを感じさせる。その日のレポートは六ページにわたっているが、「航空機バンザイ攻撃」とはいうまでもなく航空特攻作戦のことだ。

沖縄での特攻攻撃が始まった四月から、ウルトラはさらに詳細な分析を加えるようになる。総攻撃の日時だけでなく、その前夜に行われる偵察、爆撃、そして当日の攻撃の時間までが事前に調べつくされていた。さらに陸海それぞれの主要基地にどの程度の兵力が残されているか、週ごとに数字が更新されている。日本軍の暗号情報は筒抜けで、その動きは米軍に手にとるように掌握されていたのだ。

沖縄におけるアメリカ占領軍と艦隊を破壊しようとする計画。「X」デーは六日と設定された。帝国と台湾に残ったほとんど全部の飛行機をこの計画に使うようである。　（ウルトラ文書　四月五日）

四月六日に陸軍は第一回目の総攻撃（同時に行われた海軍の総攻撃の呼称は菊水一号作戦）を試みるのだが、その日時、攻撃の規模まで把握されていた。機材が不足し、練習機が特攻作戦に使われようとしていることまでが記されている。

他の地域から九州へ飛行機が送られ続け、訓練機が特攻のために転換されている。

菊水二号作戦という大型のエアーアタックが八日に予定されている。（ウルトラ文書　四月七日）

結局菊水二号作戦（第二次航空総攻撃）は一二日に実施が延期されているが、その前日のウルトラにはあまりにも詳細な翌日に備えての攻撃分析がなされている。

菊水二号作戦の作戦パターンは実に明確である。菊水一号作戦に明らかに匹敵する攻撃の命令順序は、遅延があったものの予定通りである。昼間攻撃部隊は、偵察機によって米艦船の位置がわかり次第、攻撃するよう準備している。夜間攻撃部隊も夕暮れの攻撃に備え、同様に控えている。前夜、中型爆撃機の二部隊は、偵察と夜明け前の魚雷と爆弾攻撃によって菊水二号作戦を始めることになっている。またひとつの部隊は慶良間《けらま》諸島に再び機雷を仕掛けようともしている。第一〇航空艦隊の訓練司令部からの特攻機を含む中間攻撃部隊が、第五八機動部隊を攻撃するためにすべての兵力の投入を準備している間、陸軍将兵は早朝七時に離陸することになっている。海軍兵は三つの陽動部隊に組織されていて、奄美《あまみ》大島《おおしま》沖縄間で特攻隊に先んじて戦うことになっている。いちばん激しい特攻は一四時から一五時半の間に計画されている。主要戦力である海軍部隊の総力投入に加えて、陸軍も少なくとも三〇人の兵士と五〇の特攻機を供給するだろう。陸軍機のこれらの戦力は、四月一〇日までに用意されている。連続的な計画遅延により増員されたのだろう。

（ウルトラ文書　四月一一日）

このようにして、暗号解読を軸に沖縄特攻に関する詳細な情報が米軍に握られ、敗戦に至るまで分析され続けたのである。

ところで米軍はウルトラ文書だけではなく、日本軍将兵から収集した資料も細部にわたって翻訳している。

そのひとつに「特攻隊員用極秘操縦マニュアル」がある。日本陸軍航空隊が一九四五年二月に発行したものの英訳であることが翻訳者の前書きに記されているが、墜落した特攻戦闘機から発見したもののようだ。大貫さんの話にも登場した「特攻マニュアル」とまったく同じものを米軍は入手し翻訳していたのだ。

また捕虜になった特攻隊員の調書も、英訳され保管されていた。さらには一九四五年五月に作成された「自殺兵器とその戦略　汝《なんじ》の敵を知れ」という表題の四〇ページにのぼる資料もあり、そこでは特攻が戦意高揚のためのプロパガンダに使われていること、武士道精神と繋《つな》がっているという推測まで細部にわたって掲載されている。

では、米軍はどのように日本軍の暗号を解析したのだろうか。

すでに太平洋戦争の開戦直前の時点で、アメリカは日本が本国と在外公館との間で取り交わす外交暗号の解読に成功していた。解読された情報は「マジック」と呼ばれた。一方、軍事情報に関しても、日本軍の通信情報を複数の場所でキャッチし、その電波がどこから出されているか方向を探知し、発信源である司令部の場所を特定した。やりとりされる通信量の変化で日本軍がつぎの作戦に動いているかどうかを判断したというが、まだ暗号そのものの解読まではされていなかった。

その後米海軍は一二〇名を超す通信諜報《ちょうほう》隊を編成し、ワシントン、ハワイ、フィリピンの三ヵ所に拠点を設置して、日本海軍の主要暗号である「JN‐25（海軍暗号書D）」の解読にあたらせた。さらに沈没した日本の潜水艦四隻《せき》を引きあげて通信機器を分析、一九四二（昭和一七）年五月には「海軍暗号書D」の解読に成功する。その結果、六月のミッドウェー海戦では、日本軍がいつ攻めてくるか、日付だけでなく時間まで正確に把握した。

このとき、「海軍暗号書D」が米軍に解読されていることは日本軍も薄々気づいており、対策として新たな暗号を作っていた。しかし日本軍は太平洋の島々からインド洋に至るまでの広域に戦線を拡大していたため、遠方の戦線まで新暗号が浸透していないと考え、新暗号と同時に米軍にすでに見破られている旧暗号「海軍暗号書D」を打ったのだ。米軍に対して自ら新暗号解読の手がかりを与えたのである。以降沖縄戦に至るまで

た。

そして、公文書館に保管されている別の資料が情報収集能力の彼我《ひが》の差を物語ってい

米軍は日本軍の情報を完全に掌握し続けたのだった。

張り巡らされたレーダー網

「これが米軍が沖縄戦に際して敷いたレーダーピケットです。徹底したレーダー網で日本のカミカゼを迎え撃ったのです」

書庫から一枚の文書を探し出した係の女性が、その紙をこちらにさし出し、そう語った。

レーダーピケット――ピケットとは「見張り」の意味だ。米軍は特攻機を未然に防げなかったレイテ戦を教訓にして、沖縄には防空警戒網を張り巡らせていた。文書は計画段階のもので、中央には沖縄本島の地図が描かれ、その周りを囲むように赤丸印があった。それは米軍のレーダーの位置を表していた。

赤丸の数は一五。米軍は、特攻機が接近してくるのを事前に掌握するため、沖縄本島の周囲を、肉眼視できない動体を確認できる最新鋭のレーダーを搭載した一五隻の駆逐艦と護衛駆逐艦でとり囲むことにしたのだ。

この文書は沖縄戦の二ヵ月前に作成されたもので、米軍はすでにその時点で周到な準

備を進めていたことがわかる。そして予定どおり、一九四五年四月には主力艦船部隊の前方一五ヵ所にピケット網の配置を完了する。各ピケットは正規の駆逐艦の他に掃海、敷設、護衛などの駆逐艦三〜四隻をひとつのグループとして編成され、各グループの旗艦には日本軍攻撃機の高度や水平方向、距離を測定するための機能を持った対空レーダーを搭載し、その情報を総合して分析する情報中枢（CIC・Combat Information Center）が艦橋に設置された。

レーダーピケットでは約三〇分前に特攻機の来襲を察知することが可能になり、防空戦闘機に指示を与え、各艦船に警報を発令したので、各艦船部隊は余裕を持って対空戦闘の態勢を整えられるようになった。肉眼で飛行機を発見するのは一五キロ先が限界だが、レーダーを使うことで一六〇キロ先での発見が可能になったのである。

米軍におけるレーダー実用化の歴史は、一九四一年一二月八日の日本軍による真珠湾攻撃に溯《さかのぼ》る。米軍のレーダーは八日未明、事前に日本軍の奇襲部隊を見つけ出していた。しかしその時間にちょうど味方のB17爆撃機の飛行計画があり、それがレーダーに映る機影と合致していたため、担当官は味方と思って見逃していたのだ。担当官がこのレーダー情報を上にあげていたら、真珠湾攻撃は別の筋書きになっていたかもしれない。いずれにせよ、米軍のレーダーは太平洋戦争開戦時には実用レベルに達していたのだ。

艦船に搭載する海上レーダーを本格的に始動させたのは、一九四二年八月の第一次ソロモン沖海戦である。さらにその後の第二次ソロモン沖海戦では、レーダーを射撃の照準に連動させる機能が艦船に備えられ、遠くの目標物にかなりの確度で着弾させることが可能となった。

とはいえそれまでは個々の艦が素敵に利用するというレベルにすぎず、レーダーの組織的、機能的運用は沖縄が初めてだった。特攻機が九州方面からだけでなく台湾や大陸から来る可能性もにらんで、沖縄の海域に全周にわたってレーダーの警戒網が張り巡らされた。このレーダーにはＩＦＦ（Identification Friend or Foe）という敵味方識別装置も搭載され、味方機ならばレーダーが発した質問電波に対して自動的に応答がかえってくる仕組みが備えられた。真珠湾の「教訓」が生かされたわけだ。

しかしまだまだレーダーの性能は十分ではなく、たとえば機数を正確に把握することはできなかった。そのため米軍機が迎撃しきれず、レーダーピケットの最前線に配置された駆逐艦のところまで飛来し、突入する特攻機も少なくなかったのだった。

駆逐艦ラッフェイ号

アメリカには現在、特攻隊の攻撃を実際に受けた駆逐艦が四隻残存している。一五あるピケットの第一番目のポイント（ピケット１）を担当したラッフェイ号もそのひとつで、サウスキャロライナ州チャールストンの港に保管されている。

れている。

ピケット1は、九州から飛び立った特攻機が最も近づきやすい場所にあったため、特攻機の集中的な攻撃を受けている。四月一六日、ラッフェイには八機が突入したが、それでも沈むことなく、アメリカ本土に戻り修復され現役に復帰した。戦後も駆逐艦としてベトナム戦争などに運用されたのち、三〇年前に第一線を退き、現在は一般に公開されている。

ラッフェイの乗組員だった、八二歳のアリ・ファトライデス元兵曹は当時一九歳、沖縄戦では操舵手《そうだしゅ》として、見張りなどの任務についており、特攻隊の集中攻撃を受けた四月一六日は艦橋にいたという。

「サイレンが突如鳴り、艦橋の最上階に駆け上がりました。二〇機ほどの特攻隊が頭上で旋回したのち、数機ずつダイブしてくるのです。正直、怖かったですね。艦長の指示でラッフェイは船体を揺らしながら進んでいました」

オーストラリアの戦史ジャーナリスト、デニス・ウォーナーが妻のペギーとともに記した『ドキュメント　神風』には生前のフレデリック・ベクトン艦長の証言が綴られている。

「私は敵機を真横に維持しようとして、敵機に向かって取舵《とりかじ》約二五度で回頭をつづけた。敵機は反転して（中略）本艦に向かって接近してきた」

午前八時三〇分過ぎから二時間にわたっておよそ五〇の特攻機から絶え間ない攻撃を

受けた。船体を揺らして攻撃をかわしていたラッフェイだったが、海面すれすれに近づいてきた特攻機は主砲でとらえることができなかった。最初の突入となる特攻機はそのまま船の中央部にある二〇ミリ砲台に激突、米兵三名が犠牲となった。船尾からあがる黒煙に紛《まぎ》れてもう一機の特攻機が接近して激突、甲板の下は修羅場となった。攻撃開始より一七分後、三機目の特攻機が砲台のひとつに直撃した。この特攻機（九九式艦上爆撃機）のエンジンが五インチ機関銃に激突し、大破させ、航空機燃料に引火し爆発した。砲台付近の一四名のうち六名が死亡した。

この間、艦橋にいたファトライデスさんは、恐怖と闘いながらも特攻機を観察し続けた。

「攻撃は定期的にくり返され、終わりがないのではと思ったほどです。よく見るとほとんどが海軍の九九式艦上爆撃機と艦上爆撃機『彗星《すいせい》』でした。陸軍機はほとんどすべて、ラッフェイに到達する前に撃ち落とされていたはずです」

この日は第三次航空総攻撃（菊水三号作戦）の実施日で、日本軍は陸海あわせて四〇〇機近くの特攻機と援護機を出撃させたのだが、ウルトラ文書を調べるとこの攻撃も前日にはかなり正確に把握されていたことがわかる。

次の菊水三号作戦の攻撃は一五日に予定されていたが、延期された。通常の夜間偵察や魚雷攻撃を含む初期作戦計画に、機動部隊を撃つために、可能な限りの兵士や特攻兵を一六日の夜明け前に出陣させる案が加えられた。

この連合艦隊の命令は、陸軍部隊が菊水作戦に対して、過去にはないぐらいの航空兵力の大部分を供給することを期待されていたことを示唆している。陸軍の中型爆撃機の総力と名古屋から大阪の地帯を守る航空機の大部分は、この地帯の陸軍最高司令部である陸軍第六航空隊の指揮下で軍事行動をとるために九州に送られている。加えて、あらゆる種類の一四五の陸軍特攻機が四月七日までに作戦活動可能になっている。

（ウルトラ文書　四月一五日）

四月一六日の総攻撃では通常よりまとまった数の特攻機と爆撃機が来襲したため、ラッフェイは対処しきれずに突入を許したのである。とはいえ、ラッフェイのレーダーは大いに活用されていた。

ラッフェイの艦内の立ち入り禁止区域を特別に見せてもらった。情報中枢の部屋の中央には、ＰＰＩ（Plain Position Indicator）と呼ばれる円形のモニターが置かれ、レーダーが捉《とら》えた映像が三六〇度全方向から見られるようになっている。敵機を発見すると、空中に待機している戦闘機ＣＡＰ（Combat Air Patrol）に対して情報中枢が、どこへ行けばその敵機と遭遇できるのかを瞬時に計算して指示を与えた。

実際に特攻隊を迎撃した操縦士が存命していた。八三歳になるカール・リーマン元中佐である。リーマンさんはフィリピン戦に参加していたため、沖縄戦が始まったときにはすでに特攻機との戦闘を経験していた。米軍が沖縄上陸を開始してから一週間ほどはまったく特攻隊が飛んでこなかったため、その間は地上軍の援護を担当していたという。その後、第一次航空総攻撃が始まった四月六日以降、ラッフェイなどのCAP編隊長として来襲する日本軍機の迎撃にあたっていた。

メリーランド州郊外の大きな木造平屋建ての家に、リーマンさんは妻マーサさんとふたりで暮らしている。大きな庭の青々とした芝生をリスが走り回り、中央にはプールまである。家に入るとキリストの肖像画がいくつも掲げられ、マリア像が至るところにあり、熱心なキリスト教徒であることが窺われた。

「フィリピン戦以前は、日本軍のパイロットはとても優秀だと聞かされていました。真珠湾攻撃やその他の奇襲を仕掛けた初期のパイロットたちが、非常に優れた腕を持っていたのは事実です。しかし、沖縄戦のときにはすでにそういうパイロットはいませんでした」

リーマンさんらCAPパイロットはラッフェイから細かい情報を得ていたため、かなり正確に特攻隊の位置がつかめたという。

「私たち戦闘機は艦上でつねに出動待機をしているのですが、ラッフェイの最新のレーダーから得られた情報が逐次私のもとにも入ってきました。一六〇キロも先の敵の動きが手に取るようにわかるため、こちらは準備万端で臨むことができたのです」

当時米軍は日本軍の飛行機をアメリカ式の愛称で呼んでいた。陸軍の一式戦闘機「隼」は「オスカー（Oscar）」、九七式戦闘機は「ネイツ（Nates）」と呼ばれ、海軍では艦上爆撃機「彗星」は「ジュディ（Judy）」、零戦《ゼロせん》はそのまま「ゼロ（Zero）」という愛称がついていた。

「通常、練度の高い海軍機のゼロかジュディが特攻隊を率いていました。特攻隊は最初に二、三機やってきて、そのあとで編隊が襲いかかってきましたね。四月一六日は五〇機ほどでしたが、それを我々四機のＣＡＰが迎え撃ったのです」

ＣＡＰパイロットの任務は指示された場所に向かい、そこで可能な限り迎撃し、撃ち落とせない敵機もラッフェイに近づかないように追いこむことにあった。四月一六日、リーマンさんは指令を受けた地点に空母シャムロックベイからグラマン戦闘機一機で向かった。

「私は指示された地点に到着しました。すると巧みに近づいてきた四機と遭遇したのです」

記録によるとこの日、最初にラッフェイに特攻を挑んできたのは四機の九九式艦上爆撃機である。

「しかしあまり脅威は感じませんでした。というのもその四機以外はとても古い戦闘機でしたので。彼らは未熟なパイロットでしたから、簡単に撃ち落とすことができました」

リーマンさんは最初の四機を撃墜することができなかったが、その四機はラッフェイと付近にいた大型上陸支援艇の対空砲火によって撃墜された。リーマンさんが到着してから三〇分ほどで、三機の味方グラマン戦闘機の小隊が援護に来た。

「我々グラマン小隊は、七面鳥を撃つようにいとも簡単に特攻機を撃ち落としました。もっとも操縦さえ満足にできない彼らカミカゼは、離陸して我々の近くにたどり着いただけでも幸運だったというべきでしょう。彼らが教えられていたのは体当たり攻撃の方法だけで、我々を迎撃する戦法など全然知らなかったのです」

そうはいうものの、四機のグラマン小隊では、日本軍五〇機の攻撃に対処するには機数が不足していた。四機の攻撃をかいくぐって数機の特攻機がラッフェイに突入する。このときにはリーマンさんは弾薬を使い果たし、残留燃料も少なくなったため、空母シャムロックベイに帰還した。

「私はこの日、トータルで六機の特攻機を撃ち落としました。だからラッフェイは六機分の突入を逃れたことになる。全部を撃ち落とすことができなくて残念だったよ」

結局ラッフェイには約八〇分間に八機の特攻機が突入し、爆弾四発が命中した。ラッフェイの艦尾は水中に沈んで舵が動かなくなり、ピケット1を離れ慶良間《けらま》にあった米艦隊の泊地《はくち》への曳航《えいこう》を余儀なくされている。乗員三五五名のうち三二名の死者と七一名の負傷者を出したが、それでもリーマンさんはこの日は運が悪かっただけと自信満々に語った。

「攻撃を許しましたが、経験を積んだ我々のほうがジャップより優位に立っていましたね。レーダーによって彼らの動きは、すべてお見通しでしたから」

リーマンさんは特攻機を六機撃ち落とした功績により、米海軍から殊勲十字章を授与されている。

「沖縄戦の終盤には、離陸して操縦桿《そうじゅうかん》を握っているだけで精一杯のパイロットしか残っていなかったようです。彼らがかろうじてできることは特攻機をある場所まで操縦すること。そこは終焉《しゅうえん》の地です。あの日以降、我々のところに飛んでくることは一度もありませんでした」

戦況を生々しく語っていたリーマンさんだったが、インタビューを終え、機材をまとめはじめた我々に、最後にこれだけは言わせてくれ、と呼びとめた。

「私は戦後になって特攻機は大学を繰り上げで卒業した者が操縦するケースが多かったと知らされました。それを聞いて哀しい気持ちになりました」

それまで不敵な表情を崩さなかったリーマンさんが、寂しげな笑みを浮かべた一瞬だった。

六〇冊の「菅原軍司令官日記」

東京九段下の靖国《やすくに》神社本殿横の靖国会館に、旧日本軍関係の軍事資料九万点あまりが収められた靖国偕行《かいこう》文庫がある。

書庫の中には、特攻作戦と深く関わったひとりの航空司令官の、六〇冊に及ぶ日記が保管された書棚があり、その一冊一冊に日々の出来事や思いなどが、敗戦に至るまで詳細に書き込まれている。

日記の主は太平洋戦争の緒戦、南方戦線でシンガポール作戦やパレンバン空挺《くうてい》作戦などで、日本軍を勝利に導いた航空作戦の専門家、菅原道大《すがわらみちおお》中将だ。大貫さんたち特操出身者四〇名に明野飛行場で特攻隊員に志願することを求めた、あの菅原である。日記は一九〇三（明治三六）年、全国に六校設置された陸軍将校養成機関である陸軍幼年学校の一校、仙台幼年学校に入校したときから書きはじめられ、大学ノートや市販の日記帳、さらにはポケットサイズの手帳などさまざまな形状のノートに、死の三年前まで一日も欠かさず書き記されていた。沖縄戦に至る過程、特攻隊が生まれた過程を、この「菅原日記」を通して見ていくことにしたい。

菅原の略歴を見ると、まさに陸軍航空隊の歴史とともに歩んできたことがわかる。

少年のころ、騎兵隊に所属していた叔父に憧《あこが》れを抱いていたが、日露戦争の勃発がきっかけとなって、菅原は軍人をめざし仙台幼年学校に進む。同級生に満州事変の主導者となった石原莞爾《いしはらかんじ》陸軍中将がいた。陸軍士官学校を卒業した翌年、一九一〇（明治四三）年暮れに、友人と代々木の練兵場でたまたま見かけた光景がその後の進路を決定づけた。フランスで飛行術を学んだ徳川好敏《よしとし》工兵大尉が、持ち帰ったファルマン機で日本で初めて飛行機操縦を成功させる瞬間を目撃したのである。

このころ、菅原は少尉に任官したばかりで歩兵第四連隊に所属していたのだが、胸の奥に戦闘機操縦士になる夢が芽ばえた。その後、菅原は陸軍大学校に進み優秀な成績で卒業し、陸軍省副官、歩兵第七六連隊大隊長などのエリートコースを進んでいく。同時に、アメリカや欧州各国に出向く機会があると、時間を作って最先端の戦闘用航空機を見学し、航空力の持つ可能性の高さに思いを馳せていた。

一九二五（大正一四）年、待ちに待ったときが菅原に訪れる。宇垣一成《うがきかずしげ》陸軍大臣によって断行された「宇垣軍縮」によって、旧式化した陸軍軍備が刷新されると、陸軍にも独立した航空兵科が設けられ、中央機関として陸軍航空本部が創設されたのだ。当初は総勢三〇〇〇名の小規模でのスタートで、草創期ゆえのトラブルが続出し殉職《じゅんしょく》者も多く、若い将兵たちのあいだで航空人気はけっして高くなかった。

菅原はこのとき三六歳。歩兵大隊長という要職に就いていたにもかかわらず、職をなげうって転科した。航空兵科は海のものとも山のものともわからなかったため、好奇の目で見る者も少なくなかったが、菅原は意に介さなかった。それだけ菅原の航空への思いは強かったのだ。

その後、菅原は航空本部第一課長を経て第二飛行集団長などを務め、航空作戦指揮の道を究めていく。太平洋戦争の直前、第三飛行集団長に任命され、飛行集団を南部仏印に展開、開戦に備えて着々と準備を進めていた。

太平洋戦争が勃発すると、菅原は豊かな発想に裏打ちされた作戦で名を上げるのだが、特筆すべきはパレンバン空挺作戦である。オランダ領スマトラ島パレンバンにある、豊富な油田と精油所の占領を企図した菅原が使ったのが、落下傘《らっかさん》部隊だった。

第三飛行集団の空挺部隊は一九四二年二月一四日からの二日間、落下傘でパレンバン付近に降下して飛行場と精油所を無傷の状態で占領、日本軍のジャワ進攻を後方支援する重責を全うした。時の東條首相は精油所占領の知らせに跳び上がって喜び、第三飛行集団挺進部隊は「空の神兵」と讃《たた》えられた。第三飛行集団は並行して進められていたシンガポール作戦にも参じ、その勝利にも貢献している。

パレンバン空挺作戦、シンガポール作戦とも、第三飛行集団の援護部隊だったのが一式戦闘機「隼」三個中隊三六機からなる第六四戦隊である。第六四戦隊は日中戦争中、中国南部、ノモンハンなどの空中戦で勇戦を続けた精鋭部隊だった。シンガポール作戦が成功するとビルマ方面に派遣され、加藤建夫《たてお》隊長の下で果敢な攻撃で飛行場を急襲し、英空軍を殲滅《せんめつ》するなど数々の戦闘で大いに名を馳《は》せた。「加藤隼戦闘隊」として歌や映画になったことはよく知られている。前述したが、大貫さんも加藤隊と同じ一式戦闘機「隼」を乗機にしていた。

第三飛行集団挺進部隊や加藤隼戦闘隊の活躍は内地にも大きく報じられ、それらを率いた菅原は航空作戦の第一人者として、揺るぎない地位を確立していく。

一九四三年五月、菅原は航空士官学校校長に任じられ、およそ二年にわたって後進の指導にあたった。精神主義を嫌った菅原は、西洋の最先端の航空知識と合理的な思考を航空エリートたちに伝授した。しかし、菅原の育てた航空士官学校の五六期、五七期生の多くが、のちに特攻隊員となったことは歴史の皮肉である。

菅原が特攻作戦にかかわるようになったのは、一九四四年三月のことである。このころ、陸相兼参謀総長だった東條が、特攻導入に批判的だった陸軍航空のトップを更迭《こうてつ》し、歩兵出身の後宮淳《うしろくじゅん》を航空総監兼航空本部長に任命した。しかし、陸軍の航空兵と歩兵出身者とは当時必ずしもうまくいっておらず、歩兵出身者の後宮が航空のトップになるとさまざまな軋轢《あつれき》が予想されていた。

そこで東條は、航空畑を取りまとめるために、後宮の補佐役の次長に、陸軍航空隊の重鎮の菅原を抜擢したのだ。

どうやら後宮はそんな菅原の存在を煙たく感じたようで、周囲に「菅原は無能である」と吹聴していたという。重要な会議には参加させず、地方出張や慰霊祭などを主に担当させ、航空軍に「菅原色」が浸透するのを嫌った。

陸軍では伝統的に、あくまでも歩兵が戦力の中心であり、航空兵も砲兵や工兵と同様に歩兵に従属するものと考えられていた。それまで陸軍航空隊には比較的自由闊達な雰囲気があったが、後宮がトップになり、歩兵優先の発想が前面に打ちだされる。

そして、「白兵戦」や「肉弾戦」など歩兵の伝統的な「突撃」の思想が、じわりじわりと航空組織に浸透しはじめたという。菅原が戦後、三男の道熙《みちひろ》さんに語った話によると、彼が航空本部次長に就任した三月の時点ですでに、特攻作戦は実施を前提とした議論がされていたらしい。

航空本部次長になったころから、菅原の日記の文章量は激減する。特攻作戦の記述もまったく見あたらず、意識的に避けている様子が窺える。「体当たり」について初めて書かれるのは、この年の六月のことである。このころ、サイパン陥落を受けて、陸軍中枢部はその対応に追われていた。

帰宅後、体当り訓示案を携えて、首藤、岩宮両少佐来る。夕食は九時に近し。
（一九四四年六月二四日）

ふたりの少佐は航空本部総務課に所属しており、作案の責任者ではない。「体当たり」訓示案は菅原か後宮が作成を命じたのではないだろうか。翌二五日に元帥《げんすい》会議が開かれ、特攻隊によるサイパン奪回作戦の可能性が話しあわれたことは前章で述べたが、それと並行して航空本部でも特攻の準備を進めていたのだ。

五日後の日記に再び特攻に関する記述がある。

一部の隷下《れいか》部隊長を集合せしめ、体当り訓示を為《な》さんとし、これに先立って戦況の説明を為さしむ。（六月二九日）

菅原は、「体当たり訓示」を部隊長たちにしようとしていたことが窺われる。結局、陸軍はサイパン奪回を諦めたため、特攻作戦は実施されなかった。菅原が実際に作戦が開始される前に特攻について日記で触れているのは、わずかこの二日間にすぎない。サイパン戦とマリアナ沖海戦で決定的な敗北を喫した日本に、もはや正攻法で戦う戦力は残されていなかった。参謀本部ではサイパン陥落の七月以降、特攻作戦を推し進める空気が決定的になり、東條の跡を継いだ参謀総長梅津《うめづ》美治《よしじ》郎《ろう》も、特攻の研究を続けた。

七月一九日、菅原は東條とともに退任した後宮の跡を継ぐ形で、航空総監ならびに航空本部長の職に就き、実質的に陸軍航空作戦の責任者になった。

今や対米勝利を得がたしとするも、現状維持にて終結するの方策を練らざるべからず。之《こ》れ、最後に於《お》ける敵機動部隊等に対する徹底的大打撃なり。（七月二七日）

アメリカに勝つのは難しいが、せめて現状維持で戦いを終えたい。そのためには敵の機動部隊などに対して徹底的な大打撃を与える必要がある。もはや航空作戦のプロの菅原にも良策はなく、特攻容認の流れに従うしかなかった。

そして一九四四年一一月、フィリピン戦で陸軍の特攻作戦が始まる。その第一陣は前述した万朶隊《ばんだたい》だ。その戦果を天皇に上奏するなど、海軍に負けじと喧伝する陸軍上層部の興奮とは裏腹に、菅原は冷ややかに特攻作戦を見つめていた。海軍に出遅れたことを自嘲《じちょう》気味に振りかえっている。

万朶隊の功績発表あり、海軍の真似《まね》の感ありて打つ手遅しか。（一一月一三日）

さらに一ヵ月後には「八方ジリ貧、打つ手なし」と日記に記すなど菅原は悲観的になっていた。特攻隊のもたらした二、三の戦果で気勢をあげて、自己陶酔に陥るのは避けなくてはならないと自らを戒める。

特攻隊の二、三の戦果に気勢を揚げて自己陶酔に陥るは避けざるべからず。又《また》国民として其《そ》の真相の概貌《がいぼう》は之《これ》を感得し、以《もっ》て必死の覚悟を為《な》さざるべからず。只《ただ》為政者としては政戦両略に関し如何《いか》にすべきか、打つべき大いなる手を何時如何《なんどき》にすべきや。（一二月一〇日）

このころ、菅原は陸軍士官学校五五期卒の長男道紀《みちのり》を特攻隊に参加させようとし、周囲から売名行為と受け取られる恐れがあると諌《いさ》められ、取り下げている。菅原の揺れ動く心中の一端が窺《うかが》い知れるようである。

そんな菅原のもとに一九四四年一二月二六日、新たな任務が通達された。それは、やがて始まる沖縄特攻を直接指揮する第六航空軍司令官という職務だった。

「天号作戦」と「決号作戦」

しかし第六航空軍は多難な船出を強いられる。急ごしらえの軍に適切な人材を配置することは難しく、首脳部には歩兵出身の参謀ばかり集まり、飛行機の操縦経験者は八名の中でわずか一名にすぎなかった。

一方、現場の戦力を見てみると、操縦士は、飛行学校などの教官や助教と、訓練途上あるいは修了してまだ日が浅い特操や少年飛行兵が大半を占めた。それでも、第六航空軍は飛行経験の未熟な彼らを軸に作戦を立てねばならなかった。

一九四五年一月一日の日記には、現状打破の困難を嘆く菅原の悲痛が綴られている。

元旦

嗚呼《ああ》多難多事なる昭和二十年を迎う。レイテの形勢非にして国民の意気正《まさ》に銷沈《しょうちん》、持久の一途、何《いず》れの時に反攻に出づるや。海軍は無力となりて妙案なきを如何《いか》にせむ。作戦の計画は只々《ただただ》敵侵寇《しんこう》の対応策を立つるに汲々《きゅうきゅう》たるのみ、而《しか》も徹底し得ず。(中略)国防の脆弱《ぜいじゃく》性実に大なり、敵の長期戦の呼号に対し冷汗《れいかん》三斗《と》なり。果《はた》して必勝道を何れに求めんとするや、奇蹟《きせき》出でずんば遂《つい》に救国の途《みち》なからむ。本年の夏期最も危険なり。只々《ただただ》国民の敢闘精神の不屈を俟《ま》たんのみ。

(一九四五年一月一日)

「最も危険」なのが「夏期」と見抜く菅原の洞察力には驚かされる。本土とサイパンを中心とするマリアナ地区から飛来するB29による本格的空襲が始まり、本土とサイパンの中間地点である硫黄島にも米軍来攻の可能性が強まっていた。第六航空軍創設当初の基本任務は、本土および西南諸島の航空作戦だったが、マリアナ諸島と硫黄島、北海道から九州、さらには朝鮮まで、どこに米軍が来襲しても抗戦することが責務となった。しかしその範囲はあまりにも広く、のちに展開する沖縄作戦への準備も不十分となったのは、当然というべきかもしれない。

米軍はとどまることなく進攻を続けていたが、彼らのつぎのターゲットはどこなのか、陸海軍は統一した見解を持てず、陸軍は台湾を、海軍は沖縄を想定していたとされている。

フィリピン死守に失敗した捷《しょう》一号作戦で、海軍は機動部隊の運用能力を喪失し、残った空母は四隻でしかも積載する航空隊はなく、残存する艦船も燃料不足のため行動が難しいという状況に陥っていた。

切迫した状況を打開するため、陸海軍首脳はフィリピン戦で一度試みたものの、うまくいかなかった、陸海航空部隊の一括運用の検討を始めた。それが一九四五年一月二〇日に決定された「帝国陸海軍作戦計画大綱」である。

「帝国陸海軍作戦計画大綱」の主眼は、小笠原《おがさわら》、沖縄、台湾、東南シナ海沿岸などの外周要域を防衛することにあった。米軍の本土上陸前にこれらの地域で大出血を与え、継戦意思を破砕するというもので、航空機による攻撃を基本とした作戦だった。この作戦は翌月「天号作戦」と名づけられる。天号は一号と二号に分けられ、一号は沖縄防衛、二号が台湾防衛を主眼とし、海軍は一号、陸軍は二号を重視した。

天号作戦の準備段階でふたたび着目されたのが特攻作戦である。陸軍は日本国内で三〇の特攻隊を編成したが、隊員の多くは特別操縦見習士官と少年飛行兵出身の操縦士だった。新たな特攻隊は番号がつけられた。大貫さんが所属した「と号第二二飛行隊」もその中の一隊である。

二月六日、「航空作戦に関する陸海軍の中央協定」が発令された。

陸海軍航空兵力は速《すみやか》に東支那海周辺地域に展開し、敵来攻部隊を撃滅す。

陸海軍航空部隊の主攻撃目標を、海軍は敵機動部隊、陸軍は敵輸送船団とす。

但《ただ》し、陸軍は為《な》し得る限り敵機動部隊攻撃に協力す。

陸軍は輸送船団を、海軍は機動部隊を狙うと、初めて陸海軍の特攻隊の棲《す》み分《わ》けがなされた。それまでも海軍の航空は洋上攻撃を任務にしていたが、機動部隊への対応に追われ、輸送船団にまで手がまわらなかった。米軍の増援を遮断するために輸送船団攻撃の有効性が評価され、陸軍特攻に大いなる期待が寄せられたのだ。

「天号作戦」と並行して策定されたのが、本土防衛のための「決号作戦」である。一億国民が決起協力して、残存陸海軍の航空が全力をあげて特攻にあたり、敵上陸軍を洋上に撃滅し、上陸してきた敵軍に対しても全地上戦力を結集して戦いを挑む、というものだった。陸軍は、洋上での戦いに比べ本土決戦は本領が発揮できる領域と考えていた。

二月二七日から三月一日の三日間、福岡で大本営主催の会議が開かれ、陸海軍双方が出席し天号作戦についての協議が持たれたが、そんな折に米軍の攻撃が始まった。標的は沖縄だった。

沖縄戦準備の混乱

一九四五年三月一日に始まった沖縄空爆により、米軍のつぎのターゲットが沖縄だと明らかになる。沖縄の地上防衛は牛島満《みつる》軍司令官が率いる第三二軍があたっていたが、前年の一二月、大本営陸軍部の方針で、軍の兵力の三分の一にあたる第九師団が台湾の兵力補塡《ほてん》に充当されていたため、空爆開始当時の沖縄の兵力はけっして十分とはいえなかった。大本営は新たな増援部隊として姫路の第八四師団を向かわせることを約束したが、翌日にはその決定をひっくり返している。本土決戦のために兵力を温存しておきたいという陸軍の本音も見え隠れする。

米軍の沖縄上陸は、本島中部にある北飛行場（戦後、米軍読谷飛行場。現在は日本側に返還）と中飛行場（現在の嘉手納《かでな》基地）の正面で実行される可能性が大きいと、第三二軍は予測した。そこで第三二軍の長勇《ちょういさむ》参謀長が考案したのが、「特攻隊ハリツケ作戦」である。できる限り多くの特攻隊を伊江島《いえじま》飛行場、北飛行場、中飛行場と周辺の島々に配置し、そこから米軍の艦船を攻撃するという計画だった。近距離からの特攻作戦ゆえに成功の可能性が高いと期待したのだ。第六航空軍にその命が下り、菅原が準備を進めることになった。

　長は三〇〇機の特攻機を要望したというが、それほど多数の飛行機を集められるはずもなく、二五隊、三〇〇機の特攻隊が配置されることになった。しかし、その時点で編成されていた特攻隊は、大貫さんの所属する「と号第二二飛行隊」（のちに第二二振武隊と改称）を含めて一五隊、一八〇機にすぎず、かつそのほとんどが沖縄から遠く離れた基地で本土防衛のための訓練中であり、急な作戦変更に対応できない状態だった。

　第六航空軍は、陸軍中央部に新たな特攻隊の編成を要請するが聞き入れられず、既成の飛行部隊を特攻隊に編成し直すことも検討されたが、現場の猛反対により頓挫《とんざ》する。結局、「ハリツケ作戦」は準備が整わず、菅原は第三二軍に対し、四月末にならないと特攻機は送れないと報告した。

　失意の第三二軍は、上陸後の米軍が飛行場を使えないようにするため、沖縄の全飛行場の破壊を上申するが、時間的に間に合わず、最終的には伊江島の飛行場だけを破壊することになった。当時、東洋一の規模を誇った伊江島飛行場だったが、三月一三日から三月末日まで、延べ五〇〇〇人の作業員による徹底的な破壊作業が進められた。

沖縄本島と周辺部の島々に特攻隊を配備できなかった第六航空軍は、作戦を変更し九州各基地から沖縄海上の米艦船を狙うことにした。陸軍の特攻基地として一四ヵ所（鹿児島県知覧、万世《ばんせい》、上別府《かみべっぷ》、徳之島、熊本県隈之庄《くまのしょう》、健軍《けんぐん》、菊池、宮崎県新田原《にゅうたばる》、都城東、都城西、福岡県大刀洗、芦屋《あしや》、蓆田《むしろだ》、佐賀県目達原《めたばる》）の航空基地が使われたが、そのうち最大規模のものが鹿児島県の知覧飛行場である。しかし沖縄本島周辺海域まで直線距離にして六五〇キロも離れており、その間に米軍のレーダー網が張り巡らされ、哨戒機が待機していることを考慮すると、作戦は困難なものにならざるを得なかった。

福岡で開催された前述の会議を受けて、三月一〇日、第六航空軍は司令部を東京三宅坂《みやけざか》から福岡に移し、沖縄方面の航空作戦に本腰を入れることになる。以後、沖縄作戦の命令は福岡から出されることとなり、県立福岡高等女学校の校舎を司令部として使うことになった。ちなみに福岡高等女学校の隣も私立の福岡女学校（一九四八年、福岡女学院と改称）で、後述する振武寮はこの私立福岡女学校に設けられた。

三月二〇日、陸海軍それぞれが独自に展開していた特攻隊の一本化運用がようやく実行に移される。第六航空軍は連合艦隊司令長官の指揮下に入ることになり、以降、沖縄特攻作戦は海軍の統率下で進められていく。菅原がこのことをどう受け止めたのか、所感の記述は日記にはない。

海軍で沖縄特攻作戦を担当したのは、二月にできたばかりの第五航空艦隊である。長官は連合艦隊参謀長として活躍した宇垣纏《うがきまとめ》中将で、特攻作戦の熱烈な支持者だった。第五航空艦隊は沖縄への迎撃、特攻及び本土防空を任務としていた。拠点を海軍の鹿屋《かのや》基地に置き、陸軍の第六航空軍からも参謀を派遣したが、菅原自身は福岡に留まり、後方から作戦指示をすることとなった。

協議の結果、陸軍はおもに薩摩半島の知覧から輸送船団に、海軍は大隅半島の鹿屋から空母戦艦に特攻を仕掛けることが決定する。予定の特攻機数を揃えられず各方面から信頼を失っていた菅原だったが、海軍と連携した総攻撃に命運をかけることになった。

焦燥の菅原中将

しかしその間も、特攻隊のパイロットの養成は遅々として進んでいなかった。

埼玉県の児玉基地で特攻隊訓練を担当していた東郷八郎元大尉（八九歳）が、東京都町田に健在だと知り、話を聞きに行った。

「もともと私は滋賀県八日市《ようかいち》の基地で軽爆撃機操縦者の訓練をしていたのですが、戦局が悪化し、昭和二〇年三月に埼玉の児玉に移駐することとなりました。教育訓練から特別攻撃隊の養成へ任務が変わり、計六つの振武隊を産み出したことになります」

第六航空軍の命を受けた東郷さんは、児玉基地につぎつぎと送り込まれてくる若い操縦士たちの技術の低さに驚かされる。

「特攻の任務を果たせるかどうか、非常に疑問を抱かせるレベルの操縦士が多かったのは事実です。それでも部隊の格好を整えるためには、彼らを前線に送り出さなくてはなりませんでした」

陸軍は輸送船団を狙うことになっていたはずだが、現場ではそれが徹底していなかったようだ。

「児玉基地の上層部は、『戦艦と巡洋艦を狙え』と言うのですが、私は、狙うのは輸送船だといつも操縦士たちに言い聞かせていました。輸送船は戦闘に必要な物資を大量に積み、多数の兵隊が乗り込んでいるが、兵器は機関銃くらいしか積んでいない。ところが戦艦になるとそういうものはいっさい積んでいないかわりに、相当強力な火器を装備しているから迎撃される可能性が高い。だから、どんなに小さくてもいいから輸送船を狙えと、口をすっぱくして言い続けたんです。輸送船を沈没させれば、日本としては相当大きな利益を得るだろうと、そういう考え方を徹底して叩きこみました」

東郷さんはまず、低空飛行の訓練をくり返した。

「地面すれすれに飛んで、電信柱を飛び越えていくという低空飛行を教えたんです。輸送船なんかののろのろしたのを攻撃する訓練になるというので、なるべくたくさん電信柱があるところを飛びました。この訓練では誰も事故を起こさなかったですね」

つぎに取り組んだのが編隊飛行訓練である。

「特攻の訓練といっても、海上の艦船を目標にして訓練をすることはできません。仕方がないから飛行場の端に小さなものを置いて目標に見立て、突っこむ練習をしました。編隊を組んでやらせるのですが、空中でぶつかってしまうのですね。ぶつかって飛行場の隅に落ちていきました」

間をおいて、東郷さんは言った。

「この訓練では、ずいぶんと尊い命が失われました。言い換えるなら、ずいぶん殺してしまいました」

児玉基地ではこの訓練期間中に一三人が命を落としたという。他の基地の状況も児玉基地と同様で、第六航空軍は沖縄戦のために十分な数の特攻隊を揃えられず、編成できた特攻隊も、古い機体と技術を伴わない操縦士ばかりというのが実情だった。菅原は海軍からきびしい突き上げを受けることが多く、日記にもその苦悩が記されている。

海軍側の情報を聞く。第六航空軍何をして居《お》るか、間が伸びているとの批評ありと。実施部隊と上級機関とはよく左様《さよう》な相違あるものなり。（一九四五年三月二〇日）

海軍の豊田《とよだ》副武《そえむ》連合艦隊司令長官を訪ねた日の日記からは、特攻の戦力が整っていない状況を伝えようと必死になっている菅原の姿が浮かびあがる。

隷下《れいか》の戦力を正当に判断すれば最低の戦法に満足せざるべからざる次第にて、上司を誤らしむること無からしめんが為《ため》、正直なる認識を報告したる次第。然《しか》らば結論としては決死努力を誓うのみにて、必勝の確信を言い得ざりしなり。

（三月二一日）

米機動部隊は三月二三日、沖縄本島への空襲を開始する。これを受け連合艦隊は二五日に、沖縄防衛を主体とする航空作戦、天一号作戦を発動させた。大貫さんが「と号第二二飛行隊」の任務が本土防衛から沖縄防衛に変更されたことを知らされたのは、そのわずか数日前のことだった。

二六日、米第一〇軍と海兵隊が沖縄に迫り、米第七七師団が慶良間諸島に上陸する。この時準備が間に合わなかった陸軍は、海軍より一日遅れで天一号作戦を発動したが、この時点で第六航空軍の掌握している特攻隊は、依然として大貫さんの所属する第二二振武隊を含めた九隊だけだった。しかもその三分の一がようやく都城や知覧に到着したばかりで、その他の隊は移動の途上にあった。そのため第六航空軍は、本来は防衛戦隊である虎の子の第六五、六六戦隊を特攻隊として急遽《きゅうきょ》編成し直すなど、特攻隊の数を増やすことに躍起になっていた。このころの日記にも菅原の焦りが綴られている。

一三三〇頃天号発令の命を受領、愈々《いよいよ》待望の機至る。然《しか》し前作戦の時も同様なるが、遂《つい》に追われ追われ準備不十分、辛《かろ》うじて間に合うの状態なり。(中略)然し乍《なが》ら事実攻略部隊の第一線とせば、現在が攻撃すべき位置にして、明らかに我が軍の準備遅延と云わざるべからず。(中略)我が特攻隊の集結意の如《ごと》くならず。(中略)其《その》一部は当然我が輩の責任なりと云うべし。頭脳クシャクシャして気分悪く、初頭より幸先《さいさき》悪し。(三月二六日)

特攻隊の準備が思うように進まないことをはっきりとわかっていながらも、他にこれといった作戦はない。自らの命令により若い命を奪うことになると思うと、菅原の心は揺らぐ。

然《しか》し未熟の若者を只《ただ》指揮官が焦りて無為に投入するは忍び得ざる処《ところ》なるが、片《かた》や戦機は如何《いかん》。敵の上陸を目前に、特攻隊に両三日訓練の機を与《あた》うとして、著しく戦力の向上を期し得るや否《いな》や。(同日)

米軍の沖縄上陸の先手を打つため、三月二九日、参謀本部は第六航空軍に沖縄方面輪送船団への攻撃を命じる。しかし第六航空軍はその時点に至っても、直ちに本格的な特攻を実行することができずにいた。大貫さんたち第二二振武隊が、都城西飛行場で出撃命令が出されるのを待っていた、あのころのことである。

その間、台湾に派遣されていた第八飛行師団で編成された特攻隊「誠《まこと》飛行隊」が、石垣島《いしがきじま》の基地などを飛び立ち、慶良間諸島付近で米艦隊に突入、戦艦を撃破するなどの戦果を挙げた。兵力が少ないにもかかわらず攻撃をくり返す第八飛行師団や、成果を挙げる海軍特攻と比較され、第六航空軍への参謀本部の信頼は一気にゆらいでいった。

レイテ戦の当時は特攻作戦に懐疑的だった菅原も、追い詰められた状況下では特攻しか進むべき道がないと考えたのだろうか、日記などにはだんだんと特攻に関しての記述が増えていく。混沌《こんとん》とした状況のなかで、第六航空軍は準備不足のまま米軍の沖縄本島上陸という事態を迎えようとしていた。

〈渡辺　考〉

第三章　知覧

陸軍特攻機の知覧飛行場からの発進風景。
見送るのは知覧高等女学校の奉仕隊。

菅原中将との再会

我々第二二振武《しんぶ》隊《たい》が都城《みやこのじょう》から知覧《ちらん》に到着したのは、ちょうど米軍が沖縄本島に上陸を始めた昭和二〇年四月一日のことです。

第六航空軍は海軍と連携し、米軍の沖縄上陸が想定された四月初旬に、最初の大がかりな特攻攻撃「第一次航空総攻撃」の発動を計画していました。この作戦のために全国から、第二二振武隊をはじめ四隊四八機が知覧に集まることになったのです。

知覧飛行場はもともと少年飛行兵や特別操縦見習士官の教育施設でしたが、外地に向かう飛行機の中間基地にも使われるようになり、沖縄戦が現実味をおびると、沖縄までの直線距離が六五〇キロという地の利を生かして、陸軍特攻の発進基地になりました。東西一五五〇メートル、南北一四〇〇メートルの敷地内に、地面を固めただけで未舗装の滑走路が二本ありました。

我々は知覧に午後一時ごろに到着すると、作戦の指示を受けるため飛行場のすぐ横にあるピストと呼ばれる戦闘指揮所に向かったのですが、本来揃《そろ》っているはずの特攻隊は第二二振武隊の一二名のみで、他の隊員の姿は見あたりません。第二三、三〇、四四振武隊は我々より先に到着していたのですが、米軍沖縄上陸の報を受け、すでに出撃していたのでした。我々ももう少し早く到着していたら、とにもかくにも出撃させられていたと思います。

何せ海軍との共同作戦ですから、第六航空軍としても海軍には負けられないという気持ちがあったのでしょう。数日で他隊が到着するという情報もあり、彼らが到着してから揃って出撃するものと思っていたのですが、我々第二二振武隊に単独での出撃命令が下りました。出撃はわずか二日後の四月三日。出撃時刻は午後三時半。一隊でもよいから出撃させるというのです。

特攻作戦の実施にあたって、本来ならば事前に飛び立った偵察機が、航路上の天候や敵艦の様子などを知らせてくれることになっていました。その上で特攻隊が飛び、その戦果は後方を追尾する戦果確認機が見届けるという仕組みです。都城で第一〇〇飛行団の連中と交わした会話もしっかりと心のなかに残っていました。

知覧基地を統制していた今津正光大佐も、偵察機と確認機を飛ばす約束を我々にしてくれました。

「その日の天候、敵の防御網などは事前に詳しく偵察機で調べて報告するから安心するように。それから露払いとして第一〇〇飛行団から戦闘機を八機出す。戦果確認機でおまえたちの戦果を見て、確実に上聞《じょうぶん》に達するようにする」

ありがたいなと思いました。

「おまえたちは優秀な振武隊だから、確実に戦果をあげてくれ」

それを聞いて我々も張り切りました。

命令を受けたあと、戦闘指揮所で上官からあるものを渡されました。拳銃《けんじゅう》でした。あとは飛び立って敵艦に突っこめばいいだけなのに、なぜこんなものが必要なんだと思ったのですが、よく見てみると弾が二発詰めてある。

「飛行中、島に不時着するような事態となったなら、一発はエンジンに撃ち込んで飛行機を燃やせ。もう一発は自分に向けて発射せよ」

つまり、自決せよということです。

「不時着したら必ず自決しないといけないのですか」

と聞くと、そうだと言う。米軍が上陸し捕虜になって特攻作戦の内実が知られてしまうのはまずいと、上官は考えたわけです。

「天皇陛下の大事な飛行機は万が一にも敵に渡ってはいけないから、必ず燃やせ。その後は不時着の責任をとって自決しろ」

沖縄までの航路上にある島々は日本の領土ですから、自国の島に不時着したのに飛行機を燃やせというのは、理由がわかりませんでした。不時着の原因がエンジントラブルだったとしても、整備兵もエンジンの不具合を承知で出撃させた司令官も誰も責任を取らないというのですから、とんでもない話です。

一夜明けた四月二日、突如、第二二振武隊に集合が命じられ、目の前に忘れもしない人があらわれました。三重の明野《あけの》飛行場で我々に特殊任務を「熱望」させた、あの第六航空軍司令官菅原道大《すがわらみちおお》中将です。翌日に出撃を控える我々一二人を前に、菅原中将はおもむろに口を開きました。

「おまえたちはすでに神である、国を救えるのは、もうおまえたちしかいない。なんとか敵艦船上空まで到達して、国のために任務を遂行してくれ」

神様なんて言われてもピンときません。

「けっしておまえたちだけを死なせない。最後の一機で必ず私はおまえたちの後を追う」

軍司令官はそんなことも口にし、興奮している様子が見てとれました。

私はあのとき、ほんとうに素晴らしい司令官だと思いました。第六航空軍の司令官が、俺も最後の一機で必ずおまえたちの後を追うと言えば、みな感激しないはずがありません。まさか戦後、九五歳まで生きるとは思いもよりませんでした。ああいうことは言わなければよいのにと思います。軍司令官の一言の持つ意味の大きさは、下の者の発言とは違うのですから。

私は死ぬのを怖いとは思いませんでしたが、おまえは何日に死ねと自分の命日を決められることに対しては、抵抗も反発もありました。でも軍隊では「嫌です」などという言葉は口が裂けても言えません。我々は「お国のために身命《しんめい》を捧《ささ》げます」と約束し、歓呼の声に送られて入営したわけです。軍人にあるまじき行為を犯して処罰されでもしたら、留守家族はどんなにつらい目に遭い、肩身の狭い思いをするかわかりません。あれを思い、これを考え、我々は黙々と上官の命令に従っていったのです。

三角兵舎というのがありました。特攻隊員が出撃までの最後の時間を過ごした場所ですが、我々も知覧では、三角兵舎で寝泊まりをしていました。兵舎の一帯は杉林で覆《おお》われ昼間でも薄暗いのですが、その杉林に半分隠すように兵舎は建てられています。米軍機から攻撃されないようにというわけでしょう、屋根にはカモフラージュのための小枝がかぶせられていました。

半地下の板張りの部屋には裸電球がひとつあるだけで、通路を挟んで六枚ずつ、掛け敷き兼用の「状袋」と我々が呼んでいた毛布が敷いてありました。当時の写真がテレビや雑誌などで紹介されることがあります。多くは屈託のない笑顔を浮かべている若者の写真ですが、私が知っている限り、あんな笑顔を浮かべる隊員などひとりもいなかったし、そんな心の余裕はありませんでした。

みな荷物を解くと、思い思いに最後の時を過ごしていました。何かを考え込んでいる者、毛布の上に横たわってじっとしている者、一心不乱に何ごとかを書いている者、車座になって神妙に語り合う者たち。兵舎には息苦しい雰囲気が充満していたのです。

三角兵舎は地面を掘って作られていたため、雨が降ると最悪でした。入舎直後、急に激しいにわか雨が降ってきたのですが、通路の両側から水が流れこんできて水浸しになってしまい、じめじめして気分まで滅入ってしまいました。こんなところにおれないと外へ出て、支給された日本酒を飯盒《はんごう》に充たし、それを飲みながら思い出話をして過ごしました。

報道部員が押しかけてきて、「ただいまの心境は」と聞かれたりもしましたが、あれは鬱陶《うっとう》しかった。彼らは突入するわけではないし、気楽なもので、勇ましいことを書いて美談にしようという魂胆が見え見えでした。隊長がうまく追い出してくれて助かりました。

翌二日、福岡から来ていた参謀から紙が一枚まわってきました。そこには「お父さんお母さん、○○はお国のために立派に死んで参ります」「天皇陛下万歳」といったようなことが書いてある。父や母に対して書く遺書の見本だったのですが、隊長以下これを無視しました。前日の報道部員が参謀に頼み込んで、我々に遺書を書かせようとしたのでしょうが、冗談じゃないとみな憤慨しました。遺書に見本があって、そのとおりに書けなんて。

すでに訓練のときに、整備兵も含めみんなで日の丸の旗に寄せ書きをしていたので、いまさら遺書を書く必要もなく、その気も起きませんでした。

年若い娘さんが何人かやってきて「洗濯物を」と言うので渡しましたが、知覧高等女学校の勤労奉仕の隊員であることは後年知りました。いまもテレビや映画で彼女たちが特攻隊員たちの洗濯や食事の世話をしていたことは美談として語り継がれていますが、我々が知覧にいたのはまだ作戦初期のころだったため、娘さんの数も少なかったし、話をすることもありませんでした。町にくりだす精神的な余裕もなく、特攻隊員を親身になって世話したことで有名な、通称「特攻おばさん」鳥濱《とりはま》トメさんがいた「富屋食堂」のことも知りませんでした。

エンジントラブル

四月三日。いよいよ出撃の日がやってきました。その日の朝は妙にすがすがしい気分でした。もうジタバタしたって仕方がない、やってやるぞという気持ちです。

しかしそんな決意を挫《くじ》くような出来事が起きたのです。朝飯《あさめし》を食べ終わった九時ごろのこと、三角兵舎に私の一式戦闘機の担当整備兵がやってきました。

「大貫《おおぬき》少尉殿、報告事項があって参りました」

青ざめた整備兵の様子に尋常ならぬものを感じた私は彼の顔を凝視し、何を言いだすのかと耳をすませます。

「申し訳ありません。飛行機の右のダイナモ（発電機）が不調で冷却装置が不具合を起こしています」

カーッと全身が熱くなりました。私と整備兵は走って飛行場へと急行しましたが、はたしてエンジンは焼きつけを起こし、ピクリとも動きません。

「飛べないじゃないか」

私が思わず整備兵を怒鳴りつけると、整備兵はその場に泣き崩れてしまいました。第二二振武隊の飛行機は最新の一式戦闘機「隼《はやぶさ》」Ⅲ型で、馬力向上のため、メタノールを噴射しシリンダーの過熱を抑える冷却装置がつけられていたのですが、知覧に急遽《きゆうきよ》かき集められた整備兵は、その仕組みを把握していなかったようで、調整に失敗してしまったのです。

仲間といっしょに飛ぶことだけを考えてきましたから、それはショックでした。全員一丸となって突っこむ約束をしていたのに、行けなくなったことが無念でなりませんでした。いっしょに死のうと言いあい訓練と寝食をともにした仲間は、バラバラになってはいけないのです。いきなり別の隊に加えられて知らない連中と死ねといわれても、死ぬ気が起きないものなのです。

でも軍の上層部はそんなことには考えが及ばないから、おまえの飛行機が直ったら何々隊と行け、という。ひとの隊の後ろをノコノコついて行って、敵艦にぶちあたれるわけがありません。

この日今津大佐は我々の前にまったく姿を現しませんでしたが、代理の副官から申し渡された言葉も衝撃的なものでした。大佐が約束してくれた、たった二日前の前言を翻《ひるがえ》し、

「もはや偵察機や確認機を飛ばす余裕はないが、困難を排除せよ。精神一到すれば何事か成らざらん」

と言ったのです。

かなりのショックでした。偵察、迎撃機の排除、特攻、戦果確認の四つが整って初めて特攻作戦といえると教わってきました。とりわけ偵察機が重要で、それなしでは天候どころか敵艦の所在さえわからないのです。

そうこうするうちに昼飯時となりました。滑走路のわきにいる我々のところに当番二等兵が一尺角ほどの立派な紙箱を持ってきたのですが、中を開けるとそれはそれは見たこともない立派な品々が並んでいます。菊の御紋が入ったタバコ、沢の鶴の二合瓶、素焼きの盃《さかずき》、寿屋《ことぶきや》のウイスキー角瓶、そして幕の内のごちそうの数々。とても食べきれる量ではない。長距離飛行の途中で眠くならないようにとヒロポン入りの酒まで用意さ

れており、「元気酒」と名づけられていました。

それまでも我々の食事は肉が中心の特別食で贅沢《ぜいたく》だったけど、この日のごちそうは、どこで集めてきたのか、鯛《たい》の尾頭《おかしら》つき、魚の煮つけ、鶏の唐揚げ、さらにはビフテキまで入っていました。だけどちっとも食欲がわかず、酒だけは受け取って、残りはまったく手をつけずに当番兵にあげてしまいました。当番兵はずっと麦飯《むぎめし》に味噌汁だけの食事が続いて骨と皮になっていましたから、泣いて喜びました。それから月給の残りが三〇〇円ほどあったのですが、これも持っていっても仕方ないので当番兵にぜんぶ渡しました。いまの貨幣価値に換算すればおそらく五〇万円くらいになると思います。

仲間たちの出撃

出撃を三〇分後に控えた午後三時、第二二振武隊員たちは黒マフラーを首に巻き戦闘指揮所に集まってきましたが、前田小隊長と立川《たちかわ》、大上《おおうえ》、西長《にしなが》の四人の表情が冴《さ》えません。なんと、私だけでなく彼らの特攻機も沖縄まで飛べる状態ではないことがわかり、五人の残留が決まったのでした。とはいえ他の七機も本調子ではなく、とりわけ隊長の藤山機の状態が悪かった。私は、苦渋《くじゅう》の表情を浮かべていた藤山二典《つぎのり》隊長に、飛行を延期するように進言しましたが、隊長はいつにない弱々しい笑顔を浮かべ、命令だから飛ばないといけないんだと言うばかりでした。

出発直前、戦闘指揮所から大きな方針転換が伝えられます。その日のうちに沖縄には行かず徳之島に一時着陸し、そこから機を見て再出撃することになったのです。理由は聞かされませんでした。報道班員が来ていて、我々をフィルムで撮影していたのですが、藤山隊長は彼らがいなくなったのを見はからって、戦闘指揮所の前で一一人の部下に最後の集合をかけました。

「全員集まれ」

藤山隊長はひとりひとりの顔を見渡しながら、ゆっくりと言葉を続けます。

「各自、故郷に向かって最後の別れを告げよ」

隊員たちは私を除く全員が本州の方向を向いた。私だけ、みなと逆の方向を向いて手を合わせると、藤山隊長が驚いた顔で私に近寄ってきました。

「どうした。きちんと故郷のほうを向いたらいいじゃないか」

当然のことながら、藤山隊長は私の家族が台湾にいることは承知していました。隊長といえども出撃を前にして気持ちが昂《たか》ぶり、忘れてしまったのだと思います。私が家族は台湾にいると伝えると、藤山隊長はゆっくりと頷《うなず》きながら私の肩を叩き、そのまま全員に黙禱《もくとう》の号令をかけました。

戦闘指揮所の周囲を沈黙が支配します。楽しかった日々、家族との別れ、そして目前に迫った仲間との別れ。胸にさまざまな思いが去来し、それらが渾然《こんぜん》一体となって切なさへと変わっていったのです。

三分間くらいたったでしょうか。黙禱が終わると、隊長は胸に下げていた飛行時計を我々の前に差し出しました。

「みんな、時計を合わせなきゃいかん」

午後三時二五分。いまでも何時何分に合わせたのか、はっきりとその時刻を覚えています。それは出撃時刻五分前のことでした。隊長は闘志あふれる熱血漢でしたが同時に人一倍人情もろく、両目に涙をあふれさせながら、残留する我々五人の両手をつぎつぎと握りしめました。

「貴様らといっしょに行けぬのが残念だ。俺の乗機も不調だが、なんとか先行する。待っておるぞ」

藤山隊長はそこまで言うと、再び全員に向かってこう言ったのです。

「隊の結成以来、今日までひたすら俺についてきてくれて、ありがとう。この世で再び顔を合わせることはできぬかもしれないから、おたがい見納めをやろう」

みなで寄り集まり肩を組み、顔を見つめあい、全員が号泣しました。これが隊長たちとの今生《こんじょう》の別れとなりました。それまで苦楽をともにした第二二振武隊でしたが、全一二機で沖縄に向かうことはできなかったのです。

知覧飛行場の滑走路は見送りの人たちでいっぱいでした。整備兵や軍属そして近隣の人たちなど二〇〇人ほどが集まっていたでしょうか、みな片手に日の丸の小旗を振っていました。

この日出撃したのは第二二振武隊だけだったと記憶しています。エンジンがいっせいに唸《うな》りをあげはじめ、まず準備が整った藤山隊長と柴田小隊長、島津、井上の四人が飛行機に乗り込みました。出撃する七機は四機と三機に分かれて発進することになったため、私は同じ小隊の伊東がいる三機のほうに行きました。伊東機と柄沢《からさわ》機と竹下機です。藤山隊長機、柴田機、島津機、井上機の四機が三機より先に飛び立ちました。ところが、これはあとで知ることとなるのですが、藤山隊長以下四機が知覧を出て一時間半後、ちょうど徳之島上空にさしかかったとき、八機のグラマン機の攻撃を受けたのです。島津たち三機は猛追撃を振り切って、徳之島の飛行場に無事着陸することができたものの、エンジンの調子が悪かった藤山隊長機は操縦に手間取ったため、飛行場に着陸後、滑走中にグラマンの掃射を受けてしまいました。米軍機が去ったあと、島津たちが駆けよったのですが、すでに藤山機は炎上を始めて近づけない状態だったといいます。炎が収まり風防を開けると、そこには黒焦《くろこ》げに変わり果てた藤山隊長の姿があったのでした。

藤山二典、享年二二。

家族思いだった隊長は、知覧に向かう前夜、家族を鹿児島から都城に呼び寄せて一泊させています。出撃の三日前になります。戦後になって妹の好子さんから聞いたのですが、その夜隊長は好子さんといっしょの布団に寝たそうです。兄は妹に手枕《てまくら》をしてやり、黙っていつまでも頭をなでながら、「好子の花嫁姿を見られんな」とポツリつぶやいたそうです。「俺なんかが出撃するようだと、日本も危ないと思わないと」と妹に真顔で言ったそうです。

隊長の母イセさんは、四月三日の夕方、外出中に突然、胸に締めつけられるような痛みを覚えたそうですが、隊長が戦死したのはちょうどその時刻でした。

四機が知覧を飛び立った五分後に、竹下と伊東、柄沢が各自の飛行機に乗り込みました。私は、プロペラがまわり発進準備をしている伊東の操縦席の傍らに飛び乗り、伊東の耳もとに口を寄せて、

「伊東、あとからすぐ行くぞ」

エンジン音に負けない大声で叫びました。元来無口だった伊東は「うん」とひとこと返事をしたあと、じっと私の目を見つめかえします。伊東の目は、深い深い海の底の魚のような哀しみに満ちていました。

「転生が叶《かな》うなら戦いのない国に生まれ変わり、よい曲を作りたい。俺は無念だ」

明治大学マンドリンクラブのキャプテンとして音楽を愛し続けてきた伊東の目は、そう語りかけているようでした。

数分後、伊東の飛行機はゆっくりと滑走を始めました。離陸後、左右の翼を軽く上下に振って、別れの合図をする伊東機を遠目に見ながら、私は滑走路にへたり込みしばらく立ち上がれなかった。目から涙があふれ出て止まりませんでした。のちに後発隊の竹下と柄沢に聞いたのですが、伊東は徳之島に着陸する前にグラマン機に迎撃されたとのことです。作曲家になるという伊東の夢は、実現せぬまま散ってしまいました。

伊東信夫、享年二三。

七機がすべて飛び立ったあとで思いがけないことがおきました。残された五人のうちでもエンジンの調子が最も悪かった前田小隊長が、どうしても隊長の後に続くと言いだしたのです。

「みんなが行って俺が残るわけにいかない。残るくらいだったら、海に落ちようとかまわん」

整備の担当者はとても飛べる状態ではないと言い、我々もどうにか思いとどまるよう説得しましたが、前田小隊長は耳を貸さなかった。爆弾を外せば、かろうじて飛べるかもしれない状態でしたが、爆弾は絶対に外さないと言いはります。それはそうでしょう、爆弾を外したら特攻機ではなくなってしまいますから。

前田小隊長は制止しようとしがみつく整備兵を殴りつけ、振り払い、自分の機に乗り込みました。エンジンが鈍い音を立て、よたよたと滑走を始めたのですが、機体はいつまでたっても浮揚せず、滑走路の末端の松の木にひっかかって転覆するのが遠くに見えました。慌てて現場に急行し、前田小隊長を飛行機から引きずり出したのですが、意識はなく、ぐったりとして身動きひとつしない。あ、これはまずい、前田少尉は死んだと思いました。前田少尉は体中に激しい火傷《やけど》を負い、全身各部を複雑骨折し、そのまま基地の外の病院に運ばれたのでした。前田少尉が一命を取り留めたのを知ったのは戦後になってのことです。

夢か現実か

人の生と死が、つぎつぎと交錯していく。あまりにいろいろなことが一度に起きて、夢なのか現実なのか、わからなくなっていきました。残された我々四人はしばらく呆然《ぼうぜん》と滑走路を見つめ、黙ったままでした。その後、三角兵舎に戻ると、前田少尉を含めた我々五人分の寝床は隅に寄せられ、つぎの隊のものでしょう、真新しい寝具が積み重ねられていました。早く出ていってくれと催促されているような気分になり、いたたまれませんでした。

大上はやり場のない怒りを隠さず「なんで俺たちだけが……。畜生、畜生」と拳《こぶし》を壁に叩きつけています。西長は、「隼も飛べなきゃとんびかカラス並み」とふて腐れたように詠んでいました。立川は先発した八名の名札を板壁に貼《は》り、何事かつぶやいています。

私はといえば、この分では単機で沖縄に行かねばならないのではないかという、孤独と恐怖感に襲われていました。後れを取ったことの惨めさと腹立たしさで胸がふさがり、そんなときに限って、隣の三角兵舎から知覧に着いたばかりの他隊の賑《にぎ》やかな歌声が聞こえてきて、やりきれませんでした。

「飲むか！」

西長が口火を切ったので、気分を変えるため外の松林で酒を飲むことにしました。けれど車座になって、どんなに陽気に振る舞ってみても、むなしい空気が流れるだけ。立川が言いました。

「西長、歌をやれ」

するとそれに応えるように西長は歌いはじめました。

蛸《たこ》のハッチャン命受けて　爆弾抱えて名誉の戦死
蛸の遺骨はいつ帰る　骨がないので帰れない
蛸の親たちゃ可哀そー

東京農大出身の西長は航空長靴《ちょうか》を脱いで両手にかざし、「おらが大根だぞー」と歌って農大名物の大根踊りを踊ります。

つぎは、私の番になりました。

心猛《たけ》くも鬼神《おにがみ》ならぬ　人と生まれて情けはあれど
母を見捨てて波越えて行く　友よ兄等といつまた会わん

私は『蒙古《もうこ》放浪歌』を歌い気丈に振る舞ったのですが、一向に盛り上がらず、みなだんだんと無口になっていきました。飯盒で冷酒《ひやざけ》をあおっても、頭の芯《しん》がさえてしまって酔えません。

翌四日は終日雨で、飛行場も静かなものでした。四人で集まり、出撃のときに誰が指揮をとるかという話になったのですが、同期生どうしでは名乗りもあげられない。大上が「第一小隊の立川、貴様やれ」と言うと、立川は「俺は柄でないよ」と照れたように言います。西長が「よし決めた。立川隊長殿、西長が僚機でよくありますか」とおどけると、他の三人からも笑いがこぼれたのを覚えています。

しかし日が暮れると、目の前に迫った過酷な現実が我々の心に厳しく迫ってきます。

いつ隼の整備が終わるのか。そしていつ誰といっしょに出撃するのか。四人が抱えていた不安はまったく同じでした。なんとも陰鬱《いんうつ》な気分になり、前夜同様、雨がやんだ松林に出て酒を浴びるように飲みました。

「先発隊は神に召されたのかな」

ふだんおとなしい立川がつぶやきます。

「神や仏なんてねえよ、死にゃあ一巻の終わりだ。地獄だ極楽だと坊主の戯《ざ》れ言《ごと》、死の恐怖へのおためごかし。七生報国なんていわれても、生まれ変わる保証がどこにあるんだ。大貫、貴様はどう思うんだ」

西長の投げつけるような問いに返答に窮し、

「霊魂のあるなしは半々てとこかな」

と答えると大上が、

「そんな話はやめにしようぜ」

と遮《さえぎ》りました。

そういえば隊の結成以来、特にタブーとされていたわけではないのに、生死の話はいっさいしたことがありませんでした。死ぬことが決定づけられている以上、無意味な討論はしたくなかったのかもしれません。死を直前に控えて同期生どうし、誰憚《はばか》ることなく腹蔵《ふくぞう》なくぶちまけあいました。

「なんとしても四人いっしょで突っこむぞ。これ以上ばらばらにされては死んでも死に切れん」

誰かがそう言ったのを記憶しています。

その後、ふたたび重苦しい空気が我々に襲いかかってきました。いつも冷静な立川が、珍しく酔っぱらいましてね。泣きながら言うんです。

「アメリカの馬鹿野郎、なんでこんなところまでのこのこやってくるんだ。おまえたちにも親や兄弟がいるだろう、俺にだっているんだ。なんでそれなのに、殺し合わないといけないんだ」

三角兵舎の横の杉林で、木の幹を真剣で斬《き》りつけて号泣しているのです。ほんとうに無念だったんでしょう。西長はそれを黙って聞いていましたが、西長も相当に酔っぱらっていました。

酔いつぶれて寝てしまった立川と西長の横で、私は大上と酒を飲み続けました。大上は、遠くを見るような目で何かをじっと凝視しています。思い残すことはないのかって聞いたら、はっきりと答えました。

「大貫、もし今度生まれ変わることがあったら戦争のない国に生まれたい」

大上は漆黒《しっこく》の闇《やみ》を見つめながら絞り出すように言葉を続けました。

「なんとか俺は教壇に立ちたい」

「教壇に立って、子どもたちの前に立って……」

大上はしばらくの間、絶句していました。私は大上のほうを見ることができませんでした。

「いい先生になりたかった」

広島の高等師範を出て教員を目指していた男ですから、無念だったと思います。あたりを静寂が覆っていました。いつもはとびっきり陽気な大上が声を震わせながら発した一言に、私にはかける言葉がありません。大上は空《から》になった飯盒を地面に叩きつけ「畜生め」と叫びました。

私はこの夜、間近に迫った死についてあらためて考えました。西長から投げかけられた質問が尾を引いていたのだと思います。

恐怖心はありませんでした。そういう次元はすでに超越していたと思います。人間は死んだらどうなるのか、あの世はほんとうにあるのか、来世で生まれ変われるのか。あれこれ考えてみましたけど、釈迦《しゃか》も孔子《こうし》もキリストも解明していない死後の世界について、俗人である私がいくら考えても明らかになるはずがない。結局、死とは何億年も続く「無」の世界に入ることだという平凡な結論にたどりつくのが関の山でした。ああ、こんなことをいくら考えても仕方ない。二三年間の現世は夢のまた夢であったと、すっぱり諦《あきら》めることにしました。

「困難を排し突入するのみ」

四月五日。出撃命令が下るに違いないであろう日の朝を冷静に迎えられたことは自分自身でも驚きでしたが、前夜、死について自分なりに考えることができて、気持ちが落ち着いていたのかもしれません。

どんよりと曇った空の下、午前八時半に戦闘指揮所に我々四人が赴《おもむ》くと、そこにいた参謀が命じます。

「隼が三機、なんとか沖縄まで飛べるように整備が完了した。一三時に出発すること」

飛ぶのはてっきり我々四名のうちの三名だと思ったのですが、黒板を見ると大上と私ともうひとり第二一振武隊長の水川禎《てい》輔《すけ》中尉の名前が、白いチョークで書かれていました。

さっそく滑走路に引き出してある三機の点検に駆けつけます。整備兵が左翼に増槽タンクをつけ、右翼下に黒光りする二五〇キロ爆弾の装着作業を行っているところでした。

「少尉殿、万一電気回路が故障した場合は、このワイヤーを引き抜いて落としてください」

座席下に二本のワイヤーが無造作に丸めてありましたが、それが整備兵の苦心の作で、電気回路が故障した場合も爆弾を落とせるように手動の装置を着けてくれたのです。左を引っ張ると増槽タンク、右側を引っ張ると爆弾が外れるのです。爆弾には布のようなものが巻いてありましたが、よく見ると、整備兵一同による寄せ書きの日の丸でした。

二五〇キロもの爆弾を新たに懸吊《けんちょう》して飛行するため、特攻機は、重量を軽くする必要がありました。整備兵によってまず無線通信機が、つぎに二門の機関砲が外され、穴があいた砲身の跡は木の栓でふさがれています。爆弾を抱えただけの特攻機は、もはや隊員どうしで交信もできず、米軍機と遭遇しても戦えなくなっていたのです。

四月の南九州は天候不良の日が多く、この日も知覧上空は厚い雲に覆われていました。このままではとてもではないが、沖縄までたどりつくのは難しいと思えました。

「視界が悪くとても飛べません」

参謀に意見具申をしたのですが聞く耳を持たれず、

「修理の完了した大貫機と大上機、そして水川機で出発せよ。困難を排し突入するのみである」

と言われるばかりでした。

あと二日で西長機と立川機の修理が完了するはずでしたから、せめて五機で行かせてくださいとお願いしたのですが、ダメの一点張り。整備が完了次第すぐに出撃させよとの命令を遂行せねばならないと、くり返すばかりです。

「沖縄は晴れているのですか」

と聞くとわからないという。

「雲が厚くて敵がどこにいるかわからなかったらどうしますか」

と聞くと、

「雲の割れ目から探せ」

と言う。そこで私は、

「雲の切れ間から海面を見たときに、船がなかったらどうするんですか」

と聞いたんですが、参謀は「そんな馬鹿なことはない」と強い口調で言いはるのです。

私も意地になって、

「じゃあ参謀殿は実際に見てきたんですか」

と聞くと、

「見てはいないが何千隻《せき》といるはずだ。必ずいるから、いや、いるに違いないから、雲の切れ目を見つけてとにかくぶつかれ」

と真顔で言う。それは、無茶というものです。

参謀とのやりとりのあと、初めて私の心の中に特攻作戦そのものに対する疑念が湧《わ》いてきました。我々学徒兵は頭でっかちだと批判されることが多かったのですが、それにしても状況がまったくわからない場所に遮二無二《しゃにむに》突っこむというのは理屈にあいません。

二月に大分海軍航空基地で急降下の訓練を受けていたときから、我々の技術では敵艦にぶつかることができないのではないかという不安感をずっと抱いていました。けれど、できる限りの準備をしたうえでの特攻ならやむをえないと、自分で自分を納得させてきました。しかし、援護も情報も何もなしの状況で出発せよというのは、どうしても納得できません。

特攻への嫌悪を心から感じました。それでも自分の気持ちを殺して飛び立つしか選択肢はありません。我々特攻隊員は死が運命づけられており、たとえ無謀な作戦とわかっていても、逃げ出すことは許されなかったのです。

「軍神」にまつりあげられてしまったんです、我々は。神風が吹くとか神兵が舞い降りるとかもてはやされて、精神的に縛られていたわけです。嘘《うそ》でごまかして飛ぶのを拒否したら、軍法会議にかけられて死刑ですから。敵前逃亡したなんてことになると、家族がどんな日に遭うかわからない。軍神って、つまりはそういうことだったんです。

出撃時刻は午後一時。運命の時が刻一刻と迫ってきました。上空には依然として雲が低く垂れこめています。作戦ではその日のうちに直接沖縄に行くはずでしたが、またしても出撃直前に作戦の変更が伝えられ、いったん喜界島《きかいじま》に立ち寄り、翌日改めて出撃することになったのです。急な作戦変更でしたが、無我夢中だった私には、もはやそのことに疑問を感じている余裕はありませんでした。隊長たち七機が飛んだときもそうでしたが、いまになって考えると、思いつきで命令を変える戦闘指揮所とはいったいなんだったのだろうという、怒りの気持ちを禁じ得ません。

水川中尉は自らが隊長であるという責任からでしょう、大上と私に訓示をしました。

「頼りないエンジンだが喜界まで三八〇キロ、なんとかいっしょにゆこう。不調の場合は躊躇《ちゅうちょ》せずに戻り、洋上故障の際は、屋久島に続くトカラ列島の島々に不時着し、いずれにしても無駄死にせぬこと。敵機に遭遇したら爆弾を落として身軽になり、海上すれすれを超低空飛行でなんとか振り切るように」

ずいぶんと熱のこもった演説で、立派な隊長だとは思いましたが、目の前にいるのが藤山隊長だったら、さぞ気持ちがひとつになっただろうにと思わずにはいられませんでした。

出撃一〇分前。自分の飛行機に乗りエンジンをまわすと、昨日までの不調が嘘のように快音をたてはじめます。操縦席からあたりを見回すと、当番兵や整備兵が小旗をしきりに振っている中に、まだ飛ぶことのできない立川と西長の姿もありました。不意に西長が、片手に何かを抱えて私の飛行機に駆け寄り、飛び乗ってきます。手に持っていたのは滑走路わきに咲いていたツツジの花束でした。ちょうどこのころ満開だったのですが、それを私に握らせてくれたのです。

「大貫、行くか」

「すまん、先に行く」

「貴様といっしょに死にたかった」

西長は大粒の涙をポロポロと流しています。整備兵の手前もあり、人前で将校が涙するのは御法度《ごはっと》と思いましたが、私も西長の手を握りながら、あふれる涙を抑えることができませんでした。西長は私の機を降りると車輪止めを外してくれたのですが、これが西長との永別となりました。

私は定刻どおり、親友の大上弘《おおうえひろむ》と第二一振武隊の水川隊長の二機とともに、爆弾と補助燃料タンクの重みを感じながら、知覧飛行場を離陸したのです。

五分もすると開聞岳《かいもんだけ》が見えてきました。ここで右旋回《せんかい》をすると、あとは海上を一直線に進んでいくだけです。隊の編成や目的地の変更のことはつとめて考えないようにしましたが、徳之島付近で米軍機が待ちかまえているかもしれないという情報もあり、はたして迎撃されずに三八〇キロ西南に浮かぶ喜界島にたどり着けるのだろうかと、そればかりが気になっていました。演習で成増《なります》基地から三宅島《みやけじま》上空までは行ったことはありましたが、これだけ長距離の洋上飛行をするのは初めてだったのです。途中で落ちてしまえばまったくの犬死にですから。

最初のうちは視界も比較的良好で、点々と小島が連なるトカラ列島沿いに飛行していきました。エンジンよ、うまくまわってくれと祈るばかりでしたが、慣れとは恐ろしいものですから、一〇分もたつと退屈してくるんです。

それでも索敵には気を配りました。敵の戦闘機と遭遇すれば、こっちは重い爆弾を吊《つ》ってヨタヨタしながら飛んでいるわけですから、まず確実にやられます。自分の機が丸裸であることの悲哀を思い知らされながら、飛行中は常に視界の上下左右を舐《な》めるように敵機を探しつづけました。

トカラを越えてしばらくすると、案の定、急に厚い雲が広がりはじめ、敵の戦闘機が待ちかまえているかどうかもわからない状況になってきました。なんの情報もないまま、雲の下を喜界島を目指してただ突き進んでいったのです。

〈大貫健一郎〉

〈解説〉陸海軍の不協和音

アメリカ軍の沖縄上陸

一九四五（昭和二〇）年四月一日未明、数百隻の米艦船が、沖縄西部の海岸から本部《もとぶ》半島、さらには慶良間《けらま》諸島に及ぶ広大な海域に蝟集《いしゅう》した。いよいよ米第一〇軍は沖縄本島への上陸を始めようとしていたのである。

爆撃をくり返したあとの午前八時過ぎ、実に一三万人の米兵を擁する千数百隻の上陸用舟艇《しゅうてい》が嘉手納《かでな》海岸に押し寄せ、その日のうちに北、中の両主力飛行場を制圧する。

日本軍としては沖縄の沿海を埋め尽くした米艦船を攻撃して、米軍の猛攻を未然に防がねばならず、航空兵力への期待が高まったのは当然のことである。

しかし四月一日の時点で、第六航空軍が把握していた特攻隊は、徳之島に第二〇振武隊（八機）、知覧には到着したばかりの第二二振武隊（一二機）と第二三振武隊（八機）、第三〇振武隊（一一機）、第四四振武隊（三機）の五隊四二機のみだった。同日、第二二振武隊以外のすべての特攻隊と、本来特攻が任務でない飛行第六五、六六戦隊に特攻の出撃命令が下る。四月一日に知覧に到着した大貫健一郎《おおぬきけんいちろう》さんたちが他隊を見かけなかったというのは、第二三、第三〇、第四四の各振武隊が出撃した後に到着したためと思われる。

悪天候に戦闘機の整備不足などが重なり、飛びたったものの、引き返したり途中の島に不時着する特攻機が続出し、任務を完遂したのは六機に留まるが、この六人が第六航空軍の実施した沖縄特攻の最初の犠牲者になったことになる。ちなみに第三〇振武隊は一機全機が知覧に引き返していたし、第四四振武隊も全三機が途中の徳之島に不時着している。

軍司令官の菅原の日記にも、意のままにならぬ戦況への思いが自嘲《じちょう》めいた筆致で記されている。

参謀長より第一攻撃集団未前進との報を受く。整備不良に基《もと》づく由《よし》、戦機を失したりと云《い》わざるべからず。然《しか》し攻撃集団としては各種特攻隊の詰めかけにて、ありそうな事なり。（一九四五年四月一日）

整備不良で出撃できない特攻機が多かったが、特攻隊を無理して編成したのでやむをえないというのである。第六航空軍は知覧の他に鹿児島の万世《ばんせい》、宮崎の都城、熊本の健《けん》軍《ぐん》などを特攻基地としていたが、どこも準備不足は知覧と同様であった。

四月二日、徳之島を発進した第二〇振武隊隊長長谷川実大尉、山本英四少尉の二機、および飛行第六六戦隊の高山昇中尉（飯沼良一軍曹《ぐんそう》が同乗）の一機、計三機が特攻を敢行した。『戦史叢書《そうしょ》』によると、三機は沖縄西方海面の敵艦突入に成功したとある。同日、大本営では作戦連絡会議が行われ、小磯国昭首相から沖縄作戦の見通しについて問われた宮崎周一陸軍参謀本部第一作戦部長は、「結局米軍に占領され本土への来寇《らいこう》は必至」と悲観的な見解を述べている。

大貫さんは出撃の際に上官から米軍や天気などの情報についてほとんど知らされていなかったと語っているが、実際は沖縄へ連なる薩南《さつなん》諸島に配置された陸海軍の部隊から、天候や米軍の艦船の所在に関する情報が随時司令部に報告されていたはずで、現場の大貫さんたちにうまく伝えられていなかったと考えるのが妥当のようだ。指揮する側と実行する側との溝が埋まらないまま、第二二振武隊は飛び立ったのである。

海軍主導の特攻作戦

第二二振武隊の出撃前の様子を映したフィルムが残されている。記録映画『陸軍特別攻撃隊』（一九四五年、日本映画社）である。一九四五年四月三日に撮影されたものだが、真剣な眼差《まなざ》しの隊員たちに藤山隊長が突入時の注意をする場面と、訓示をする場面が収められている。

「敵迎撃戦闘機の跳梁《ちょうりょう》するであろうと思われるなかで、任務を完遂することは非常に困難なことである。ただ最後までしっかりやると同時に、我々は日本軍人として立派に任務を果たしてもらいたい」

こわばった面持《おもも》ちでそう述べる藤山と、死を突きつけられて決意を固める若者たちの姿がそこにあった。もちろん、大貫さんの神妙な表情もフィルムに焼きつけられていた。

大貫さんが、現地の司令から聞いた話では、第二二振武隊は本来、単独攻撃ではなく「第一次航空総攻撃」に参加するはずだったという。しかし結果として少数機での特攻となった。直前に作戦変更が伝えられるなど上官の対応に翻弄《ほんろう》されたと大貫さんは言うが、陸海協同による作戦遂行という大きな流れのなかで命令は絶対であり、第二二振武隊の都合や隊員各人の心情で行動することは当然ながら許されなかった。

大貫さんの記憶にないことから出撃時間がずれていたのだろうと推測されるのだが、『戦史叢書』によるとこの四月三日、知覧からは、第二二振武隊の七名に加えて第四六振武隊九名、四月一日に出撃できなかった第二三振武隊の残存隊員五名と第三〇振武隊一〇名の隊員が出撃している。第三〇と第四六の二隊あわせて一九名は喜界島に不時着となった。

第二二振武隊のうち伊東信夫少尉を除く六名は予定どおり徳之島に着陸したが、藤山は着陸後、グラマンの攻撃によって死亡した。伊東は徳之島に着陸せず、第二三振武隊の前田敬《たかし》、柴本勝義、塩島清一《せいいち》少尉、豊崎儀治《よしはる》、清水保三《やすぞう》軍曹の五名とともに沖縄本島沖海上で米艦隊に突入したと記録されている。しかし実際は、伊東が徳之島に到着できずに墜落したのが、第二二振武隊の隊員たちに目撃されている。大貫さんが言うように戦果確認機が出されていないため、記録には間違いも多いようだ。

この日の未明、万世基地からも出撃が始まり、第六二振武隊坂本友恒《ともつね》、込茶章《こめちゃあきら》、鈴木満の各少尉が敵艦に突入したとされる。

四日は天候不良で特攻攻撃はなく、五日は知覧を発進した第二一振武隊の須藤治韶《はるつぐ》軍曹が特攻死した。

四月一日から五日までに、第六航空軍では総計一八機が特攻を敢行したことになる。一方、台湾の第八飛行師団からは三五機が特攻をかけた。また、この間に海軍は、九州南西洋上および沖縄本島南方洋上の米艦に対して四〇機が敢行したと記録されている。

連合艦隊司令部では、連日の散発的な攻撃では米軍の攻撃を阻止できないとみて、四日、陸軍の第六航空軍と海軍の第五航空艦隊に大規模攻撃を仕掛けることを命令する。第六航空軍は沖縄沖海上の輸送船団に対して、第五航空艦隊は艦船に対して特攻を行うことが決められ、陸軍はこれを「総攻撃」と、海軍は「菊水作戦」と命名した。この総攻撃は四月六日から六月二二日にかけて一一回（菊水作戦は一〇回まで）にわたって展開されている。

菊水一号作戦で海軍は戦艦と駆逐艦による海上特攻も実施した。戦艦大和を筆頭とする艦隊はまさに、虎の子の戦力である。作戦は熾烈なもので、決戦が不首尾に終わった場合は、大和を沖縄本島の嘉手納海岸に突入させることになった。艦を座礁させて固定砲台として砲撃を行い、弾薬が底をついたのちは乗員が陸戦隊として敵部隊に突撃するという作戦である。

四月五日、連合艦隊司令長官豊田副武《とよだそえむ》は戦艦大和、巡洋艦矢矧《やはぎ》、駆逐艦六隻（のちに八隻に改められる）に特攻出撃を下命した。しかし沖縄の第三二軍司令部はこの攻撃命令をあまりにも危険なものと考え、軍司令官名でこの作戦を中止するよう要請している。しかし翌日、海上特攻隊は午後三時過ぎに山口県徳山港を出発し、大和の指揮官伊藤整一中将はつぎの訓示を発している。


神機将《まさ》に動かんとす。皇国の降替《こうたい》懸《かか》りて此《こ》の一挙に存す。

各員奮戦敢闘全敵を必滅し、以《もっ》て海上特攻隊の本領を発揮せよ。


一方、福岡の第六航空軍にいた菅原は、総攻撃を前にして、依然として特攻の力を信用できないでいたが、これといった代替策もなく、海軍主導の作戦に疑問を抱きながらも従うしかないと考えていた。日記を見てみよう。

斯《か》くてはヤブレカブレ的に戦力を投入せざるべからざるか。大和の活動や如何《いかん》、燃料欠乏にて他の艦船行動不能なるを聞く。世人《せじん》は如何《いか》なる感を持つや。海軍不信から航空不信となりつつあり、陸軍独力にて果《はた》して成算ありや、など種々雑念起る。五航艦（第五航空艦隊）は菊水一号作戦を発令す。参謀長一行一四〇〇（午後二時）出発す。

熟々《つくづく》全般の状勢を判断するに、海軍の計画は中々《なかなか》実現困難なり。（中略）又我《またわ》が特攻隊の能力等を考慮すれば、本作戦も亦《また》従来と同様の轍《てつ》を踏むこと略々《ほぼ》確実となれり。

かくて昨年以来我《われ》は準備不十分にて、常に敵に戦闘を強いられつつ、同様の失敗を重ねたり。只《ただ》願う菊水一号作戦の成功を。然《しか》しこれとても従来の通りにして、格別奇想天外の策ありとは思われず。（四月四日）

前年から同様の失敗をくり返しているが、今回の総攻撃もいままでと同じ轍を踏むことは確実だと、菅原は嘆いている。

海軍で特攻隊を指揮していたのは第五航空艦隊の宇垣纏《うがきまとめ》中将である。山本五十六連合艦隊司令長官の搭乗する一式陸上攻撃機が、ラバウルからブーゲンビル島への移動中に米軍機に撃墜されたとき、随行機に乗り合わせ撃墜されたが奇跡的に生き残った人物である。

ミッドウェー海戦など海軍の数々の作戦を参謀として実行してきた宇垣は『戦藻録《せんそうろく》』という日記を残したことでも知られるが、そこにも第六航空軍が本土防衛のために飛行機を温存し、沖縄作戦に出し惜しみをしているとの指摘と苛立《いらだ》ちが綴《つづ》られている。

ＧＦ（連合艦隊）は一大航空戦の実施を以《もっ》て、船団攻撃を下令せり。内容は当方計画と一致するものなるが発令の裏は六航軍（第六航空軍）と十航艦を鞭達《べんたつ》し積極的に作戦せんとするに在りと謂《い》う。実際連合艦隊の下に在り乍《なが》ら、六航軍の態度は温存主義にして相容《あいい》れざるものありしなり。（四月四日）

特攻作戦は海軍の連合艦隊司令長官の指揮のもと、陸海軍がたがいに不信感を抱きつつ協同で進められていった。

〈渡辺　考〉

第四章　友は死に、自らは生き残った

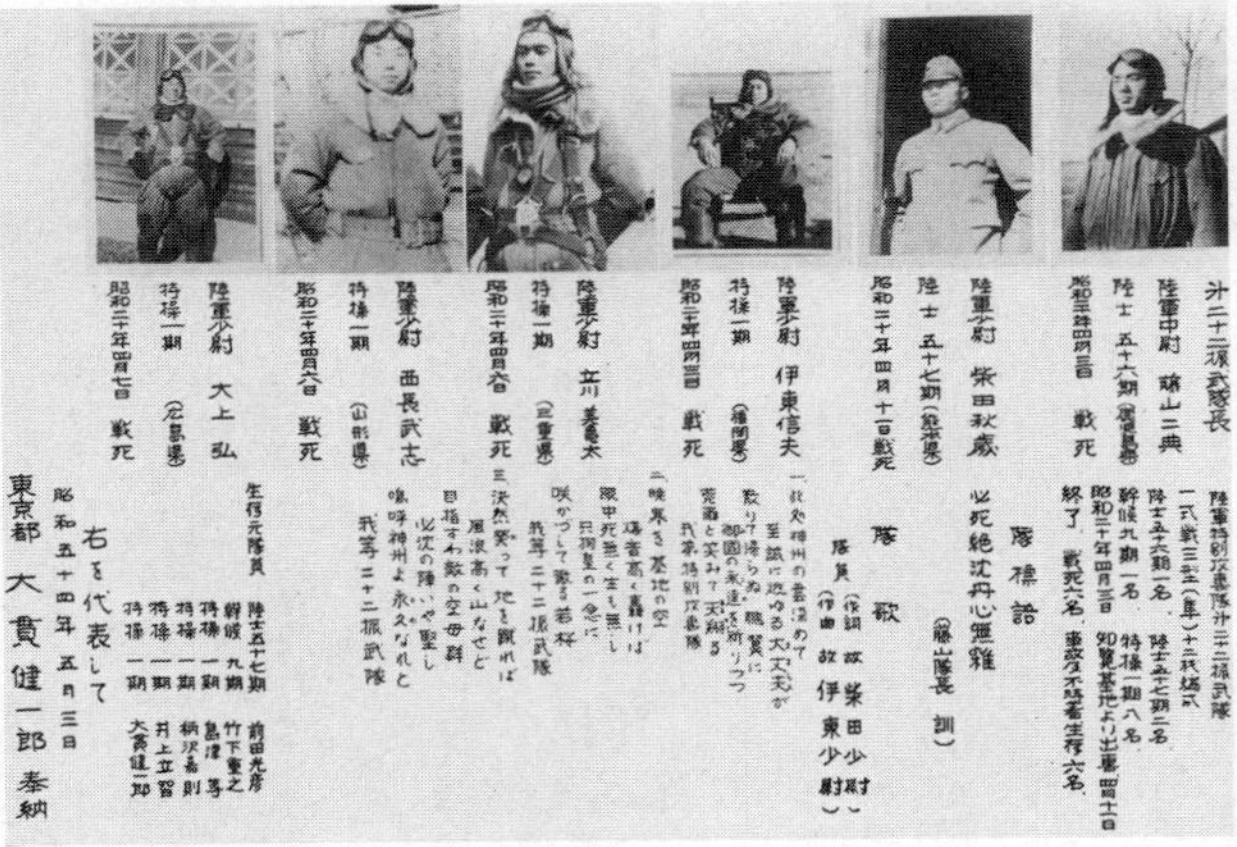

1979（昭和54）年、大貫氏が知覧特攻平和会館に奉献した、第22振武隊隊員の遺影。

再出撃

知覧《ちらん》を飛び立って二時間、運よく敵の襲撃《しゅうげき》にも出くわさずに経由地である喜界島《きかいじま》航空基地に着陸することができました。四月五日の夕方四時ごろだったと記憶していますが、とにかくホッとしました。

我々三機が着陸した直後のこと、米軍機の空襲によって滑走路に大きな穴がいくつもあいてしまい、海軍守備隊が総出で穴埋め作業となりました。直径一〇メートルもある穴をモッコを担《かつ》いで運んだ土で埋めていくのは大変な作業ですが、埋めてもすぐに空襲を受けて別のところに穴があいてしまいます。まさにいたちごっこです。

喜界島では忘れられないことがあります。夕刻、工事が終わるのを待っていたかのように一機の隼《はやぶさ》戦闘機が着陸してきたのですが、搭乗員を見ると明野《あけの》でも顔を合わせたことのある航空士官学校出身のI隊長でした。

エンジンが不調で飛行困難となり不時着したというのですが、整備隊長が点検するとどこも悪いところがない。彼の部下は全機沖縄に向かったとのことです。部下を見捨てて生き延びようとする隊長もいるんだなあと強い憤《いきどお》りを覚えましたが、他隊のことですから嘴《くちばし》を挟むわけにもいきません。

我々は翌朝六時半出撃の指令を受けました。暁《あかつき》の突入が最も成功の可能性が高いからですが、このとき、ここまでいっしょに飛行してきた第二一振武隊《しんぶたい》の水川隊長機の不調が発見され、水川機は翌日出撃できないことになりました。

喜界島は海軍の拠点で、出撃まで海軍の世話になりました。粗末な指揮所と藁葺《わらぶ》きの宿舎があり、海軍の特攻隊員も大勢いました。出された食事もなかなかのもので、海軍さんは余裕があるなあと妙に感心したことを憶《おぼ》えています。

一夜を過ごすことになったのは、仮設のアンペラ（筵《むしろ》）敷きの広間で、我々のようなこれから出撃する特攻隊員に混ざって、乗機を失った隊員も何人かいました。みな口数が少ないうえ、夕刻から天気が崩れて土砂降りとなり、広間は陰鬱《いんうつ》な気分に包まれていました。

明日は訓練どおりに体当たりし、仲間のあとを追うことになるだろう。永劫《えいごう》の眠りにつく前の晩ぐらい一睡もせずに起きていようと思ったのですが、やたらと眠い。いつのまにか深く眠っていたようで、大上《おおうえ》に起こされました。外に出るとまだ夜明け前でしたが、雨が嘘《うそ》のようにあがっていました。

大上といっしょに戦闘指揮所に赴《おもむ》くと、準備ができ次第出撃せよとの指令が下されました。米軍の一番偵察機は決まって朝の七時ごろにやってくるとのことで、その前に発進しなくてはなりません。我々の出撃時間は言われていたとおり、午前六時半と決まりました。

ここでまた、私と大上は新たな道連れを得ることになりました。I隊長といっしょに出撃することになったのです。うつろな目で天井を見つめるばかりで挨拶《あいさつ》をしても返事もなく、こんな輩《やから》と編隊を組むのかと嫌な気持ちがしましたが、仕方ありません。

心づくしの朝食が用意されていましたが、さすがに食欲はなく、大上とふたりでコップ一杯の泡盛を飲み干しました。全身がカーッと火照《ほて》ると、いよいよ私の命の終わりが近づいてきたことが実感されました。

整備兵がエンジンの試運転をすると、滑走路は爆音に包まれ何も聞こえなくなりました。大上が私の耳もとに顔を近づけてきます。

「大貫《おおぬき》、やっと肩の荷が下ろせるな」

大上はニコリと笑い、爆弾頭の安全ピンを投げ捨てて、隼に乗りこみます。来《こ》し方《かた》の数々の思いを一言にこめた、今際《いまわ》の心情が痛いほど伝わってきました。

グラマン機との遭遇

午前六時二〇分、明けたばかりの滑走路の傍《かたわ》らで我々三機は試運転を開始しました。大上機のエンジンが不調との報告があったのですが、なんとか飛べそうな様子です。大上に続いてI隊長がエンジンをかけます。すると彼の機は突然逆立ちをしたようになり、機首を地面にめり込ませ、プロペラがひん曲がってしまったのです。I隊長は操縦席から引きずり出されました。

「ブレーキを片方だけ踏めば逆立ちしてしまうのは、わかりきっていることだろう。わざとやったな。昨日も故障でもないのに、部下を置き去りにしてふらふら着陸してきやがって。敵前逃亡の軍法会議ものだ」

整備隊長はそう言いながら、もの凄《すご》い勢いで殴りつけていました。

こうして私は大上と二機で出撃することになったのですが、大上機はやはり万全ではなかったのでしょう。なかなか機体が滑走路から浮上しません。まさか、と思った瞬間どうにか機体が浮かび上がり、私の隼に並んできました。離陸後は左回りに喜界島を一周し、あとは沖縄の嘉手納《かでな》湾を目ざすだけとなったのですが、大上機はどうしても速度が上がらず、遅れがちになる。私は近寄って耳に手をあて「どうした」というサインを送ると、大上はエンジンを指し「駄目だ」と手をふってくる。「無理せずいったん戻れ」と手で合図したのですが、彼は拳《こぶし》を前に振り上げながら「行くんだ」と叫んでいる。やむなく速度を落として彼と並び、沖縄に向かいました。

前方に朝靄《あさもや》にかすむ奄美大島《あまみおおしま》が見えてくると、沖縄はもう目と鼻の先です。三〇分後には間違いなく我々ふたりは死を迎えます。渺々《びょうびょう》たる海原の果てに暮らす故郷の家族は、この俺たちのいまを知るよしもない。誰に看取られるでもなく生涯を終えるのかと、寒々とした寂寥《せきりょう》感が襲ってきました。するといろんな声が、こっちからも、また逆のほうからも、まるで耳鳴りみたいに聞こえてきたのです。頭の右上から、

「おまえ何やっているんだ。あと何分かでこの世から消えるんだぞ。おまえそれでいいのか」

今度は左上から、

「何をいまさらもたもた考えてるんだ。目標を定めてまっしぐらに体当たりすればいいんだ。腹を決めてしっかりやれ」

両方の声が交錯します。人間っていうのは、死ぬ間際にはいろんなことを考えるものなのでしょうか。

沖縄方面の空には分厚い雲がずっと続いていて、雲の上を飛んでいたのでは見渡せないため、私と大上は雲の真下の高度七〇〇メートルあたりを飛んでいきました。どす黒

い雲の下を飛び続けるのは、気持ちのよいものではありません。翼の下に吊《つ》った二五〇キロの爆弾が重くてバランスを取るのが大変でしたが、訓練時代からずっといっしょだった親友の大上機とともに、なんとか飛びつづけることができました。

一五分ほどが過ぎ、前方に徳之島が見えてきたそのときです。黒いカーペットのような雲に突然切れ目ができ、そこから迷彩色の戦闘機が飛び出してきたのに驚いたのも束《つか》の間《ま》、我々を四機編隊のグラマン戦闘機が襲ってきたのです。やつらが一斉に撃ちこんでくる機関銃の弾は、まるで真っ赤なアイスキャンディーの束《たば》がだーっと飛んでくるようで、これはえらいことだ、一発でも当たったら終わりだと思いました。

戦後になって知ったのですが、この時期米軍は、すでにレーダーピケットという無線警戒網を張りめぐらせ、沖縄に向かう特攻機の動きを事前にキャッチしていたのです。米軍はレーダーで得た情報をもとにグラマンやコルセアなどの艦載機を徳之島や奄美大島周辺に大挙出動させ、特攻機を待ち伏せていたわけですから、我々特攻機はひとたまりもありませんでした。

我々が乗っていた隼からは機関砲が取り外されていましたから、米軍機と戦闘することができません。大上は急上昇して、雲の中に入っていきました。何かあったときは雲の中に逃げ込めと言われていたので、あいつうまいことやったなと思いました。でも真っ黒な雲を間近で見ると、私は不気味でとても突っこむ気になれず、ただただ逃げることしかできませんでした。

慌てて左急旋回《きゅうせんかい》しようとしたのですが、重い爆弾を右翼の下に吊っているので機体が回らない。やむをえず爆弾を切り離すことにしましたが、動転して肝心のスイッチが見つかりません。もう駄目かと諦《あきら》めかけたとき、整備兵が着けてくれたワイヤーのことを思い出しました。股下《またした》のワイヤーを引き抜いたところ、二五〇キロの爆弾が機体から離れ、嘘のように軽くなったのです。しかし、これでもはや私の乗機は、特攻機と呼べるものではなくなってしまった。

機体が軽くなったと思った瞬間、凄《すさ》まじい音がすると同時に背中をバットで殴られるような大きな衝撃を受けました。なんだろうと振り向くと、操縦席の真後ろに直径三〇センチくらいの大きな穴があいている。やられた、と思いました。ということはもう落ちる以外にないのですが、下を見ると当然のことながら海の上です。残念だな、俺も大上といっしょに雲の中に入ればよかったと後悔したんですが、いまさら取り返しがつきません。

グラマンの機関銃にやられたのは、エンジンの真下にある潤滑油冷却器で、それがすっ飛んだらしく潤滑油が飛沫《しぶき》となって機内に入ってきて、そのために風防も真っ黒になってしまいました。目に入れば開けていられなくなるのであわてて飛行眼鏡を下ろしたのですが、体中オイルだらけになりました。冷却器内のオイルがなくなると、エンジンがすぐに焼きつけをおこしてプロペラも止まり、みるみるうちに高度が下がっていったのです。

いったん遠ざかったグラマン戦闘機のうちの一機が、不意に旋回してグーッと近づいてきました。グラマンは当時世界一の戦闘機といわれていました。またあのアイスキャンディーが飛んできて、もうダメだと観念しながらも最後のあがきで急旋回をすると、かろうじて攻撃から逃れることができたのです。私の機からは黒煙が上がっていましたから、敵はもうこれは落ちるなと判断したんでしょう。高度二〇〇メートルほどのところで踵《きびす》を返すと、深追いをしてこなかった。もう少し敵操縦士に執拗《しつよう》さがあったら、ダメだったでしょうね。

それにしてもエンジンが火を噴かずにいてくれて助かったのですが、さらに偶然としか考えられない運命が巡り合わせたのです。旋回をくり返していると、眼下に陸地が広がってきたのです。

徳之島でした。グラマン戦闘機はもう追ってきません。滑走路があることも確認され、ほっとして、上空を見上げたときのことです。大上が飛んでいった方向の雲がピカッと光ったかと思うと、ゆっくりと深紅に染まっていったのです。それは怖いほど美しい色彩でした。

「大上ーっ、大上ーっ、どうした――」

無我夢中で叫んではみたものの、私の声が届くはずもありません。大上弘《おおうえひろむ》。教壇に立つことを夢見た青年は、わずか二一歳で人生の幕を閉じたのです。

「大貫、やっと肩の荷が下ろせるな」

あいつの最後の言葉が胸に響いてやみません。

私はなんとか、徳之島の穴ぼこだらけの滑走路に不時着することができました。するとどこからともなく整備兵が飛び出してきて、飛行機が大事だと言いながらわっさわっさと押すんです。掩体壕《えんたいごう》に入れようというわけだったのですが、その途中で「退避ーっ」という怒号が聞こえてきました。いつの間にか頭上にグラマンが迫っており、私は慌てて滑走路わきにできていた穴のひとつに逃げ込んだのです。間一髪で助かりましたが、愛機はグラマンの掃射を受けて炎上してしまいました。

徳之島での再会

私が知覧を飛び立った翌日の四月六日、第六航空軍は、海軍と連携して第一次航空総攻撃を実施しました。我々が出撃するとき、涙を流しながら見送ってくれた立川美亀太《たちかわみきた》と西長武志《にしながたけし》も、自分たちの戦闘機の修理が間に合い、急遽《きゅうきょ》、この総攻撃に参加することになりました。出撃のときの様子は目撃者がおらず不明ですが、ふたりが沖縄に向けて飛び立ち戦死したという記録が残されています。

三重と山形、出身地こそ違うものの、二一歳のふたりの夢は共通していました。それは、日本の農業を担《にな》うこと。

西長は家が大地主で金持ちだったからか、坊ちゃんで苦労知らずのいい奴。立川は逆にけっして裕福とはいえない三重の農家の生まれだった。ふたりとも農業への志が高く、小作農制度を廃止して日本の農業を改革したいと口癖のように言っていましたから、戦後の農地解放を沖縄の海の底で喜んでいるのではないかと思うと胸が痛みます。

徳之島の飛行場わきには無数の自然の洞窟《どうくつ》があったのですが、陸軍の司令部はそのひとつにあるというので、不時着の申告をするために整備兵のひとりに連れていってもらいました。司令部でグラマンに撃墜され不時着したこと、大上が雲中で爆発したことを報告すると、暗闇《くらやみ》の中から驚いたような声があがるではないですか。

「おー、大貫少尉じゃないか」

野太い声がするのです。

「どなたですか」

「俺だ俺」

カンテラの先にある顔を見ると柴田小隊長だったので、ほんとうにびっくりしました。

「貴様生きていたのか」

柴田小隊長はそう言うと仲間たちの消息を教えてくれました。

「竹下も井上も島津も柄沢《からさわ》もおるぞ」

洞窟の外に出てみたら三日前に別れた仲間たちがいるではありませんか。「ややややあ」「よかったねえ」などと言いあって笑いが広がりました。まさかみんなが生きているとは思いませんでした。しかし、そこには藤山隊長の姿が見当たりません。悪い予感がして柴田小隊長に聞くと、小隊長はポツリポツリと隊長の死と伊東の爆死について語りました。

私は頭を太い棍棒《こんぼう》で殴られたような気がしました。すでに前日、藤山隊長の遺骸《いがい》は荼毘《だび》に付されており、遺骨を落下傘《らっかさん》にくるんで保管していたのでそれを拝ませてもらいましたが、こんな形でしか再会できなかったことは無念でなりませんでした。

「藤山隊長の仇《かたき》を取るためにも、我々五人で力を合わせよう。大貫、貴様は代わりの特攻機が来たら俺たちの後に続いてくれ」

柴田小隊長は藤山隊長の遺骨を抱きながらそう言いました。私以外の五人は、第二小隊長で副隊長でもあった柴田少尉のもと一一日に再出撃することが決まっていたのです。特攻機を失った私は仲間たちと出撃することが叶《かな》わずに焦りが募りましたが、同時に安堵《あんど》の気持ちが湧《わ》いてきたのも事実で、なんとも言いがたい複雑な心境でした。

明くる日、藁葺きの宿舎にいる我々のところに整備兵が飛んできて、興奮気味に報告をするのです。

「米機の空襲を受け一機を除き全機破壊されてしまいました。申し訳ありません」

「残った機は何号機だ」

「尾翼に一三の番号があります」

「俺の機だ」

そう叫んだのは竹下でした。

特攻機は木の枝で覆《おお》われた掩体壕に隠してありましたが、米軍に察知されたのか、狙《ねら》いすましたような掃射を受けたというのです。全員ですっ飛んでいって確認したところ、はたして竹下の飛行機だけが修理すれば飛べそうな状態でした。

問題は誰が行くかです。一〇日の夕刻にみなで集まり議論をしました。

「隊長のとむらい合戦だ。俺に行かせろ」

まっさきに柴田少尉が叫びました。航空士官学校で藤山隊長の後輩にあたる彼は私と同じ少尉ではありましたが、先に任官したいわば先輩です。

「とんでもない。私の飛行機ですから、私が行くのが当然です」

竹下の思いも同じでしたが、柴田少尉は小隊長としてのプライドからか、どうしても譲ろうとしません。

「竹下よ、なんとか俺に仇を討たせてくれ」

涙ながらの柴田少尉の言葉に竹下もしぶしぶ承諾したのです。命令なしで勝手に出撃はできないため、柴田少尉は徳之島の司令部へ命令受領に赴きました。

出撃は翌早朝に決まりましたが、一夜明けた徳之島は小雨が降ったりやんだりの不安定な天候でした。

「柴田少尉、この天候では出撃は無理です。しばらく様子を見てください」

全員で出撃の延期を求めましたが、柴田少尉の意志は固いものでした。

「雨が降り続いて、滑走路が水浸しになったら出られなくなる。いまのうちに行かせてくれ」

柴田少尉は、藤山隊長の遺骨の一部を落下傘に包み、胸に下げていました。

「隊長といっしょに行く。世話になったが後日靖国《やすくに》で会おう」

毅然《きぜん》とした別離の言葉に、我々はただ黙って柴田少尉を見つめるばかりです。柴田少尉は熊本県天草《あまくさ》出身の「肥後《ひご》もっこす」で、九州男児らしい剛毅《ごうき》さと強い責任感を持ち合わせていました。

誰かが思いついたように叫びます。

「隊歌をやります」

「おう、みんなでやろう」

柴田少尉がうれしそうに答えました。

隊歌は柴田少尉が作詞し、先に死んだ伊東が曲をつけたものでした。真っ暗な洞窟の壕舎の前で薄明かりの中の合唱となりましたが、二番、三番と歌は次第に涙声になり、涙はカンテラの煤《すす》に汚れた男たちの頬《ほほ》を伝って流れ落ちます。精鋭であることを自負し、第六航空軍の期待を担っていた第二二振武隊。たった一機で隊の使命を一身に担う若き副隊長の、心中は察するに余りありました。

四月一一日午前五時半、滑走路の端の赤い標識灯に向かって走り出した隼は、やがて朝靄の中へと消えていきました。柴田秋歳《あきとし》。西長、立川と同様、二一歳の若さでこの世に別れを告げました。

もはや飛行可能な隼は一機もなくなり、第二二振武隊は特攻隊としての機能を果たすことができなくなりました。「黒マフラー隊」はここに終焉《しゅうえん》を迎えたのです。

「万が一、沖縄に到達せず途中で不時着したときには、自決せよ。絶対に生還してはならぬ」

知覧を飛び立つ前に参謀からそう言われて手渡された拳銃《けんじゅう》の鉄の塊《かたまり》を眺めていると、誰からともなく自決のことが話題になりました。

「面倒だから、ここですっぱり自決するか」

「何言っているんだ、こんな所で死ぬなんて悔しいと思わんか。俺はなんとしても基地へ戻り、代わりの飛行機をもらって、アメ公の土手っ腹に爆弾をぶち込んでやるんだ」

「鹿児島まで四七〇キロ、輸送機もないのに舟を漕《こ》いでいくとでもいうのか」

「参謀の面当《つらあ》てに無駄に死ぬことはねえ。死ぬ気になればいつでも死ねるんだから」

上官がいないから、我々自身で身の処し方を判断するしかなかった。結局自決の考えを封印し、徳之島の山中に留まっていた陸軍の守備隊に居候《いそうろう》することにしたのです。命令違反になるかもしれないという不安はありましたが、守備隊長をはじめとする幹部たちが我々を歓待してくれたので、まずはほっとしました。

総勢二〇〇人ほどの守備隊でしたが、竹で作った小屋を我々のために提供してくれましたし、守備隊長は毎晩夕飯に招いてくれたうえに、どぶろくのような酒を振る舞ってくれました。

「ここまでご苦労様でした。早くつぎの出撃をという気持ちはあると思いますが、無駄に命を捨てることはないですよ」

我々を「特攻の死にぞこない」とは思わず、そんなふうに言ってくれる隊長の寛容さに張りつめていた気持ちが和らぐのを感じます。

そのまま守備隊のお世話になっていれば、どんなに楽だったでしょう。しかし一週間後、陸軍守備隊が第六航空軍と交信した結果、我々に対して新たな命令が下りました。徳之島からおよそ一〇〇キロ東の喜界島に移動し、そこから知覧に戻ってこいという命令です。徳之島の飛行場と違い、海軍の喜界島航空基地はまだそれほどの被害を受けておらず、飛行機の発着が可能だったのです。昼間移動すると米軍戦闘機の餌食《えじき》になるので、我々は真夜中に海軍の大発動艇に乗りこみ喜界島を目ざすことになりました。港に行って驚いたのは、我々第二三振武隊の五人だけかと思っていた生き残りが、三二名も集まっていたことです。その多くが私と同じようにグラマンに迎撃されて難を逃れた者や、エンジントラブルで航行不能になった者たちでした。明野で見知った顔も三人ばかりいました。

我々はその夜のうちに海軍の大発動艇で奄美大島に移動し、古仁屋《こにや》港で一泊したのち、翌日夜陰《やいん》に紛《まぎ》れてふたたび大発動艇に乗りこみ、喜界島の飛行場近くの海岸に到着しました。ところが喜界島にたどりついてみると、知覧に戻る算段があるどころか、食うや食わずの生活が待っていたのです。

喜界島の困窮生活

喜界島はまだ夜明け前、真っ暗で何も見えません。海軍の守備隊は我々を受け入れてくれるのかどうか、そんな心配もつのってきます。港は飛行場のすぐわきにあったのですが、徳之島のほか沖永良部島《おきのえらぶとう》や与論島《よろんとう》、奄美大島に不時着した陸軍特攻一〇名がすでに到着しており、我々は総員四二名になりました。そのなかで特操出身者は一五名。喜界島に不時着したⅠ隊長もいました。

夜が明けるまでの時間を利用してリーダーを選ぶことにしました。航空士官学校出身の隊長クラスが数名いたのですが、その中でも五六期でいちばん位の高い第三〇振武隊の大櫃《おおびつ》茂夫中尉が適任であろうということになったのです。大櫃さんはエンジントラブルで喜界島に不時着したのですが、他の隊員は全員特攻死していました。

夜明けとともに、海岸から四キロほど離れたところに陣を取る海軍守備隊を訪問し、大櫃中尉が我々の上陸を報告すると、海軍守備隊長はかしこまった顔でじっと耳を澄ませてくれました。

海軍側のまずまずの対応にホッとしました。この島で暮らしていく上で第一に必要なのは食料だということで、大櫃さんが守備隊長に食料を分けてくれるように頼んだのですが、

「我々にも十分な食料はなく、いつ補給がなされるのか皆目見当がつかない。山には野草が山ほどあるから、まことに申し訳ないが、自給自足してくれ」

と言下に断られてしまったのです。海軍の連中は腹の底では「陸軍特攻の生き残りがのこのこやって来て、食い物を分けてくれなんてとんでもない」と思っていたに違いありません。喜界島では米作をしておらず、台湾からの補給路も閉ざされていては、三〇〇名余の将兵を抱えた海軍さんも我々に米を分け与えるわけにはいかなかったのです。

陸軍と海軍の不仲も影響したかもしれません。海軍の特攻隊の生き残りも二〇~三〇人いて守備隊といっしょに生活していましたから、なおさら食料に関しては厳しかったのでしょう。

海軍さんも武士の情けか、ふすまと呼ばれる小麦の滓《かす》ならあるというので、ありがたく頂戴《ちょうだい》することにしました。それを水で溶いて団子にして食べたのですが、まずいことこの上ない。あとで聞いたら馬の餌《えさ》だそうで、悔しくて涙も出ませんでした。

寝泊まりするところは、海軍守備隊の仲介で飛行場から東に二キロ行った小高い丘の中腹にある、一〇〇人ほどの集落を紹介されました。集落の名前は忘れてしまいましたが、じいさんばあさんと女子《おんなこ》どもばかりでした。困ったのは言葉です。だいたい集落の人たちは我々にあまり近寄ってきませんでしたが、こちらも方言がまったくわからない。筆談でやりとりをしたり、標準語が達者な区長に通訳を頼んだりしていたのです。

区長は我々に同情的で、自分の家の座敷にあげてくれては「どうしてこの島にたどり着いたのですか」などと質問をしてきました。区長さん自ら集落の人たちに頭を下げて米をもらってくれて、おかゆをごちそうしてくれたこともあります。

その区長が先頭に立って、集落から一〇〇メートルほど離れた空き地に小屋を作ってくれました。サトウキビの葉で屋根を葺き周囲を覆った、簡単な「サトウキビ小屋」です。八畳くらいの広さの小屋が三棟。我々四二名は、士官学校出身者、特操出身者、少年飛行兵たち下士官といった具合に、出身によって三つに分けられ、それぞれの小屋に収容されることになりました。

来る日も来る日も雨ばかりで蒸し暑いことこの上ない。ブヨに刺されて傷口が化膿《かのう》している者も大勢いました。軍医がいませんでしたから、伝染病にでもかかったら一巻の終わりでしたが、幸運にも誰も病気らしい病気になった者はいませんでした。

海軍さんからもらった馬の餌だけではとても足りず、小屋の周囲の野草を食べることにしたのですが、毒草かがわからない。集落の詳しい人に教えてもらっても、間違えて毒草を摘んでくるやつがいて、それを食った我々はずいぶん下痢に悩まされました。

島の大半はサトウキビ畑で、多くの家が庭先の石臼《いしうす》で黍《きび》を挽《ひ》き、汁を煮詰めて黒砂糖を生産しています。砂糖だけはいくらでもあったから気前よく分けてもらえた。しかしこれも曲者《くせもの》で、拳くらいの大きさの塊を食べては下痢をくり返していました。

食欲に勝る欲望はないと思い知りました。炊事当番は四人一組の交代制。メニューは三食いっしょで毎日いっしょ。一杯のふすまをお湯で溶いたものと、粉味噌に野草をまぜた味噌汁と決まっていました。カロリー不足で痩せ衰《おとろ》え、髪も茫々《ぼうぼう》と伸び放題でした。それでも、我々特攻隊は鶏や豚などの家畜泥棒を犯して汚名を残してはいけないと、盗みはしませんでした。

軍人なんて娑婆《しゃば》ではなんの役にもたたないんだと痛感させられました。よその集落に食料調達にも行きました。こちらから差し出すものは何もないから、ただただ頭を下げるのですが、士官学校出身の将校たちは「餓死してもいいから物乞いはしたくない」という妙なプライドが邪魔をして、調達に行こうとしません。そのため我々特操出身者にばかり食料調達の役まわりが押しつけられていたのです。調達した食料は特操だけで食べるわけにもいかず彼らにも分けましたが、まったく人間失格の彼らには困った。士官学校の連中とは飯《めし》を食うのも別々でした。

彼らは気位《きぐらい》が高く、我々に対していつも見下した態度をとっていました。それでいて、部下が死んで自分たちが生き残ってしまったことが心の傷になっていたようです。彼ら職業軍人は我々と考え方そのものが違っていて、「不時着して申し訳ない」とばかり言っていました。また、少年飛行兵の連中も我々将校に近づきたがりませんでしたが、年が違いましたから話が合わないのも当然でしょう。

私はもっぱら特操の連中とばかりかたまって話をしていましたが、とくに第二二振武隊の四人、井上、柄沢、島津、竹下とはいつもいっしょにいました。

「我々はいったいどうなってしまうんだろうか」

「ほんとうに救援機は来るのだろうか」

もちろん誰にも明白な答えを出せるはずなどありません。みなむっつりとしてきて会話がなくなり、この先どうなるか見当もつかず、島流しにあったような心境でした。

それまで内地では二日に一度は洗っていた黒マフラーでしたが、食うや食わずの生活で、それどころではありません。虱《しらみ》がついてしまったり、いつの間にやらボロボロになっていました。もはや使いものにはならず火にくべて燃やしたときには、ほんとうに情けない気持ちになりました。

喜界島に暮らすようになって二週間ほど過ぎたころ、区長が我々を訪ねてきました。

「相談があります」

区長は声を潜めるようにして言葉を続けます。

「島の若い男たちはみな出征し、残った男は子どもと老人だけなのです。このままでは子どもも生まれず、近い将来無人島になるおそれがある。どうでしょうか、村の娘と結婚してくれる方はいませんか。そうすればたらふく食べてもらえますが」

私は唖然《あぜん》として返す言葉もありませんでした。帰還の機会があり次第、内地へ戻る予定の我々特攻隊員には嫁取りなんてとんでもない話だったので、即座に断ったのですが、区長は簡単には引きさがりません。

「結婚をしなくても、一夜をともにするだけでもよいのです」

区長にしても必死の願いだったのです。集落には夫が兵隊に取られた後家《ごけ》さんを含めて五〇人ほどの独身女性がいるとのことでした。私には詳しくはわかりませんし言いたくもありませんが、夜中に小屋をこそこそと抜け出して、島の娘さんと関係を持った者もいたようです。

このころ、私は怪我をした同期兵の面倒を見ることが日課になっていました。元明治大学漕艇《そうてい》部主将で同じ特操一期生の牧甫《まきはじめ》です。牧は台湾から沖縄に向かう特攻隊、誠飛行隊に編成されたのですが、台湾に集合する前に沖縄戦が始まってしまい、結局我々と同じように、九州から沖縄に向かって出撃しました。彼が飛び立ったのは知覧ではなく宮崎の新田原《にゅうたばる》飛行場でした。奄美大島上空でエンジンが動かなくなり、滑空で海岸に不時着したのですが、その際に両膝《ひざ》を傷めて歩行不能となってしまったのです。漁民や仲間に助けられて喜界島までたどり着きました。

牧は心にも深い傷を負い、「青酸カリを持っていないか。ここで俺は死にたい」などとくり返し口にしていました。「馬鹿言うな。こんなところで死んでどうするんだ。俺が面倒を見るから心配するな」と言って励ましたのですが、私にしたって自分が生きていくのに精一杯で、内心どうなることかと不安でした。区長も不憫《ふびん》に思ったのか、牧の分だけは飯を用意してくれていて、それを取りに行って食べさせるのが私の日課になりました。用便も私がおぶっていってやらせたけど、牧は一八〇センチの長身で運ぶのに難儀しました。

海軍守備隊は無線連絡で陸軍の情報も入手していたので、我々は当番を決めて毎朝片道二キロの道のりを歩いて情報収集に精を出しました。けれど、聞かされるのは沖縄の米軍が近々喜界島に上陸する、そうなれば全員玉砕は間違いないなどという話ばかりでした。米軍は今日来るか、明日来るかと、飛び交う情報にびくびくしながら過ごしていたのです。

この島で絶命することを考えると、特攻で死んだ連中がうらやましくさえ思え、むっつりとふさぎがちになりました。手元には軍刀も鉄砲もなく、弾が二発装塡《そうてん》された拳銃があるだけ。山に入り竹を切って槍《やり》を作りましたが、そんなものでは米軍と戦えないことくらいわかっていましたし、はやく米軍が上陸して殺されたほうがましだと思うこともしばしばでした。

喜界島に上陸して一ヵ月、我々陸軍特攻隊の生き残り四二名の困窮生活は、限界に達していました。

内地への生還

内地に戻ればもう一度特攻機がもらえるという情報が、まことしやかに語られるようになりました。海軍守備隊からの情報なのか、仲間たちの願望がそういう情報に姿を変えたのか、いまとなっては確認の術《すべ》もありませんが、餓死はまっぴら、どうせ死ぬなら特攻隊で死にたいという思いは我々に共通していて、救援機の飛来に望みを託したのです。

五月半ばのこと。深夜の爆音に起こされて丘の上のサトウキビ小屋から飛行場を見渡すと、重爆撃機が着陸し、暗闇の中を人が忙しく動きまわっているではないですか。陸軍機かと期待に胸をふくらませましたが、それは海軍の重爆撃機でした。

この重爆撃機は沖縄の友軍へ物資を投下した帰途に立ち寄ったとのことで、数名の海軍操縦士を乗せて飛び立ちましたが、この調子ならほんとうに陸軍の救援機も来るかもしれないと、みなの顔にも生気が甦《よみがえ》ります。ところが翌日、昨夜の重爆撃機は屋久島で敵の夜間戦闘機に撃墜され海没、搭乗員は全員戦死したと知らされると、もうこの島から飛び立つことすらないのではと暗澹《あんたん》とした気持ちになりました。まさに一喜一憂です。それでも我々は、救援機の到来に一縷《いちる》の望みをつないでいたのです。

一週間後、重爆撃機が二機飛来するという情報が海軍守備隊からもたらされました。続いて陸軍特攻隊員は全員午前二時までに飛行場にて待機せよとの指令を受けたときはうれしかった。「そら来たぞ」と意気込んで出発することになり、動けない牧を他の隊員とふたりで抱きかかえ、二キロの山道を三時間かけて夜行軍したのです。

ようやく滑走路わきまでたどりつくと、今夜やってくる重爆撃機は一機だけだといいます。我々総員四二名に対して一機に乗れるのは一四〜一五名ですから、将校も下士官も一律に籤《くじ》引きをすることになりました。

なんとしても当たってほしいと思い、それは緊張しましたね。だから外れたときは悔しくて、籤に使われた蕗《ふき》の茎を「畜生」と投げつけました。俺なんか上陸してくる米軍に蛙《かえる》のように踏みつぶされる運命なんだと思うと、運のなさを恨みました。

午前三時ごろ、飛来した重爆撃機は籤を引き当てた一四名の隊員たちを乗せるや、すぐに離陸していきました。珍しく好天で大空いっぱいの星が美しく、青白い排気の焔《ほのお》をなびかせて飛んでいく機を見送っている最中のことです。重爆撃機は三〇〇メートルほどの高さに上昇したところで、待ちかまえていた敵の夜間戦闘機の攻撃を受けたのです。「あっ」と思う間もなく翼から発火し、数秒後に大爆発が起きました。洋上に火の粉を散らし、暗い海に落ちていく火片を眺めていると、いましがた「先にすまん」と笑顔で別れた友の顔が浮かんできます。間一髪で助かったと胸を撫《な》でおろすのと同時に、どうしたってこの島から脱出することはできないんだと、絶望的な気持ちになりました。

我々二八名の陸軍特攻隊残存者は、みな押し黙ったまま二キロの山道を引き返したのです。そのなかには竹下、井上、島津、柄沢、私、それから脚を怪我した牧の特操六人も含まれていました。

それから一週間後、忘れもしない五月二七日深夜のことです。再び重爆撃機が来るとの連絡が入り、「残存者飛行場集合」の指令が伝わりました。でも、前回のことがありますから、指令を受けてもけっして浮かれることはありません。

その夜は雲が低くたちこめ、敵の夜間戦闘機の餌食になるのではないかという恐怖感が沸々と湧いてきます。滑走路わきに見送りにきた島民たちが餞別《せんべつ》だといって、泡盛を注いでくれました。強い酒だったけれど、私は恐怖を紛らわせるために何杯もお代わりをしました。

海軍守備隊からも家族あての遺書の束《たば》を手渡されました。彼らには食料を分けてくれなかった恨みがあったけれど、家族への思いをこめた必死の頼みは聞き入れることにしました。

「内地にたどりつくのは難しいかもしれないが、無事に到着したときは必ず投函《とうかん》する」

そう約束すると涙を流して喜んでくれる隊員もいて、こんな離島に取り残される海軍さんも気の毒だと同情心が湧いてきたものです。

午前三時半、重爆撃機二機が爆音とともに到着しました。夜間の超低空飛行だったため敵機の監視の目に引っかからなかったようです。私を含めた隊員二八名が一四名ずつ粛々と乗りこむことになりましたが、このまま三途《さんず》の川を渡っていくんだなどと考えたりもしました。

そこから先の記憶はありません。泡盛のせいです。重爆撃機には戦友が担いで乗せてくれたようで、私は泥酔したまま離陸したのもわからず眠り続けました。

「大貫少尉起きろ、内地だぞ」

寝ぼけ眼《まなこ》で機腹の小窓から外を覗《のぞ》くと、機は轟々《ごうごう》と明け方の阿蘇《あそ》上空を飛行しており、下に目をやると民家が散在している。

「あっ、内地だ！」

荘厳な朝日が阿蘇の山並みから昇りはじめたところだったのですが、この日の御来光は生涯忘れることができません。窓の外を見ていると、生きて内地に戻れた喜びと、特攻隊員であるにもかかわらず生きながらえてしまったことへの申し訳ない気持ちで、心が乱れます。このとき二八人の心中はみな私と同じだったのではないでしょうか。

五月二八日午前五時、我々を乗せた重爆撃機は、福岡にある蓆田《むしろだ》飛行場（現福岡空港）に無事着陸しました。第二二振武隊の四人と牧もいっしょです。なぜ米軍の監視網をかいくぐって脱出できたのか不思議に思えましたが、ちょうど直前の二四日に敢行された義烈空挺隊《ぎれつくうていたい》の攻撃のおかげかもしれないということが、戦後になってわかりました。

一二機の九七式重爆撃機からなる義烈空挺隊は、米軍に占領された沖縄の飛行場に夜陰に紛れて強行着陸に成功し、降り立った隊員たちが地上戦闘、破壊活動を行ったのです。記録によると、義烈空挺機の沖縄突入の情報を得ていた米軍は、昼夜の別なく迎撃機を沖縄本島にはりつけていたため、離島の徳之島、喜界島の警戒がその間だけ解かれていたということでした。

まさに奇跡の生還でした。


〈大貫健一郎〉

〈解説〉陸軍第六航空軍司令官の絶望

菅原中将の嘆き

大貫健一郎《おおぬきけんいちろう》さんが出撃した四月六日以降の沖縄特攻作戦を、陸軍第六航空軍はどのように進めようとしていたのか。

第一次航空総攻撃（菊水一号作戦）は六日から七日にかけて行われたが、知覧を四月五日に出発した大貫さんは、その総攻撃に喜界島経由で参加する特攻隊員だった。現に徳之島上空で爆死した同僚の大上弘《おおうえひろむ》は、第一次航空総攻撃の死亡者リストに名前がある。しかし、第一次航空総攻撃の一員であることは大貫さん本人には伝えられておらず、作戦の全体像を知らぬまま喜界島に向かったことになる。

その後、大貫さんはグラマンに迎撃され徳之島に不時着したのだが、その他にもエンジントラブルや索敵できなかったなどの理由で、多くの特攻機が帰還していることを第六航空軍司令官菅原道大《すがわらみちおお》中将は嘆いている。

総攻撃の日なり（中略）特攻隊にて五分の一の引返し不出発機あり、極めて不成績と云《い》うべし。之《こ》れ予《よ》が総監として編成し、軍司令官として教育に任ぜし部隊なり。其《そ》の罪総《すべ》て我《われ》に在りと云うべく、申し訳なし。

（一九四五年四月六日）

第一次航空総攻撃において、陸軍はおよそ九〇機、海軍は二一〇機の特攻機を出撃させた。陸軍九〇機のなかには第二二振武隊の後発隊である西長機と立川機、そして大上機も含まれている。特攻兵力の不足に苦しむ第六航空軍は第一次総攻撃に際し、精鋭の操縦士が揃《そろ》っていた第一〇〇飛行団に対しても、特攻隊の編成を命じた。大貫さんが都《みやこの》城《じょう》西飛行場で一週間ほど生活をともにした飛行団で、本来は特攻部隊ではない。第一〇〇飛行団は第一〇一戦隊と第一〇二戦隊の中から選んだ一〇名で特攻隊を編成し、総攻撃に参加した。

米軍側の『第二次大戦米国海軍作戦年誌』によると、第一次航空総攻撃による日本陸海軍の戦果は、高速掃海艇を一隻《せき》沈没させ、戦艦三隻、重巡洋艦二隻、軽巡洋艦二隻、護送空母二隻、駆逐艦六隻、高速掃海艇一隻、輸送船三隻に損傷を与えたとされる。総攻撃（菊水作戦）はその後一一回を数えたが（海軍は一〇回まで）、以降の総攻撃では第一回を上まわる戦果を挙げていない。

一方、連合艦隊は、戦艦大和を沖縄に向けて出撃させたものの、待ち受ける米艦隊の集中砲火を受けて鹿児島県の坊ノ岬《ぼうのみさき》沖で沈み、約三〇〇〇名の乗員のうち二七四〇名の犠牲者を出した。

第一次航空総攻撃を終えた一週間後の日記で、菅原は特攻作戦が有効ではないと認めている。

当方押され勝《が》ちにて漸次《ぜんじ》特攻効かなくなる。（中略）

沖縄沖の敵艦船減少の徴候見えざるが如く、特攻の効果如何《いかん》と惑う。

本日海軍側の通報に依《よ》れば、敵の上陸は六ヶ師団に達す。斯《か》くも上陸を許したることは、特攻の果敢なる攻撃に拘《かかわ》らず遂《つい》に我《われ》は任務を完遂し得ざりしなり。

（四月一四日）

このとき陸軍は第二次航空総攻撃の最中だったが、菅原は現状に絶望していた。しかし第六航空軍は、作戦を変更することなく第三次、第四次、第五次と総攻撃を続けていく。一九四五年四月だけで陸軍は約四三〇名、海軍はその二倍以上の九五〇名が特攻作戦で落命している。

米軍の防御網も緻密《ちみつ》さを増し、突入はますます困難になっていく。五月四日に行われた第六次航空総攻撃に際しては、菅原自ら知覧に出向き出撃を見送っている。しかし突入したという報告が少なく、思うにまかせぬ現状に、日記には冷静さを欠く記述も見られるようになった。

突入報の少なきが遺憾。敵電話の傍受による我が戦果の少なきは遺憾の第二。而《しか》して戦闘隊の意気銷沈《しょうちん》、攻撃隊とても褒《ほ》めた情勢にあらざること其《その》三なり。全軍特攻！　真《まさ》に特攻として投入、その後援続かずにて宜《よろし》敷きやの点聊《いささ》か懸念あり。

（五月四日）

状況へのいらだちなのか、それとも自らに対しての鼓舞なのか。「！」マークには菅原のどのような心中が反映されているのだろう。考えてもわからないが、八方ふさがりになった司令官の沈痛の叫びであることはまちがいないだろう。

義烈空挺隊

第六次航空総攻撃による戦果が挙がらず、打つ手をなくした沖縄の第三二軍は五月五日に米軍に対する攻撃を中止、持久作戦にきりかえた。

いっぽう、菅原は、新たな攻撃で失地を挽回《ばんかい》しようとしていた。

義烈空挺隊。いままでのように敵艦に特攻機で突入するのではなく、米軍に占領された沖縄の飛行場に夜陰に紛れて重爆撃機を強行着陸させ、降り立った隊員たちがそのまま地上戦闘員となる、まさに「肉体特攻」である。義烈空挺隊の攻撃で飛行場使用が制約されている間に、航空総攻撃を仕掛けようという計画だった。

五月二四日、熊本健軍《けんぐん》飛行場に一二機の九七式重爆撃機が用意され、そこに百五十数名の特攻隊員が乗りこんだ。菅原が見送るなか、義烈空挺隊は沖縄の北飛行場に八機、中飛行場に四機が突入する予定で出撃したが、一機はエンジントラブルのため出撃できず、四機が機材トラブルや操縦ミスで引き返した。結局北飛行場には五機、中飛行場には二機が強行着陸した。一五〇名を超える犠牲を出したものの戦果は不明で、菅原を納得させる結果は導かれなかった。

空挺隊《くうていたい》は結局約三分の二の七機着達。一機は出発出来ず。不時着及《および》引返しの二機は器材、二機は航法なり。後続を為《な》さず、又我方《またわがほう》も徳之島の利用等に歩を進めず、洵《まこと》に惜しきことなり、尻切《しりき》れトンボなり。

引続く特攻隊の投入、天候関係など何《いず》れも意に委《まか》せず、之《これ》また遺憾なり。

（五月二六日）

大貫さんの話によると、このとき米軍が義烈空挺隊の警戒のために迎撃機を沖縄に集中させていたため、大貫さんたち二八名は重爆撃機で喜界島を脱出できたという。その二日後、菅原はこんなことを日記に書きつけている。

午後喜界ヶ島より引上げし大櫃《おおびつ》中尉以下に訓示（後略）　（五月二八日）

喜界島から引きあげてきた大櫃中尉とは、大貫さんが行動をともにしていた二八名の中心人物である第三〇振武隊の隊長大櫃茂夫のことだ。つまり、菅原はこの日、福岡に戻ってきたばかりの大貫さんたちに対面していたのである。さらに六月に入っても菅原は大貫さんたちと接点を持っていたことが記されている。

飛行機の故障等で引返し、司令部に集合しありし数十名の特攻隊員に対し訓話を為《な》す。　（六月八日）

訓示、訓話などの表現から、菅原が帰還した特攻隊員たちに対して意図を持って何かを語ろうとしていたことが窺《うかが》える。いったい福岡で大貫さんたちを待ちかまえていたものはなんだったのだろうか。

〈渡辺　考〉

第五章　振武寮

振武寮。私立福岡女学校の木造２階建ての寄宿舎が使用され、大貫少尉はここに軟禁されることになった（福岡女学院資料室提供）。

「死んだ仲間に恥ずかしくないのか」


「お迎えに上がりました」

五月二八日午前五時半。福岡の蓆田《むしろだ》飛行場に着陸し、タラップを降りた我々二八名をひとりの曹長《そうちょう》が待ちかまえていました。飛行場の端にある事務所まで歩いていくと、そこには幌《ほろ》つきの軍用トラックが一台停まっていて、追い立てられるようにして荷台に乗りこみます。腹は減っていたし喉《のど》もカラカラでしたが、水一杯与えてくれる気配すらありません。曹長は事務所に入り、どこかに電話で連絡を取っています。この後どうなるのかまったくわからない不安な気持ちのまま、我々は一時間も待たされました。

「どこに連れていくんだ」

ようやく事務所を出てきた曹長に、我々の代表である大櫃《おおびつ》茂夫中尉が不安げな声で尋ねます。

「軍司令部にお連れするように命じられています」

出発に際してはトラックの荷台に幌がかけられ、外から見えないようにされました。

博多《はかた》の街中を三〇分ほど揺られると、学校らしき門の中にトラックが入っていくのが幌の隙間《すきま》から確認できました。我々が降ろされたそこがまさに、第六航空軍の司令部が置かれた県立福岡高等女学校の中庭だったのです。

参謀のひとりと思われる上官がやってくると、我々は帰還報告のため中庭に整列させられたのですが、食うものも食っていないからフラフラです。やがて参謀はどこかに行ってしまい、司令部からはいつまでたっても誰ひとりやってきません。はじめのうちこそ不動の姿勢をとっていた我々も、中庭に座り込んでしまいました。それくらい疲れていたんです。よりによって雲ひとつない好天で、初夏の太陽が容赦なく照りつけていました。

二時間以上たってようやく現れたのは、我々に明野《あけの》飛行場で特攻を命じ、知覧《ちらん》飛行場で出撃直前に訓示を垂れたあの人、菅原道大《すがわらみちおお》第六航空軍司令官でした。大櫃中尉が直立不動の姿勢で帰還報告をします。

「大櫃中尉以下二八名、喜界島《きかいじま》より到着しました」

若い参謀をひとり従えた菅原中将は、我々の到着の申告に無言の答礼で応え、訓示を垂れると、さきほどの参謀を残しておもむろに立ち去りました。

「作戦参謀の倉澤《くらさわ》である。貴様らなんだ、その格好は」

それが彼の第一声でした。彼こそが、以降一六日間にわたって我々を心身ともに痛めつけつづけた倉澤清忠《きよただ》少佐だったのです。確かに我々は髪もひげも茫々《ぼうぼう》、垢《あか》だらけの飛行服に破れた飛行長靴《ちょうか》を履《は》いており、誰ひとり出発時の面影を留めていません。

「なんで貴様ら、帰ってきたんだ。貴様らは人間のクズだ」

我々は炎天下で倉澤参謀から怒鳴られ続けました。

「そんなに命が惜しいのか。いかなる理由があろうと、突入の意思がなかったのは明白である。死んだ仲間に恥ずかしくないのか」

「沖縄に四万五〇〇〇人の敵兵が上陸したとき、貴様ら二八人が一〇〇〇人乗りの輸送船に突っこめば二万八〇〇〇人の損害を与え、皇軍の苦戦はなかった。全員切腹ものだ」

とも言われ、反論はいっさい許されません。

特攻機の調子や悪天候が原因で突入地点まで到達できなかった者、敵を発見できなかった者など、帰還の理由はさまざまでしたが、参謀はいっさい聞く耳を持たずに我々を臆病者《おくびょうもの》と決めつけるのです。我々は生きていられては困る、帰ってきてはいけない存在だったのです。無駄でもなんでもいいから、死ななければならなかったのです。そんな司令部の考え方が、このときとてもよくわかりました。

倉澤参謀の罵倒《ばとう》は三〇分ほど続いたでしょうか。その後、我々は博多駅近くにあった軍指定の旅館「大盛館」に連行されました。頭を丸坊主にし、ひげを剃《そ》り、風呂に入りました。実に五〇日ぶりの風呂でしたが、喜界島の垢を落とすとやっと生気《せいき》を取り戻すことができました。後日、この旅館の娘さんに聞いた話ですが、我々の服をお湯で煮て洗うと、表面に虱《しらみ》が浮いて真っ白になり、女中さんたちはみな悲鳴をあげたそうです。

この日はふたり一組で六畳の部屋に通されたのですが、それは久しぶりの畳の感触でした。しかし、そんな生活が続くはずはなく、我々にはつぎなる過酷な運命が待ちかまえていたのです。

五月二九日、大盛館での一夜が明けると、我々は倉澤参謀から移動を命じられ、私立福岡女学校に連行されました。この学校は今では他所に引っ越し、跡地は福岡市九電記念体育館となっていますが、あそこは思い出したくない場所です。でもけっして忘れることのできない場所です。

我々が入ることになったのは木造の建物二棟からなる女学校の寄宿舎でした。しかし周囲には鉄条網が張り巡らされ、銃を持った衛兵が入り口に立ち、ものものしい雰囲気が漂っています。黒いペンキで「振武寮《しんぶりよう》」と書かれた真新しい看板を見ると、我々の間に緊張感が高まりました。

振武寮での生活は、まさに生き地獄でした。

「先に入寮している隊員たちとはけっして話をしてはいけない」

寮に入る前、倉澤参謀に言われました。外出はおろか手紙も電話も禁止され、外部との接触の手段の一切を断たれたのです。つまりは軟禁ということで、罪人扱いをされたわけですよね。

一、二階それぞれに八畳の和室が八部屋ほど並んでおり、すでにいくつかの部屋には特攻隊員たちが収容されているとのことでしたが、物音ひとつ聞こえません。その後、彼らとすれ違ったときに驚かされたのですが、みな憔悴《しょうすい》しきった顔をしていました。

一階が下士官、二階が将校と区別され、一部屋に三、四人が収容されることになりました。私には二階の一室が割り振られましたが、喜界島で親しくなった牧甫《まきはじめ》と同室でした。牧の膝《ひざ》の怪我は大分回復していたものの、右膝の皿にひびが入っており、相変わらず松葉杖《まつばづえ》に頼った生活だったため介護役の私が同室になったのです。そんな事情もあり、我々だけ特別にふたり部屋でした。

入寮の翌朝、倉澤参謀は一階の裁縫室に我々を集合させ、こう言いました。

「貴様ら、逃げ帰ってくるのは修養が足りないからだ。『軍人に賜《たまわ》りたる勅諭《ちょくゆ》』を言ってみろ」

「軍人に賜りたる勅諭」は一般には軍人勅諭と呼ばれているもので、我々将兵は軍隊に入る前から諳《そら》んじさせられていたものです。当然みな諳誦《あんしょう》できるはずなのですが、このときは緊張のあまり、つかえたり間違えたりしてしまいました。すると倉澤参謀は、持っていた竹刀《しない》で床を打ちすえ、我々全員に正座をさせるのです。

「根本的に軍人精神を鍛えるため、『軍人に賜りたる勅諭』を書け」

担当の上等兵が、硯《すずり》と筆を各人にひとつずつ配りました。これ以降、部屋で就寝前に毛筆で軍人勅諭全文を書き写しては、翌日の朝食時に提出することが日課となったのです。半紙でだいたい二〇枚くらいの量になりました。

なぜ生きて戻ってきたのか、反省文を書けとも言われました。不可抗力だったから、反省しようにもできないのですが、倉澤参謀にはそんな理屈は通じません。軍人勅諭以外にも般若心経《はんにゃしんぎょう》を筆写しろとも命じられ、なんでそんなことをしなくてはならないのか疑問でしたが、逆らうことは許されませんでした。

部屋の外に出られるのは食事と用便のときに限られます。食事は、ふたつの棟の真ん中の平屋建ての裁縫室でとることになっていました。賄《まかな》いのおばさんが作ってくれる食事は、麦飯《むぎめし》と味噌汁とたくあんのいわゆる兵食《へいしょく》です。夜は魚の煮付けか何かが一品ついたでしょうか。

三度の飯《めし》の中で、朝食が最も苦痛でした。必ず倉澤参謀がやってくるからです。参謀は前夜の深酒《ふかざけ》のせいか決まって酒臭い息を吹きかけながらこう言うんです。

「おまえら、軍人のクズがよく飯食えるな。命が惜しくて帰ってきたんだろうが、そんなに死ぬのが嫌か」

「卑怯者《ひきょうもの》。死んだ連中に申し訳ないと思わないか」

「おまえら人間のクズだ。軍人のクズ以上に人間のクズだ」

そういうことを毎朝毎朝言うわけです。冗談じゃありません。朝から酒を飲んでることもありましたし、片手には必ず竹刀を持っています。こんな侮辱がありますか。食欲もわかず箸《はし》をつけずにいると、今度は、

「なんで飯を食わない？　食事も天皇陛下から賜ったものだぞ」

と追いうちをかけてくる。もう話になりません。だけど参謀が部屋から出ていくまでは、黙って座っていないといけないのです。

喜界島では、福岡に着いたら飛行機が与えられて再出撃できると聞いていたのですが、そんな気配はまったくありません。なんのためにこの寮にいるのかわからなくなり、「飛行機をくれ、死んでやる」と腹の底から叫びたい気分でした。

台中に届いた戦死公報

振武寮に収容されて一週間ほどが過ぎたころでしょうか、ひょんなことから出撃名簿を見る機会を得たのですが、私は強い衝撃を受けました。

我々第二二振武隊の一二人のうち五名は帰還したにもかかわらず、沖縄作戦で飛び立った日付で戦死公報が作成され、軍籍から抹消されていました。つまり、我々は飛び立

った瞬間に戦死したことになっているわけで、軍司令部にしてみれば、いまさら生きて帰ってこられても扱いに困るということですね。倉澤参謀が我々に与える仕打ちの理由が、書類上からも明確になりました。

私、大貫健一郎《おおぬきけんいちろう》は戸籍上、名誉の戦死を遂げていたのでした。

これからお話しすることは戦後になって姉富佐子《ふさこ》から聞いた話です。私の家族が住んでいた台湾の台中の実家にも戦死公報が届き、家の玄関先に「軍神之家」と書かれた表札が貼《は》られ、連日日本人会の人々が弔問《ちょうもん》に訪れました。母ハツは泣き暮らすばかりで食事ものどを通らなくなり、ずっと寝込んでしまったそうです。

命日からおよそ一ヵ月後の五月七日、官民挙げての盛大な葬儀が行われたのですが、母は参列しようとせずにこう言います。

「健一郎は死んでいません。もし死んでいたなら、必ず私の夢枕《ゆめまくら》に立ってお別れを告げます」

周囲の説得でようやくのこと、葬儀に参列しました。

私の葬儀の一週間後、ふたりの若い将校が台湾の家族のもとを訪れました。

「大貫のお線香をあげに参りました。北支、三重といっしょでした」

同期の中島三夫と浅野史朗です。中島はあの「ラッキーセブン隊」のひとりでした。

「隊の情報で大貫の戦死を知りました。生前にあいつからはいつも、台中に行くことがあったら家を訪ねてほしいと言われていましたが、台中の基地から思ったより遠く、軍務の都合で一日延ばしにしてしまったこともあり、やっとこうして伺うことができました」

母は息子の生まれかわりだと言って大喜びで、酒や料理を大盤振る舞いです。あんなに喜んだ母の姿を姉は久しぶりに見たそうです。

二日ほどすると、中島と浅野は金津《かなつ》俊幸という同期の男を連れて再び台中の家を訪ねました。

「ちかく浅野が西の任地へ赴《おもむ》くので、ここで送別会をやらしてください」

そんなことを中島は言ったのです。「西の任地」とは西方《さいほう》浄土を意味するのではと訝《いぶか》しく思いながらも、母と姉は近所に住んでいる奥さん連中にも手伝ってもらい、たいそうな日本料理でもてなしました。

「大貫とは北支でよく支那料理を食べに行きましたが、やはり日本の味はよかね」

鹿児島出身の中島は薩摩《さつま》なまり丸出しで喜びを表し、母も晴れ晴れとしていたといいます。

中島たちは風呂にも入っていきました。母は三人の背中を流しながら、

「死んじゃいけんよ。戦争が終わったら親御さんのところへ必ず帰ってくださいね。きっとですよ」

とくり返すと、三人ともうつむいて泣いていたそうです。

遅くまで飲んだり笑ったり、ずいぶんにぎやかに過ごし、その晩は家に泊まっていきました。翌早朝、母と姉は基地に戻る三人の姿が見えなくなるまで手を振りつづけ、「さようなら、さようなら」と大声で別れを告げたのでした。

三人の消息が伝えられたのは六月半ばのこと。突然、ひとりの軍曹が台中の家にやってきました。

「浅野史朗少尉殿は去る五月二一日、中島三夫少尉殿は去る六月六日、特別攻撃隊員として沖縄に突入、壮烈なる戦死をされました。金津俊幸少尉殿は去る五月一九日、台中上空にて戦死されました」

整備兵は中島からの伝言を預かっていました。

「『一晩ご厄介《やっかい》になり、鹿児島の我が家に帰ったような気分を味わえ、もう思い残すことはありません』とのことでした。これは中島少尉殿からお礼の印としてお渡しするようにと預かってきたものです」

整備兵が母に手渡したのは、真新しい純白のマフラーでした。

「母はマフラーに顔を埋めたまま、いつまでもいつまでも泣いていました。そしてその日を境に、健一郎の死を受け入れるようになったんですよ」

母といっしょに整備兵からの報告を聞いた姉は、戦後になってから私にそう語ったのです。母が私の墓を台中の日本人墓地に建てたのは、その整備兵からの報告を受けた直後のことでした。

倉澤参謀への反発

振武寮に入寮してしばらくすると、寮内には同じ特攻隊員でも我々のように実際出撃して途中で帰還した者たちの他に、特攻基地まで行ったものの飛行機の故障などで出撃ができなかった帰還兵もいることがわかってきました。

彼らは我々と食事の時間も別々で、倉澤参謀から怒鳴られることもなく落ち着いて食事をすることができたようです。しかし我々二八名に対しては倉澤参謀は容赦しません。

「おまえらは忠誠心の欠落者だ」

「おまえらは絶対特攻を解かないからな。必ず再出撃させて死んでもらう」

必ず死んでもらう。そんな言われ方をされて、反論することもできないんですから。

私が振武寮に入る前には自殺者も出たとのことです。窓を割りその破片で頸動脈《けいどうみゃく》を切ったのだそうです。明日への不安、理不尽な対応への腹立ち、死んだ仲間のこと……考えはじめると頭がおかしくなってきそうでした。

倉澤参謀が扱いに苦慮していたのが、自分と同じ航空士官学校の出身者です。自分の後輩でもある、我々のまとめ役だった大櫃中尉にはどう接したらよいのかがわからなかったようで、二日ほどで振武寮を退寮させ、どこかの戦隊に送り込んでしまいました。一方、喜界島でわざと飛行機を逆立ちさせ出撃を回避したI隊長に対しては徹底して厳しく接していました。

I隊長は毎日殴られていましたが、そのときの倉澤参謀の科白《せりふ》はいつも同じです。

「士官学校の卒業生が生き恥をさらすなどということは、建軍《けんぐん》以来の不祥事だ。軍服を脱げ」

「おまえのことを軍法会議にかけるよう上申しておいた」

とにかくねちねちと執拗《しつよう》にいびられていました。

振武寮に入って一週間後のこと、突如同室の牧が参謀室に呼び出されました。牧は帰ってくると、

「どうやら飛行機がもらえるらしい」

そうポツリとつぶやきます。誰も特攻機がもらえないなかで、同室の牧には特例的に再出撃が認められ、飛行機が与えられることになったのです。たまたま福岡の雁《がん》ノ巣《す》飛行場に二式戦闘機が一機だけ残っており、この戦闘機の操縦経験があるのが牧ひとりだったため、彼に白羽の矢が立てられたのでした。右膝が治りきっていなくても、離陸させできればあとは突っこむだけだから脚の具合は関係ないと、軍司令部では考えたので

しょう。まったく酷《ひど》いもんです。牧はしきりに「なんとかなるよ」と自分に言い聞かせるようにつぶやいていました。

牧も私同様、倉澤参謀からねちねちとやられたクチですから、心中複雑だったに違いありません。ただ、振武寮を出られることにはホッとしていた様子で、「俺だけ行くのは悪いな」とも言っていました。

ひとりの隊員が牧を訪ねてきました。I隊長です。牧が出撃すると聞いたIは牧に驚くべきことを告げました。

「沖縄には向かわず、二式戦闘機で軍司令部に突入してほしい」

出撃の当日、Iが囮《おとり》になって司令部に参謀と軍司令官を集め、そこに特攻機を突っこませるというのが、Iの描いたシナリオでした。

Iが退出すると、私は即座に牧に言いました。

「そんな前代未聞の不祥事を起こしたら、残された家族はどうなる」

その後、牧に与えられた二式戦闘機は航続距離が短く、とても沖縄まで到達できないことがわかりました。結局、牧は出撃しないことになり、この件はうやむやなまま終わりましたが、なんともお粗末な話でした。

倉澤参謀にしてみれば精神修養のつもりだろうけど、軍人勅諭や般若心経の筆写が馬鹿らしくなってきました。第六航空軍への恨みつらみがつのってきて、我々も反抗的になる。すると彼らも、この野郎と感情的になってくるから、どんどんおたがいの溝が広がっていったのです。

我々としては、乗機さえもらえれば再出撃するつもりでした。倉澤参謀には常にそのことを伝えたのですが、エンジントラブルで飛べなかった者には「飛べない飛行機に乗ってきて」と怒鳴りつけ、我々のような乗機を失った者には「余分な飛行機などない。原隊で調達し直してこい」と邪魔者を扱うように言い放つのでした。実際に第六航空軍には特攻機の余裕がなく、倉澤参謀も飛ばせたくても飛ばすことができずにいたとは、そのときは気づきませんでした。

その日も軍人勅諭の清書を命じられ、私は勅諭を書くかわりに「乗機を戴《いただ》きたし」と本音を書いた。すると、すぐに参謀室に呼びだされました。

「不忠者！　軍人勅諭を何だと心得ているのか」

そう叫んだ倉澤参謀は、私を竹刀でめった打ちにしました。私は打たれるまま無抵抗でいたのですが、参謀は容赦なく私を打ちすえつづけます。目がすわっていて怖かった。やがて意識が遠のき、まったく動けなくなってしまうと、仲間が担《かつ》ぎ出して部屋まで運んでくれましたが、私は二日二晩寝込むことになりました。

私が回復して朝食に行くと、倉澤参謀は私を一瞥《いちべつ》するだけで、いつものように説教を始めました。

「おまえたちに渡す飛行機はない」

「飛行機がもらえないのなら、なんのためにおるのですか」

仲間のひとりが聞くと、

「精神修養だ」

という答えが返ってきます。

「おまえたちは卑怯者だから、死ぬのが怖くて帰ってきたのだから、潔《いさぎよ》く死ぬための修養をさせてやってるんだ」

このころ、実際には沖縄戦は終焉《しゅうえん》に向かい、特攻作戦の必要もなくなりつつありました。それでも我々を生き残らせることは規律を乱すことになる。扱いに困り、とりあえず精神教育を続けていたという状況だったのでしょうか。

学徒出身者の多くが私同様に不満を抱えており、つぎつぎに倉澤参謀の言うことを聞かなくなりました。もうこのころには倉澤参謀も、何か言うとすぐに反発してくる我々のことを諦《あきら》めたようです。

それにしても倉澤参謀は学徒出身者を徹底して嫌っていました。一方、少年飛行兵出身の若い下士官たちは、まじめに言うことを聞いていたから制裁を受けませんでした。食事が終わると自分の部屋できちんと軍人勅諭を写していましたから。

知覧で手渡された拳銃《けんじゅう》は司令部で没収されていましたが、第六航空軍には小銃や拳銃、手榴弾《しゅりゅうだん》を保管する兵器庫がありました。そこから武器を奪い取り、第六航空軍の奴らをみんなぶっ殺して我々も自決しようという計画を相談したこともあります。年端《としは》のいかぬ少年飛行兵の連中はかわいそうだからと、特操出身の将校だけで担当を決めました。

倉澤参謀の他にも第六航空軍から五人くらいでしょうか、いろんな参謀がきましたけど、みんな似たような奴ばかりで印象にありません。他の連中は直接の担当でなかったから、我々と悶着《もんちゃく》を起こしたくなかったのでしょう、面倒くさいことはいっさい言いませんでした。

食堂に集められ、九州帝国大学の学者の精神訓話を聞かされたこともあります。はじめのうちは菅原中将もいっしょに聞いていましたがすぐに出ていってしまった。何を話すのかと思って聞いてはみましたが、精神を落ち着けて国のために潔く悠久の大義に散《さん》華《げ》しろなどと、常套句《じょうとうく》を並べたありきたりの内容だったし、菅原中将もいないし、みな居眠りをしていました。

本土決戦の特攻要員

ある日の夕方、突然集合がかけられ、「明日、茶会に行く」とある参謀から告げられました。このときの参謀は倉澤ではありません。倉澤参謀は怒るとき以外、我々の面前に現れなかったですね。

我々はみな堅苦しい茶会なんてと馬鹿にしましたが、「拒否することは許さぬ。病人以外は全員行くこと」と命じられたのです。このときは、まさかお嬢さんたちが接待をしてくれるなどとは思いませんでした。

トラックに乗せられて我々が向かった先は、広い敷地の別荘のようなお屋敷でした。どうやら日本発送電（現在の九州電力）の別荘だったようです。あとになってからわかったのですが、日本発送電の福岡支店長が菅原軍司令官に「特攻隊員たちを誘って慰めたい」と提案し、実現した茶会でした。振《ふ》り袖《そで》を着た二〇代前半の別嬪《べっぴん》のお嬢さんが三〇名ほど、ずらっと並んで我々を迎えてくれたのですから、とにかくびっくりしました。彼女たちは日本発送電の事務員で茶道の心得もあり、戦争の末期にこんなきれいな着物を着た娘さんが日本におるのかと、しばし感慨にふけったものです。

我々は五人ずつに分かれてお茶を頂戴《ちょうだい》しました。明野での訓練期間中に、将校は茶道くらい覚えておかないといけないといわれ、茶道の基礎は教わっていました。だから一応恥をかかずに過ごせたのですが、お点前《てまえ》が終わると車座になって娘さんたちと話をすることになりました。

娘さんたちはだいたい我々と同じくらいの年ごろでしたが、我々のことを出撃前の特攻隊員と聞かされていたらしい。箝口令《かんこうれい》が敷かれていて、今日のことは家族にもしゃべらないようにとも言われていたようです。彼女たちを前にして、実は出撃したのに帰ってきたんだとは到底言えませんでしたが、なかには、我々のことを若いのに国のために体当たりで死んでいく「神様」のように思って、涙を流してくれる人もいました。若い者どうしですから、そこはだんだんとうち解けた雰囲気になっていき、結局学生時代の話になるわけです。九州帝大の卒業生は、地元どうしで話が盛り上がっていました。「男女七歳にして席を同じうせず」の時代だったにもかかわらず、なんとか我々の気持ちを楽にして楽しい雰囲気を作ろうと努力をしてくれた娘さんたちには、ありがとうと心から感謝しました。

少年飛行兵出身の下士官たちはこのような場が不慣れだったようで、みな下を向いてしまい話ができないようでした。士官学校出身の連中も五、六人いましたが、彼らは軍人が女子《おんなこ》どもとだらだら話をするなんてとんでもないという態度で、全然話に加わらず、案《あん》の定《じよう》、寮に帰ってきてからこう言うのです。

「おまえら特操の連中は女とだらだらとふざけて、もってのほかだ」

翌朝になってお茶会の件が伝わると、倉澤参謀から特操出身者だけが呼びだされました。

「特操の連中は女の顔を見てにやにやして、そういうときだけ元気を出して、とんでもない奴らだ」

どうせ再出撃で死ぬわけですから、我々も思わず言い返してしまいました。

「どういうことなんですか」

するど倉澤参謀は質問に答えず、憎々しげにいつもの科白を投げつけてきます。

「おまえらは絶対特攻を解かないからな。再出撃で必ず死んでもらう」

この茶会をきっかけに私の考え方は大きく変わりました。我々の銃後にはあの娘さんたちをはじめ精一杯生きている幾千万の日本人がいる。天皇陛下のためでも国のためでもなく、身近な自分の家族や友人たちを守ることが、国を守るということではないかと思い至ったのです。

第六航空軍からいかなる仕打ちを受けようが、ふてくされるのはやめて聞き流そう。人はそれぞれの考えを持ち、それを信じて行動すべきである。人は人、己《おのれ》は己、初心に返り明野で培《つちか》った困難に打《う》ち克《か》つ敢闘精神の発露に励むべきだと考えたのです。

国のためなんて大きなことは言わないほうがよいのでしょう。心を透明にして、鬱憤《うっぷん》などを取り払い、清々と茶会の乙女たちをはじめとする多くの日本人の捨て石になろうと決意しました。多感な青春時代というのはわずかのきっかけで心変わりするものだと、いまにして痛感します。

飛行機は圧倒的に不足しており、我々振武寮に収容されていた特攻隊員が、沖縄戦に再出撃することはありませんでした。

そして、忘れもしない六月一三日、突如集合がかけられたのです。

「おまえたちは沖縄作戦には使わない。本土決戦が間近だから、本土特攻として死んでもらう」

振武寮を退き原隊に戻れという命令でしたが、寮を出るとき倉澤参謀は整列している我々に強い口調でこう言い渡したのです。

「特攻全体の士気の問題に関わるから、出撃して生還したこと、振武寮にいたことはいっさい他言を禁ず」

振武寮は私が出ていったあとも存続しており、終戦近くまで収容された人もいたと聞いています。私が振武寮に滞在していたのはわずか一六日間でしたが、それはひと月にもふた月にも感じられる長く陰鬱《いんうつ》な期間でした。

我々には振武寮を出たあとも、ずっと特攻隊の生き残りという身分がついてまわりました。六月一三日、私は第二二振武隊の四名とともに加古川《かこがわ》飛行基地に転属の命令が下されました。乗機がもらえるものと期待したのですが、二日に一度ほど九九式高等練習機で飛行場上空を一周する訓練をさせてもらえるばかりでした。さらに一週間後、高松陸軍飛行基地にまわされましたが、ここでは飛行すらさせてもらえず員数外扱いです。

五日滞在しただけでさらに原隊の明野教導飛行師団に帰されることになりました。

第二二振武隊で同期だった島津等だけは神奈川の海軍の厚木基地に隣接する陸軍飛行

場に送られました。島津は関東に米艦隊がやってきたときの特攻要員になったのです。

明野に到着した我々は師団長に呼びだされ、

「貴官らを迎えるのは非常に遺憾である。おまえたちはすでに戦死扱いの者たちである。本土決戦となればいちばんに突入してもらう」

と言い渡されました。どこへ行こうと特攻隊の生き残りは特攻隊員として死ぬことが義務であり、責任の取り方である、ということだったのです。

その日から終戦までの約五〇日間、私は本土決戦のための特攻隊員として出撃命令を待ち続けました。

〈大貫健一郎〉

〈解説〉軍神たちの運命

靖部隊編成表

「靖《やす》部隊編成表」——。五四ページにおよぶB４判の書類の表紙には、ものものしい文字が並んでいた。中央に大きく「軍事機密」と書かれ、その横には「用済後焼却」とある。

靖部隊とは第六航空軍の別称であり、沖縄戦に参加したすべての振武隊の編成表が掲載され、隊員名が書かれている。各自の名前の下にはそれぞれの隊員が航空士官学校なのか、特操なのか少年飛行兵なのか、出身が明記されている。私はこの編成表の写しを、筑豊の記録作家・林えいだい氏から入手した。

隊員名に、黒丸がついているものとそうでないものがある。黒丸印は特攻で死亡、ないものは沖縄に行かなかった隊員だ。

第二二振武隊の編成表もある。死んだ伊東、大上《おおうえ》、西長《にしなが》、柴田、立川《たちかわ》少尉の名前の上に黒い丸が付されている。大貫さんを含め徳之島に不時着した五名と、知覧で離陸に失敗して入院した前田少尉の名前の上には黒丸がない。藤山隊長も徳之島の飛行場で戦死したため、特攻で死んだとは認められず、名前の上に黒丸はなく備考欄に「徳之島にて死亡」とあった。

編成表全体で黒丸があるのはおよそ六〇〇名。六四〇余りの特攻隊員の名前の上には黒丸がつけられていない。表には特攻隊に編成されたものの、乗機がないまま敗戦を迎えた、いわゆる「待機特攻」の隊員たちも含まれているので、正確な数は不明ではあるが、相当数の特攻隊員が、基地まで行ったものの、エンジントラブルなどで飛べなかったか、出撃したものの帰還していたことがわかる。

また、この靖部隊編成表とは別に、「振武隊員異動通報」なるものが作られており、その記録も含めて考えると、出撃後に帰還した陸軍特攻隊員の数は二〇〇名近くと推計することができた。戦後、知覧特攻平和会館などの調べで沖縄における陸軍航空特攻作戦の死者は一〇〇〇人を超すとされているが、それは、「靖部隊編成表」の六〇〇名に藤山隊長のようなケース、義烈空挺隊《ぎれつくうていたい》、台湾方面から沖縄に向かった誠《まこと》飛行隊の特攻隊員をあわせた総数である。

「在福岡」――。大貫健一郎さんのように途中で帰還した者たちの備考欄の多くにはそう書かれていた。突入せずに生還した者の多くは福岡にいたということである。「福岡」という文字が、第六航空軍の帰還特攻隊員収容施設「振武寮」を意味していた。

振武寮を実質的に管理していたのは第六航空軍編成担当の参謀倉澤清忠少佐である。

倉澤は一九一七（大正六）年に東京で生まれ、東京市立一中（現在の九段高校）に進んだのち、第五〇期生として陸軍士官学校に入学する。在学中に航空兵科ができると、元来航空に興味を持っていた倉澤は転科し、一九三八（昭和一三）年六月、陸軍航空士官学校を一期生として卒業する。フィリピン特攻の第一陣、富嶽隊《ふがくたい》隊長として戦死した西尾常三郎少佐は同期生である。

倉澤は浜松飛行学校で軽爆撃機の操縦を習得したのち、朝鮮会寧《かいねい》の飛行第五連隊、航空士官学校の教官などを経て、一九四二年、陸軍大学に編入したのだが、ある日突然やってきた首相兼陸軍大臣の東條英機に、

「パイロットは一歩前に出ろ」

と言われ、他の一五名の操縦士とともに東條の前に歩みでた。すると、

「パイロットがこんなところで勉強しているのはもったいない。いまは戦隊長が足りないときだ。早期に卒業して第一線に行くように」

と一喝され、航空所属の一六名は他の者より二ヵ月早い一九四四（昭和一九）年五月に卒業し、倉澤は即日、茨城県の鉾田《ほこた》飛行学校研究部（翌月、鉾田教導飛行師団と改称）所属となった。七月にサイパンが陥落してフィリピン戦が差し迫ると、倉澤が命じられたのは特攻作戦の研究だった。その後、航空本部の特命により、艦船攻撃の教育基

地である横須賀の海軍航空隊に研修員として派遣された。

一九四四年九月、倉澤は徳之島に通信網設営に向かう途中、給油のため立ち寄った知覧基地を離陸した際に、自ら操縦する軽爆撃機のプロペラが停止し、機首が地面に突っこむという事故を起こしている。倉澤は頭蓋骨《ずがいこつ》を骨折して意識不明の重体になり、三ヵ月の入院生活を強いられた。

左目の視力が極端に落ち、操縦士としての生命は断たれたが、原隊の鉾田教導飛行師団を経て、その年の暮れに設立された第六航空軍司令部の編成参謀となる。二七歳の倉澤は、参謀の中では飛び抜けて若かったが、飛行機および操縦士、特攻隊員の管理を任されたのだった。

倉澤参謀最後の証言

「これが倉澤テープです」

作家・林えいだい氏が、仕事場の本棚の奥からビニールで梱包《こんぽう》した六巻のカセットテープを取りだし、机の上に置いた。テープには日付とともに「倉澤参謀インタビュー」と書かれたラベルが貼られている。

林氏は二〇〇三年三月から七月にかけて、三度にわたって倉澤にインタビューをしていた。

当時八六歳の倉澤は、二度にわたり胃癌《いがん》の手術を受けていたものの記憶ははっきりとしており、林氏の質問に二〇時間以上にわたって、ときにはぐらかしながらもよどみなく答えていた。ここでは、その「倉澤テープ」に残された貴重な証言を紹介することにしたい。

「骨折が治り退院したものの、飛行機に乗れなくなり仕事がなくなったわけですね。ちょうど鉾田では特攻隊の編成を始めたところ、私より五、六、七年後輩がみんな特攻隊に行ったばかりでした。新たな特攻隊の教育係が必要で、教官になれというので鉾田に戻りました。陸軍は海上航法ができない。だから海軍の胸を借りることになり、鉾田のパイロットを連れて、海軍の大分飛行場に行って、軍艦を目標にしてぶつかる訓練をしました。双発軽爆は操縦席がふたつ並んでますから、同乗して指導したのです。普通の商船を改造した特務艦を目標にして訓練しました」

航空士官学校を出た精鋭パイロットでも、洋上飛行は苦労の連続だったという。大貫さんと同様に、特攻の際の操縦法の難しさを語っていた。

「軍艦を見たらすぐ超低空に入って、海上すれすれに行って、突っこむときには急に上げて、それから上から一気に突入するのです。速度を出すためにね。普通に飛んでたら、爆弾が破裂しないとか、撃たれたりとかするから、なるべく高く急角度で突っこむ。そうすると撃つほうも撃ちづらく、撃たれる面積も狭いでしょ。だから、いちばん突っこみやすい。ところが実際は難しいんですよ」

一九四四年一二月、特攻の訓練を指導していた倉澤は、急遽《きゅうきょ》東京に呼び戻されると、新たに設立された第六航空軍の編成担当参謀を命じられた。

参謀となった倉澤は特攻機を確保すべく、陸軍中央部と折衝した。しかし性能のよい飛行機が特攻作戦にまわってくることはなく、思うように特攻機を集めることができない。

「軍としては、いい飛行機はまず特攻隊じゃなくて戦闘部隊にまわします。戦闘部隊というのは天皇直結の部隊だからね。同じ死ぬんでも天皇直結に死ぬんだから、天皇直結の部隊にぼろくその飛行機をやれないですもん。特攻隊で突っこんでしまうんじゃ、戦争の理屈に合わないんですよ。でも当時はそんなこと言えないですよ」

特攻作戦用の飛行機が十分に揃《そろ》わないことを、倉澤は航空作戦上当然のこととして納得していたようである。

一九四五年四月、いよいよ特攻作戦が始まると想定外の出来事が第六航空軍の首脳部を襲った。全員死んでくるものと思っていた特攻隊員が、機体のトラブルや不時着などでつぎつぎと帰還してきたのである。このことは、とりわけ特攻隊の編成を担当していた倉澤にとって新たな難問となった。

「私の立場はね、特攻隊がみんな行って、みんな突っこんでくれる前提で仕事していたのですよ。こんなにたくさん帰ってくるとはゆめ考えなかったんですが、三〇人、五〇人とだんだん増えていきました」

特攻隊員が戻ってくることなど、倉澤はまったく予期していなかったのだ。すでに世間には特攻隊員が華々しい戦果を挙げていることを喧伝《けんでん》してしまっている。倉澤本人も特攻隊員の美談を新聞記者に書かせるなどして、「特攻＝お国のために死んでいく英霊」というイメージを作り上げていた。敵艦に突っこんだはずの軍神が生きて帰ってきては、世間に説明がつかない。

「帰ってきた連中は、みんなに『俺は途中で帰ってきた』なんて言わないほうがよいわけですよ」

特攻基地を飛び立った者に対して、その日をもって死亡、二階級特進の手続きを取っていたことが事態を複雑にしていた。倉澤はつぎつぎと帰還してくる隊員たちに箝口令を敷いた。

語られた「振武寮」の実態

振武寮はいつから運営されていたのだろうか。

五月六日付の菅原の日記に「徒歩にて高女の方に初登庁。特攻隊の帰還者集合しあり、室広く従来に比しては格段の差ありて可」という記述があり、五月上旬に軍司令部を福岡高等女学校に移転し、そこを特攻隊の帰還者の集合場所にしていたことがわかる。ただ、まだその時点では、振武寮は機能していなかったようだ。

当初第六航空軍は福岡市内の旅館「大盛館」を借り切って帰還した特攻隊員を収容していたが、その数が増えるにしたがって一般人と接触するトラブルが発生するようになった。さらに、帰還特攻隊員が面会に来た妻に発砲するという事件まで発生したため、五月半ばより軍司令部に隣接する私立福岡女学校の寄宿舎を接収して「振武寮」と命名し、帰還特攻隊員の収容施設として使用することにしたのである。

倉澤は帰還した特攻兵たちを、理由の如何《いかん》にかかわらず許そうとしなかった。

「途中で命が惜しくなってね、そういうのがいっぱい帰ってきている。そういう者たちも収容したのが振武寮です。結果的に隔離所になるわけですよ」

前出の特操二期生片山啓二さんも振武寮に入れられたひとりだった。大貫さんより四ヵ月遅れて特攻隊員となり、第六五振武隊の一員となった。片山さんは知覧で特攻機が故障して福岡に代替機を受領しに来たところを、振武寮に入れられた。五月一一日、福岡に到着してすぐに司令部に呼びだされた片山さんは、倉澤に頭ごなしに怒鳴られる。

「貴様ら、なんで帰ってきたって言われました。参謀は腕組みをして、長靴《ちようか》を履いた足を机の上に投げ出して横柄《おうへい》な態度でね。いえ、飛行機の調子が悪かったのでありますと言うと、飛行機のせいにするな、おまえらの腕前が悪かったんだと怒鳴り返されました」

大盛館で数日を過ごしている間に前述の発砲事件が起きて振武寮に移動させられたのだが、そこで片山さんは再び驚かされる。

「出撃して死んだと思った者がみんなごろごろしておったんです。そうか、ここは特攻の生き残りの収容所かと思いましたね」

寮では連日訓示を聞かされたり軍人勅諭を書かされたり、徹底的な精神教育に閉口させられたが、倉澤も片山さんの場合はやむをえないと考えたのか、大貫さんと違ってしばらくたつと外出も許されるようになったという。

大貫さんと同じ第二二振武隊に所属した島津等さんは、喜界島から福岡に帰還した二八名のひとりだが、福岡の司令部に到着直後に倉澤から投げつけられた言葉を、いまもはっきりと記憶していた。

「おまえらが帰ってきたから、何人ものアメリカ兵が助かってるんだと言われました。なんで死んでこなかったのかと責められ、国賊だと決めつけられたのです」

帰還してきた特攻隊員に対する印象を、倉澤自身はこう語っている。

「みんな怪しいんですから、帰ってくるやつは。それで私の心境としても、ちょっと臭いやつに対しては強く出たというような感じですよ」

振武寮での再教育についてはこう語っている。

「みんな死にに行けということを、くり返し言い聞かせたのです」

とりわけ学徒帰還者に対して、倉澤は特別な思いを抱いていた。

「（特操の連中は）人間的にコンプレックスがあるんですよね。私と彼らは年齢的に近い。士官学校は大学よりも教育期間が短いでしょう。だから『年齢が若くして参謀なんかになって、自分は特攻隊にならないで、我々素人《しろうと》を特攻隊用に大学から引っ張って』っていう態度が、消えなかったですね。『日本の教養のある人間を特攻隊にして。士官学校などという教育期間の短い人間には、軍人学はできるけども、経済学、政治学、外交関係、国際関係などの知識がない。おまえらこそ特攻に行け』と思っていたようです」

倉澤は、学徒出身の特操は知識があるゆえ、命がけの作戦に尻込《しりご》みをしたと決めつける。

「悪口じゃないですよ、要するに（特攻は）あまり世間を知らないうちにやんないとダメなんですよ。法律とか政治を知っちゃって、いまの言葉でいえば、人の命は地球より重いなんてこと知っちゃうと死ぬのは怖くなる」

特操に比べて少年飛行兵は扱いやすかったという持論にはゾッとさせられた。

「十二、三歳から軍隊に入ってきているからマインドコントロール、洗脳しやすいわけですよ。あまり教養、世間常識のないうちから外出を不許可にして、そのかわり小遣いをやって、うちに帰るのも不十分な態勢にして国のために死ねと言い続けていれば、自然とそういう人間になっちゃうんですよ」

人間を強制的に死に仕向ける洗脳の恐ろしさ。少年兵たちは倉澤の言葉に従い黙々と軍人勅諭を書き写していたという、大貫さんの証言が思い出される。

沖縄決戦から本土防衛へ

五月二二日、沖縄本島の第三二軍は、米軍の進攻に対し司令部の南部への後退を余儀なくされたが、これにともない、大本営陸軍部は沖縄戦から本土防衛への方針転換を決定する。

それが「決号作戦」だ。一億国民決起協力のもと残存全陸海軍の航空を特攻に当たらせ、敵上陸軍を洋上で撃滅する。次いで本土の全地上戦力を決戦要域に集中し、上陸してきた敵軍に対し決戦攻勢を断行するという作戦だ。

しかしこの方針の転換は沖縄の第三二軍には知らされず、第六航空軍にも沖縄特攻中止命令は出されなかった。

倉澤はこう語る。

「本土防衛に作戦を切り替えてきてるんですよ。大本営が決めたんですよ。これは極秘中の極秘です。みんな知らんですね。ほんとうの上だけでしたよ。特攻の連中に知られたら大変なことになる。上としては沖縄作戦に見切りをつけて、重点は本土防衛に変わっていたのです」

実は、米軍が沖縄本島に上陸した翌日に行われた大本営の作戦連絡会議の席上で、小磯国昭首相から沖縄作戦の見通しについて問われた宮崎周一第一作戦部長は、「結局米軍に占領され本土への来寇《らいこう》は必至」と早くも発言していた。その二週間後に大本営陸軍部は、本土決戦に備え、河辺《かわべ》正三《まさかず》大将率いる航空総軍を編成する。

しかし、陸軍中央部が沖縄作戦の前途に見切りをつけても、そのことを知らない第六航空軍は、沖縄での持久戦を一日でも長びかせようと、六月になっても特攻を続行していた。六月三日には、第一〇次航空総攻撃を敢行し、二九機の特攻機が飛び立ったが戦果の確認はできなかった。

東京・田園調布に、この時期沖縄に向けて出撃した人が暮らしていた。駅前の喫茶店で私は、その人と会うことができた。

慶応大学法学部で政治学を学んでいた松浦喜一さんである。一九四三年一二月、繰り上げで大学を卒業し、翌一月に特別操縦見習士官第一期生として熊谷《くまがや》飛行学校（埼玉県）に入隊、富士飛行場（静岡県）で訓練中の四五年四月、第一四四振武隊に編成された。しかし、このころには一隊あたり一二名編成だった隊員数は半減して六名となり、特攻隊としての訓練もまったく行われなかった。

松浦さんが拠点としたのは、鹿児島の万世《ばんせい》飛行場だった。六月八日、松浦さんの第一四四振武隊は第一四一振武隊とともに沖縄への出撃を命じられたが、松浦さんの隼《はやぶさ》は飛び立てる状態ではなかった。ちょっと怒ったような表情を浮かべながら、松浦さんは当時をふりかえった。

「一二機中五機がなんとか飛べるということになり、その五機に出撃命令が下りました」

そのまま万世飛行場で待機させられた松浦さんは、六月一九日に再出撃を命じられる。三機編成での出撃だった。

「万世飛行場はよく晴れていたのですが、三〇分ほど飛行すると積乱雲の中に突入し、嵐の中を操縦することになったのです」

松浦さんは急遽、雲を避けるため超低空飛行をしたが、それは米軍のレーダー網から逃れるためでもあった。

「水平線が雲と雨で全然わからないわけ。速度計と高度計を凝視しながら海面すれすれの二〇メートル上空を飛ぶわけですよ。それは怖かったですよね」

松浦さんは心の中で童謡『春の小川』を口ずさみながら操縦を続けた。

「敵艦を沈めようなんていうことは、もう考えていませんでした。我々の任務は特攻死。死にさえすればよかったんです」

松浦さんは、私の目をじっとにらみながら語った。私は何も言葉をはさむことなどできなくなっていた。

超低空飛行に移った直後、編隊を組んでいた薄井義夫少尉の飛行機が波に接触してしまったという。

「機体が海面にシャッと触れるや、薄井機はまっぷたつに割れて海中に落ちていった。あっという間の出来事だったね。隊長機と私は薄井機が沈んだ海面上空を旋回《せんかい》して別れを告げたのですが、隊長機は高度を上げると方向転換して本土に向かうではありませんか。私はついていくしかなかった。しばらく行くと隊長が今度は爆弾を落としたんです。私も悩んだのですが、結局私ひとりで沖縄に行くのは無駄なことだなと、私もそこで爆弾を捨てました」

松浦さんは万世飛行場に引き返したのち、敗戦までそこで待機し振武寮に入ることはなかった。

米軍の圧倒的な攻勢により、六月半ばには沖縄での日本軍の戦闘は終末段階に入っていた。六月一八日、牛島満《みつる》第三二軍司令官は大本営に決別の電報を送っている。第六航空軍の特攻作戦は続けられていたが、沖縄の飛行場には四〇〇〇機を超える米軍機が配置され、特攻はますます困難になっていた。

六月二三日、牛島は「矢弾《やだま》尽き天地《あめつち》染めて散るとても魂還《たまかえ》り魂還りつつ皇国護《まも》らん」

という辞世の句を残して摩文仁《まぶに》の丘の洞窟《どうくつ》で自決、沖縄での日本軍の組織的戦闘は終わった。しかし、地上軍が玉砕したあともおよそ一ヵ月にわたって航空特攻は続けられ、七月一九日の攻撃をもってようやく終結した。

振武寮がいつ閉鎖されたのかは不明である。振武寮の実質的責任者だった第六航空軍参謀の倉澤清忠少佐は、一九四五年七月に異動となり、茨城県の第二六飛行団参謀として本土防衛作戦にあたることになった。菅原道大中将は第六航空軍司令官としてそのまま福岡の司令部に留まった。

沖縄戦における陸軍航空特攻隊の犠牲者数は、知覧にある特攻平和会館によると一〇三六人にのぼる。日本側の『戦史叢書《そうしょ》』によると、陸軍八九〇機、海軍九七二機の特攻機が米艦隊に突入したとされているが、米側の『第二次大戦米国海軍作戦年誌』によると、米軍に与えた損害は、沈没一一隻《せき》、損傷一六一隻と記録されている。沈没した艦船はほとんどが駆逐艦であり、戦艦、空母、巡洋艦などの大型艦船は含まれていない。

〈渡辺　考〉

第六章　敗戦、そして慰霊の旅

1971（昭和46）年10月、旧明野教導飛行師団（現自衛隊航空学校）で行われた同飛行師団出身操縦士の合祀慰霊祭。

菰野陸軍飛行基地

昭和二〇年七月の初旬のことでした。私は柄沢《からさわ》、井上、竹下とともに三重県明野《あけの》の原隊から、明野教導飛行師団の分室である菰野《こもの》陸軍飛行基地への転属を命じられます。四人で近鉄電車を乗り継ぎ山奥へと向かったのですが、松林を切り開いた飛行場にたどりつくと、そこには赤土を固めた一本の滑走路があるだけで、ここが飛行基地かと思うようなお粗末なところでした。

菰野飛行場に到着すると、すでに二六名のパイロットが待機していました。我々を含めた三〇人が特攻隊員として六名ごとに編成され、米機動部隊が伊勢湾《いせわん》に進攻してきたところに突入するという任務を与えられたのです。一度だけ訓練飛行をしましたが、上昇するとすぐに伊勢湾です。これなら何も考えずに米艦隊に突っこむことができそうだと思いました。振武寮《しんぶりょう》に一六日間収容されたことで、死に対する感覚が麻痺《まひ》してしまったのかもしれません。

しかし、いつになっても敵艦隊は現れませんでした。菰野飛行場には敗戦までの約一ヵ月間お世話になりましたが、飛んだのは一回だけで、朝宿舎から飛行場に来るとプロペラをまわし、エンジンに異常がなければそれで一日は終わり。離陸してぶつかる、それだけのことならもう訓練する必要もないわけで、ひねもす何もすることがなく、飛行機の横で昼寝をしたり、近くの小学校の授業風景を覗《のぞ》きに行って子どもたちの歌声に耳を傾けたりしていました。でも、隼《はやぶさ》の手入れは怠《おこた》らず一所懸命に磨きました。「これが俺の棺桶《かんおけ》になる」と思いましたから。

特攻隊員は菰野の六軒の民家に分宿しており、私も菰野駅前の理髪店の二階に間借りしていました。我々第二二振武隊の四人は、明野原隊の部隊長に、絶対に同じ隊に編成してくれるよう談判してありました。向こうも我々には匙《さじ》を投げていたようで、好きなようにしろ、と吐き捨てるように言われました。我々のことを見放していましたね。特攻の生き残りなんて相手にしても仕方がないという態度でした。

しかしその結果、我々四人は同じ隊に編成され、菰野では常に行動をともにしていました。雨の日は確実に攻撃がないとわかっていましたから、飛行場に行く必要はなく、基地に備蓄されている缶詰《かんづめ》と酒を持って隣町の湯の山温泉に四人で出かけたこともあります。我々以外に客はいないし、食料と酒を持ち込み旅館の人たちにも分けてあげると大いに歓迎されました。四人して酒を飲み温泉につかると、少しは心の葛藤《かっとう》が小さくなったことを覚えています。

菰野では我々は特攻隊の生き残りだとも言えず、若い奴らとはあまり親しくしませんでした。若い連中は最後まで、我々の出自《しゅつじ》を知らなかったはずです。そういえば、喜界《きかい》島《じま》で飛行機をわざと壊したあのI隊長も菰野飛行場にいました。いつも青い顔をして、我々とは目を合わすまいとしていました。

何もすることがないまま死の命令を待っているというのも辛いものです。頭がだんだんおかしくなってくる。このころにはもう、日本が勝つとは思わなくなっていました。というより勝つ見込みのないことは誰よりもよくわかっていました。

八月一五日

八月一五日は、いつもと変わらぬ夏の朝でした。朝飯《あさめし》を食べて、仲間と今日も暑いなあと話しながら飛行機のプロペラをまわしていると、明野の本隊から連絡が入り、天皇陛下のお言葉があるから全員集まれ、となりました。いよいよ本土決戦だからがんばれという激励のお言葉だと思いました。正午から松林に隊員三〇名が集まって玉音放送を聞いたのですが、ガーガー雑音がひどいし、蟬《せみ》の声もうるさく何を言っているのかわからない。そのまま松林に待機していると、滑走路に一機の練習機が降りてきました。乗っていたのは、明野の部隊長松村黄次郎《こうじろう》大佐です。

これまでの一ヵ月間、松村大佐が来たことなど一度としてありませんでしたから、これは重大事だとわかりました。ついに大きな作戦が始まり、特攻が行われると思ったのです。敵の部隊が近づいてきたのかもしれないとは考えましたが、まさか敗戦とは見当もつかなかった。

松村部隊長は我々を整列させると、おもむろに口を開きます。

「今日の昼に陛下の玉音放送があったが、戦争終結の放送である。みんな冷静に落ちついて、決して軽挙妄動はあいならん。追って指示を出すから、それまで待機せよ」

部隊長が立ち去ったあと、私はその場にへなへなと座り込んでしまいました。異様な雰囲気になりました。誰かが「酒を持ってこい」と叫んでいます。

ほっとしたというよりも、先に死んだ連中はどうなる、浮かばれないじゃないかという思いが強かった。もちろん、これで助かった、オレは死ななくてすんだんだという思いもありました。

人間は極度の緊張から突然解き放たれると、精神状態がおかしくなるものなんでしょう。整備兵がどこからか一升瓶を二〇本ほど持ってきて、その場でみなラッパ飲みをはじめました。整備兵たちは我々の輪に加わらず、遠巻きにしていました。特攻隊員は殺気立っていて何をされるかわからないからと、かかわらないようにしていたんでしょう。

その日の夕方までが大騒動でした。泣きだす者、わめく者、何かを叫びながら日本刀で松の木を斬《き》りつける者、ホッとした表情の者。私は柄沢と竹下、井上と四人で集まっていました。おのずと今後の身の振り方の話になります。竹下は横浜の家が空襲で焼かれていたし、二世の井上にもむろん帰る先などあるはずがない。私も家が台湾ではどうしようもなく、なんとかまともに帰れそうなのは新潟の山の中に実家がある柄沢だけでした。

「みんな俺のところに来たらいいよ。うちは百姓だから半年や一年はおまえたちが食う飯《めし》くらいはあるぞ。米は腐るほどある」

柄沢がそう言ってくれたので、みなで柄沢の家に行くかなどと話していました。でもそんなふうにうまくいくのかという不安も大きかった。アメリカの連中は我々特攻を「クレージー」と思っていたでしょうから、彼らがやってきたらまっさきに殺されるだろうという懸念を抱いたのです。少なくとも戦犯にはなるという予測を立てました。

敗戦の翌朝、事件が起こりました。三名の操縦士が最後の思い出に飛行場のまわりを一周したいからと言って、無理矢理当直の整備兵に特攻機のエンジンをかけさせたのです。三機は離陸するとそのまま伊勢湾に突っこんで自爆しました。またその晩には他の三名の隊員が、米軍の捕虜になって殺されるくらいなら自決したほうがましだと、ピストル自殺を果たしました。

全員が、自決を一度は考えた。でも戦争が終わったからには命を大事にせねばならないという考え方もありました。みな半分半分の気持ちだったんです、敗戦のときは。

玉音放送以来混乱におちいっていた菰野飛行場でしたが、八月二〇日以降飛行場の整備、補修に当たっていた兵士二〇〇名、整備兵五〇名の順に明野本隊から復員命令が出されました。整備兵は三日間ほどかけて、二七機あった特攻機からバッテリーを降ろしてエンジンを発動不能にし、ガソリンを抜き、搭載されている機関砲、機銃そしてプロペラを取り外しました。送別会の席で整備兵たちは、我々特攻隊員には復員命令が出ないことを気の毒がってくれましたが、我々も彼らにお世話になったことに感謝の意を表しました。

翌日、搭乗員一同整列して整備兵たちを見送り、各々が逗留《とうりゅう》先の民家に引き揚げようとしたところ、村長、助役、警察署長、在郷軍人分室長等が勢揃《せいぞろ》いして我々を待ちかまえています。

「終戦の聖断が下り、今日以降米軍の占領下に入る状態で、特攻隊の関係者は厳しい取り調べを受けるらしい。明日以後当村と関係を断ち、飛行場に引き揚げてもらいたい」

村長自ら必死に懇願してきました。彼らは自分たちに累が及ぶことを恐れ、特攻隊員の立ち退きを求めてきたのです。

我々は一転して厄介者《やっかいもの》になってしまったわけですが、考えてみれば彼らの心配ももっともなことです。明日から野宿かと覚悟を決めましたが、だめでもともと、時々授業

風景を覗いていた小学校に、夏休みの間だけでも講堂で寝泊まりさせてほしいとお願いに行ってみました。すると、

「みなさまはつい先日まで国のため一命を捧《ささ》げようとしていた特攻隊の方々。敗戦になったからと申して粗末にはできない。無事親御様のもとへ復員されるまで全責任は私が取りますから、どうぞおいでください」

校長先生はそんな優しい言葉をかけてくれました。我々は菰野の民宿から小学校の講堂に引っ越したのですが、まずは御礼の意味をこめて整備隊の残した米、調味料、缶詰などの食料と炊事道具一式を持参して、炊き出しをすることにしました。近所の奥さんたちに食料を分ける条件で調理を頼み、校長、先生、全児童におにぎりを腹一杯食べてもらったのです。

なかなか復員命令が出なかったこのころ、米兵がやってくれば特攻隊員は無事にすむわけはないと覚悟を決めていました。ならば、おめおめアメ公に殺されるより一戦交えて最後を飾ろうということになり、地上部隊の残した兵器と飛行機の機関銃で応戦する決意を固めたのです。彼らの進駐を半月後と予測し、背後の鈴鹿《すずか》山脈を地元の人たちの協力で詳細に偵察し、山岳戦に持ち込む作戦を立てました。幸い倉庫には半年分ほどの食料の備蓄があったのです。

はたして我々特攻隊員は戦犯として逮捕されるのか、詔勅に反し矛《ほこ》を取り一戦をまじ

えるのか、あるいは一切が杞憂《きゆう》で何事もなく復員できるのか。我々以外の兵士は満面の喜びをたたえ続々と復員しているのに、なんてこったと、ただただ不安な気持ちを抱えたまま日々を過ごしていました。

新橋マーケットの「用心棒」

吉報が舞い込んだのは八月二五日のことです。明野飛行本隊から主計の将校がやってきて、復員を告げられたのです。特攻隊員ひとりひとりに復員先までの交通費に代わる乗車証と、沖縄特攻勤務で死んだことになっている四月以降四ヵ月分の俸給が支給されました。

復員が決まると上官や仲間の前では残念そうな顔を作ったものの、心の底からホッとしました。しかし、樺太《からふと》、旧満州、朝鮮、台湾に家族のある者には帰る先がありません。私もそのひとりで、家族の消息などの情報もなく途方に暮れていました。

そんな中でも復員の手続きは進んでいきます。復員時の八月一〇日付で、陸軍中尉に昇進との辞令を受領しました。進駐軍へ引き渡す飛行機、その他兵器に関する申し送り事項を係官に伝達したのち、二七日の全員復員式に参列して隊員一同別れを惜しみましたが、その後も菰野の特攻基地で簡単な残務整理をしながら暇をつぶしていました。九月になってもそんなふうに過ごしたのですが次第にやることもなくなり、九月一〇日、宇都宮の親戚《しんせき》のところに帰るという同期の市村少尉と連れだって、基地に残された米を手土産に、弟の卓二が住む東京に行くことにしたのです。市村は別れ際に「仕事がなければ連絡をくれ」と言って住所を書いた紙を渡してくれました。

東京で弟に再会し、米を渡すことはできたのですが、なんせ仕事が見つかりません。まさに野良犬のように焼け跡をさまよいました。陸海の特攻の生き残りが破れかぶれの行動をとって強盗などの事件を起こし、新聞などで報道されていました。ついこの間まで神様扱いされていた我々特攻隊員は、一転して「特攻崩れ」として、世間から白い目で見られるようになってしまったのです。

まともな職などなく、私は新橋界隈《かいわい》でポン引きまがいの仕事に就きました。進駐軍相手にタクシーの斡旋《あっせん》をし、その車で女性のいる場所に連れていくのです。そうでもしないと生きていくことができなかったのです。敵として突撃しようとした相手にへつらい、愛想笑いをするのは屈辱的なことでしたが、生活のためにはやむをえません。稼いだ金で焼酎《しょうちゅう》をあおってはうさを晴らし、住む場所もなかったのでビルの軒先や駅の構内で夜露をしのぐという生活でした。

いつまでも浮浪者のような生活をしているわけにはいかないと、思い切って宇都宮の市村のもとを訪ねてみることにしました。一晩、彼の実家で厄介になったのですが、食料をどっさりとくれたうえに遠縁の男を紹介してやると言うのです。

「俺の従兄弟で松田義一《ぎいち》というのがいて、新橋の事務所で働いているから、どこも行くところがなければ、厄介になったらどうだ」

そう言いながら、私の学歴、軍隊経歴の詳細を書いた履歴書を作ってくれました。松田という名前を聞いて、ピンと来るべきだったかもしれません。当時新橋で「松田組」といえば泣く子も黙る組織でしたから。しかし、そのときは無我夢中で、紹介された松田某が新橋の闇市《やみいち》を取り仕切っている大親分で、関東松田組の組長だなどとは思いもよりませんでした。

現在蒸気機関車が置いてあるJR新橋駅前は、あたり一帯に所狭しとバラックが建ち並び、「新橋マーケット」と呼ばれていました。訪れる人の波はひきもきらず、そのちょうど真ん中あたりに、松田義一の事務所はありました。風体の怪しい目つきの鋭い男たちが出入りしていて、中に入るのがためらわれましたが、他に行き場もなく思い切って敷居をまたいだのです。

松田義一組長は、三五〜三六歳の精悍《せいかん》な男で何百人もの子分を束《たば》ね、慶応普通部卒のインテリでもあるらしい。

「ようがす、お願いしたいことは山ほどあるので、よろしかったら明日からでも」

てきぱきと子分たちに指示をして、その日のうちに寝泊まりの場所と炊事洗濯をしてくれるおばさんを、私のために用意してくれました。そしてさっそく翌日から、松田組長から言われるままに見よう見まねの手伝いを始めたのでした。

新橋マーケットはいわば露天商の集まりで、博徒《ばくと》、失業者、復員軍人、戦災者などなど、得体の知れない人たちがたむろしていました。むくつけき男たちに混ざって老婆や若い娘たちの店もあったのですが、彼女たちはトラブルに巻き込まれることが多く、私に彼女たちの用心棒役がまわってきました。とりわけ重要だったのは、警官が巡回にやってきたら横から飛び出して彼らの脚にしがみつき、その間に彼女たちを逃がすという役割です。

最初のうちは警官にぶん殴られてばかりで、割にあわない仕事だと思いましたが、誰かがやらなければいけません。そして警官といえども人間だということを知りました。闇米《やみごめ》などを横流ししたら、だんだんとお目こぼしをしてくれるようになったのです。警官だって配給だけでは食っていけず、闇でしのいでいたのです。

四〇〇もあった露店のショバ代の集金もやりました。他にも客と露店のもめ事の仲裁、かっ払いや置き引きの監視など、一日中忙しくてたまりません。朝鮮人がトラック三台に分乗して新橋マーケットを襲撃《しゅうげき》するという情報があり、応戦準備で大騒ぎになったこともありました。

いつの間にか、若い衆から「特攻の中尉さん」と呼ばれるようになり、いろんな相談にのってあげました。一口に「やくざ」と称されるお兄さんたちですが、今日のように麻薬密売、恐喝、知能犯の振り込め詐欺などの破廉恥行為に手を染めている人間はほとんどいなくて、男気をひけらかす博徒の気風が強かったのです。

そんな折、しばらく松田組のお世話になるしかないと考えているところに、台湾から邦人引き揚げ決定のニュースが飛び込んできたのです。台中で姉夫婦と同居している母親も帰国することがわかり、やれうれしやと、母を迎える準備にかかることになりました。

母の死から始まった私の戦後

葬式をあげながらも私の生存を信じて疑わなかった母ハツは、昭和二一年の五月末、姉の富佐子《ふさこ》とともに姉の嫁ぎ先の山口県宇部に引き揚げてきました。もちろん私は宇部に飛んで帰り、お袋との再会を果たします。

「健一郎《けんいちろう》、おまえと会えたのだからもう言うことはない。いつ死んでもいい」

「お母さん、おれはこれから親孝行するから長生きしてくれ」

涙、涙の六年ぶりの再会でした。

「せっかく生きて還ってこられたのだから、おたがい不幸な出来事を話すのはやめましょう。過去のことは忘れ、楽しく親子で過ごしましょう」

そんな母からの提案で、戦時中のことは口に出さないようにしました。もちろん特攻のことは、一言も語りませんでした。

運よく地元の宇部興産で鉄鋼職工を募集していました。労働争議のリーダーに高学歴の者が多いのを考慮してのことなのか、応募資格に「小学卒業まで」とありましたが、わかるはずもなかろうと申し込んだところ、無事採用され社宅も確保することができたのです。

ところが、親子水いらずで暮らしはじめてから一ヵ月もたたない六月の半ばのことでした。急に母が胸が苦しいと訴えだしたのです。

「健一郎、病院に連れていってくれ」

慌てて病院に入院させました。

しかし、母の容態は悪くなるばかり。末期の胃癌《いがん》で医師も手の施しようがないという。母はわずか二週間の入院で還らぬ人となりました。五三歳の若さでした。心労が肉体を蝕《むしば》んだということなのでしょうか。ただただ無念で、あのときはほんとうに辛かった。

野辺送りの席で、姉からはこんなことを聞かされました。

「お母さんはどれだけあなたのことを思っていたか。台湾では私の命を差し上げますから健一郎の命をなんとか助けてくださいと願《がん》をかけ、お百度参りをする毎日だったのですよ」

食事もせずに痩《や》せこけてしまったというんです。ああ、ほんとうに申し訳ないことをしたと思いながら、母の遺骨を社宅に持ち帰りました。

苦労して苦労して、やっとの思いで日本に帰ってきたのに生き延びることができなかった。そんな母に、私は何も親孝行をしてやれなかった。そう思うと空しい気持ちでいっぱいになったのですが、いつまでも悲しみに沈んでいるわけにはいきません。

新橋の松田組に戻ろうと事務所に長距離電話をかけたのですが、そのときショッキングな事実をつきつけられたのです。私が後ろ楯として頼りにしていた松田組長が、舎弟の手によって暗殺されたことを知りました。これまでは組長がいたから大きな顔ができたのですが、もはやそういう訳にはいかなくなりました。

とにかく生きていかなくてはなりません。

すべてを忘れ去ろうと、宇部興産で、それは張り切って働きました。圧延《あつえん》という、焼けた鉄の棒をロールにはさみ延ばして丸棒にする仕事に、休日返上で精を出しました。ところが、半年ほど過ぎたある日、突然人事課長に呼ばれたのです。

「なんでしょうか」

「大貫《おおぬき》さん、入社したときの会社との契約事はご存じですよね。あなたは学歴を詐称してる」

ふつう学歴詐称というのは、たとえば大学を出ていないのに出ていると偽ることをいうのだけど、宇部興産では逆で、鉄鋼職工は中学以上に行っていてはダメだといいます。

「あんた、中学校どころか大学まで出てる」

人事課長はダメだ、辞めてもらうの一点張りでした。

途方にくれていた私を救ってくれたのは、姉の義母でした。

「東京の叔父さんに会ってみたらどうですか」

東京の叔父さん、つまり母の弟の木村亀吉とはずっと音信不通で、東京に住んでいることさえ知りませんでした。教えてもらった東京神田の住所あてにさっそく手紙を書いたところ、経営している自動車部品販売を手伝ってくれとの返事をもらい、東京に戻ることになったのです。

神田の店に住み込みで働き、半年ほどたった昭和二二年三月、叔父はいい人がいるとお見合い話を持ってきました。それがいまの家内、山梨県韮崎《にらさき》出身の昌子《まさこ》です。すぐに結婚することになり、区役所に行って戸籍謄本をとろうとしたときは、ある程度想像していたこととはいえびっくりしました。大貫健一郎の名前に「×」印がつけられて、「昭和二〇年の四月五日戦死」と書かれていたのです。

区役所の係員は「陸軍省の公報により戸籍を抹消したのであり、如何《いかん》ともできない」と気の毒がってくれました。そして、戸籍の復帰は復員時の直属の部隊長の証明が必要だというのです。

私の孤野時代の部隊長を調べたところ、青森の浅虫《あさむし》温泉に住んでいることがわかりました。さっそく切符を求めて上野駅に行ったのですが、帰省客でごった返してなかなか買うことができません。三日間並んでようやく切符を手に入れましたが、乗った列車がまた凄《すさ》まじい混みようです。まるまる二日間立ちっぱなし。駅に停まると窓から人がようよと乗ってくる。食べ物も乾パンと水しかなく、なんともひもじい思いをしました。

ようやく部隊長を探し当て、彼から毛筆で部隊名と私の名前を書いた証明書をもらうと、喜び勇んで区役所に向かいました。係の人が死亡は誤りだったと書いてくれ、ようやく戸籍が復活、結婚することができました。昭和二二年六月のことです。まったく想定外の戦争の後遺症でした。

翌年には長男が生まれ、ありがたいことにトヨタ自動車に職が見つかり、部品のセールスマンとして働くことになりました。昭和二八年には長女が誕生、その二年後には次男に恵まれました。仕事に没頭していて、子どものことはほとんど妻にまかせっぱなしでしたが。

昭和三〇年、トヨタをやめて、弟とともに都内で建設機械を取り扱う会社を興しました。仕事はすこぶるつきの順調で「高度経済成長の一端を担《にな》う仕事をやろう」と、三六年には土木建築も手がけることになりました。社員は一八名と少ないながらも、下請け会社を使って箱根のターンパイク、代々木のオリンピック道路、新幹線の路肩建設工事など、事業は高度経済成長の波に乗って順調に拡張していったのです。自分が特攻隊員であったことや振武寮の屈辱的な生活のことは、記憶の奥にしまい込んでいましたし、思い出す余裕もなく時が過ぎていきました。

「特操一期生会名簿」

死んだ仲間のことを振り返ることができるようになったのは、昭和四〇年代に入ってからのことです。ようやく生活にも少し余裕が生まれ、そんな折に特操同期生たちの間で戦友会を作ろうという話が出るようになったのです。

昭和四〇年一〇月一日、元特別操縦見習士官一期生の主だったメンバー約五〇人が東京の高輪にあった旧高松宮邸「光輪閣」に集まりました。二二年前のまさにこの日に我々は全国の飛行学校に入校したわけですが、なかに熱心な者がいて、このままでは死んだ奴が浮かばれないから、仲間たちの慰霊をしようと言いだしたのです。

その場では大いに盛り上がり、やろうじゃないか、ということになった。まずは一期生二五〇〇名全員の名簿を作ろうと都道府県に問い合わせてみたのですが、県によっては戦死者名簿とか兵籍名簿を見せてくれるところもあるけど、プライバシーの問題とかで全然協力してくれないところもある。陸軍士官学校の出身者は明治以降、名簿も資料も整然と保存されているにもかかわらず、我々特操に関する資料は、敗戦時に焼却したのではないかと思うほど見事なまでに残っていませんでした。いちばん犠牲者が多かった我々を、陸軍は単なる消耗品と見なしていたのではないだろうかと、新たな怒りもこみ上げてきました。結局、半年かけて名簿を作ったものの、それは三八二名のみの「特操一期生会名簿」でした。

より多くの特操一期生を名簿に掲載すべく、今度は厚生省復員局に当たりました。第一課が陸軍で第二課が海軍の担当でしたから、第一課に出向いて特別操縦見習士官についての資料がないかと尋ねたのですが、うちにはありませんと言われるばかりです。我々特操は四期まであって、一期生だけで二五〇〇人が入隊したのにその資料が何ひとつないというのですから、途方に暮れました。

ただ、係の人がアドバイスをくれました。「あなたたちはみんな少尉に任官しているのだから、任官名簿を見たらどうか」と言われ、よし、それを調べようということになりました。

しかしいざ当たってみると、陸軍少尉は膨大な人数なのです。珍しい名前ならいいのですが、佐藤とか鈴木とかだと見当もつかないくらいの数がありましたし、誰が生きていて誰が死んでいるのかもわからない。

まだ昭和四〇年代前半のことですから、厚生省にはコピー機なんてありません。くさいなと思った名前とそこに記載された出身都道府県をすべて手書きで写すことになったのですが、みな仕事を持っているし、会社を休むわけにもいきません。ところが厚生省はお役所だから五時にはぴしゃっと閉めちゃうから、開いてる時間に行かないといけない。

不便なことこの上なかったのですが、同期の長谷屋《はせや》茂君という税理士が半年がかりでコッコツと名簿を写し取ってくれていたのです。彼の努力を見て、我々も奮起し、それから毎日、仲間たち一〇人くらいが交代交代で一時間ほど行っては名簿を写すということを続けました。写しおえるのに一年ぐらいかかったでしょうか。

名簿から気になる名前をすべて書き写すと、つぎは絞り込みの作業が必要になります。これはどうもあいつらしいという人には手紙を出してね。これは特操じゃないだろう、こいつは死んだあいつかなと、ひとりひとりの確認に時間がかかり、なかなか進みません。電話での連絡も考えましたけど、当時はまだ自宅に電話をつけている人なんて日本全体の三割くらいでしたから、やはり手紙がいちばんでした。

名簿作りを始めて二年ほどたったころのこと、各地の飛行学校の卒業生名簿があちこちから出てきたんです。氏名の下に留守宅の住所が書いてあって、あれはとても助かった。そんなこんなで、昭和四三年一〇月一日、どうにか「特操一期生会名簿」の第二版は完成しました。それでも住所判明者は五八〇名ほどにとどまっており、到底完全なものとは言いがたかったのですが、同期会を本格的に組織し、名簿作りで活躍した長谷屋君にはそのまま事務局長をお願いしました。私も昭和六三年から平成七年にかけて三代目の事務局長を務めています。

それからも断続的に調査を続け、平成四年に最終版を発行するまで都合六回「特操一期生会名簿」の改訂版を発行しています。

名簿が完成すると、今度は戦没者の慰霊をしようということになりました。募金を始めたところ、一五〇〇万円もの大金が集まり、これをもとにして造ったのが京都霊山《りようぜん》護國神社境内にある、壮大な「特別操縦見習士官之碑」なんです。碑の裏面に九一二柱の特操戦没者の銘碑《めいはい》を奉献しました。建碑以来、隔年ごとに遺族、同期生で慰霊祭を催し、いまに至っています。

ところで、厚生省に足繁く通っているとき、陸軍の上層部の連中には恩給が復活していることに気づいたんです。司令官とか参謀とか、なぜ日本の国の作戦に失敗した連中が軍人恩給をもらって、戦後ずっとのうのうと暮らしているのだろうと、強く疑問に思いました。

軍人恩給は、将校なら一二年以上、下士官・兵士は一〇年以上軍隊にいた者がもらうことのできるものです。でも、下の者たちはみんな勤続年数が短いし、そもそもほとんどが死んでしまっているため、恩給をもらえないんです。この制度には、我々はみな大いに憤激しています。

いまも昔も組織の上の方が考えることは似たり寄ったりですね。ほんとうは命令ですけど、特攻を美化して礼賛して、喜び勇んで出撃した、志願したということにして、上官たちは自分の責任を転嫁した。

戦争が終わるや、上官たちは一部の者を除いて責任を取らずに恩給をうけるとは愚の骨頂です。いったい彼らには恩給をもらう資格があるのだろうか。振武寮で「おまえたちは軍人のクズ、人間のクズだ」と連日罵倒《ばとう》されましたが、その言葉はそのままそっくり彼らに返したいと思います。

彼らはいまだに旧軍の幻の栄光にしがみつき、慰霊祭の場や出版物などで武勇伝を発表していますが、心からお詫《わ》びをしている事例にはとんとぶつかりません。第一線で敢闘し、一命を投げ出し闘った兵士たちに、いったいなんと応え得るというのでしょう。

仲間たちの墓参

名簿作りと並行して、私はそれまで気になりながらできずにいた戦死した六名の仲間たちの墓参りをすることにしました。生き残った私以外の第二二振武隊の五名も、同じ時期にそれぞれ全国の遺族訪問を始めています。

最初はもちろん、藤山二典《つぎのり》隊長の墓参りです。昭和四四年のことでしたが、隊長の鹿児島の実家に連絡を入れると、藤山隊長の遺族は空襲を受けて屋久島に移住したことがわかりました。当時の屋久島には航空路線もなく鹿児島からの船便も不定期だったため、そのときは墓参を断念しました。

ところが、それから二年後、驚くべきことが起きます。藤山隊長の遺骨が見つかり、遺族のもとに戻されることになったのです。

ことの経緯を説明しましょう。徳之島で荼毘《だび》に付された隊長の遺骨の一部は出撃する柴田小隊長が首に下げていったのですが、残りは同じ隊の竹下が保管していました。竹下は、その後振武寮でも大切に保管していたのですが、原隊の明野に戻る際、昔から世話になっていた宇治山田の料亭の女将《おかみ》に預け、そのままにしていたのです。女将は遺骨を近所の寺に納めましたが、その寺の住職が死去し家族が引っ越したため、遺骨の所在がわからなくなっていました。竹下が調べた結果、名古屋の上行寺《じょうぎょうじ》にあることが判明しました。

昭和四六年一〇月一七日、明野の飛行場跡地で明野教導飛行師団出身操縦将校の慰霊祭が開かれました。我々第二二振武隊の生存者も明野に集合ということになり、前田、竹下、島津、柄沢、私の同期五人が久しぶりに顔を合わせました。藤山隊長の姉の敏子さんをはじめ三姉妹も参列してくださり、遺族への遺骨の返還が無事行われたのでした。

藤山隊長の遺骨は木箱に入っていたのですが、開いてみると我々が徳之島で落下傘《らっかさん》に包んだままになっていて、それを見たときは泣けてきた。二六年ぶりに弟との再会を果たした敏子さんは、遺骨の木箱をただただしっかりと抱きしめていました。

敏子さんが遺族を代表して挨拶《あいさつ》に立ちました。

「沖縄戦で闘われ戦死された方々のご遺族のほとんどは、空《から》の白木の箱を受け取っておられます。故郷に帰ることができた弟は幸せ者です」

人一倍親孝行だった藤山隊長はいま、両親とともに鹿児島市を一望に見降ろす高台の墓に眠っています。


翌年からは、他の五人の墓参りです。

昭和四七年六月、私がまず赴《おもむ》いたのは、知覧《ちらん》を飛び立つ際に、私の特攻機に飛び乗って最後の会話をかわした西長武志《にしながたけし》の故郷です。

山形県寒河江《さがえ》市の広々とした水田地帯に彼の実家はありました。初めて訪問する戦友の家です。なんの話題から切り出してよいのか悩んだもののうまくまとまらず、私は緊張しながら農村の寂れた道を西長の家に向かいました。道沿いにサクランボの実が赤々となっていたことが記憶に残っています。

西長の生家は大地主の旧家で、面会してくれたのは弟の達弘さんでした。仏前へのお参りをすませると達弘さんは、仏壇の裏から数通の手紙の包みを出してきたのですが、特徴のある字体から西長の書いたものだとすぐにわかりました。

一度この人に、私が四月六日の夕刻に戦死したと感謝状を出して下さい。T子様は北伊勢《きたいせ》に勤めていた人で、私の第二の恋人です。年は十九です。私はうちあけます。

それは西長が出撃の前夜に家族にあてて書いた手紙でしたが、T子さんから西長にあてられた手紙も、家族あての封書の中に入っていました。

あのテントの中でお逢《あ》いした時、私も何と言葉をかけてよいやら。(中略)公務以外、何事も言われませんでしたが、貴男のお心は良くわかりましたわ。本当に楽しかったですね。

我々は、女性に対して臆病《おくびよう》というか、西長をふくめ何人かが童貞だったと思います。T子さんは北伊勢飛行場で「と号第二二飛行隊」の飛行記録を担当しており、私もよく知っていた女性ですが、とても目が大きいきれいな人です。まさか西長とそんな仲になっていたとは気づきませんでした。当時、どの部隊でもそうでしたが、出入りの民間女性や学徒動員の高等女学生に親しく近づくことは固く禁じられていたのです。隊員たちの動揺を恐れたためです。

けれど一度だけ、防空壕《ぼうくうごう》掘りに動員された彼女が、隊員用の待機用テントで西長といっしょに休憩しているのを目撃したことがあります。西長は首に下げたマスコットの振《ふ》り袖《そで》人形を「母と妹が作ってくれた」と彼女に見せていましたが、あのときにおたがいの中に何かが芽生えたのかもしれません。

特攻隊に選ばれて北伊勢を去る日、一二名全員が見送りの彼女らに翼を振って別れを告げましたが、なかでも西長がひときわ激しく翼を振っていました。彼女はその後結婚し、名古屋近郊に住んでいるそうです。

弟の達弘さんは、兄がどのようにして死んだかを知りませんでした。家には連合艦隊からもらった感状があり、そこには西長が毅然《きぜん》として艦隊に突入したと書かれていましたが、それを見て私は、強い違和感を抱いたのです。

ほんとうに西長はそんな気持ちで死んでいったのだろうか。私は、私の知っている在りし日の西長の姿を伝えなければならないと思いました。それで、知覧の三角兵舎の前の林での最後の飲み会のこと、私の出撃のとき操縦席の横に飛び乗って涙ながらに最後の別れを告げてくれたことなど、直接知っていることを達弘さんに話したのです。する

と、

「兄貴はそんなふうに自分の人生の最後の時を過ごしたのですね。笑い、そして泣いて……。兄貴が何を考えていたのか、少しだけわかったような気がします」

と言って喜んでくれました。そしてこのとき、私は死んだ六人のありのままの姿を遺族に伝えるのが自分の役目だと痛感したのです。美化された特攻の姿ではなく真実の特攻の姿を、さらには戦争の悲惨さを遺族に届けたいと強く思ったのでした。

西長に続いて訪問したのは広島の安佐北《あさきた》にある大上弘《おおうえひろむ》の実家です。大上が手紙をこまめに書いては送っていた両親はすでに他界し、かわりに出迎えてくれたのは兄の巌《いわお》さんでした。巌さんは、「死んでも帰れぬ」といわれていたニューギニアの過酷な戦線から奇跡的に生還し、故郷で暮らしていました。

巌さんといっしょに実家の裏山にある大上の墓参りを終えたあと、私は大上の最期を伝えるべきかどうか迷いました。遺族に届いた公報では、大上は沖縄の海で敵艦に突入して戦死していることになっていますが、実際は徳之島上空で私の目の前で爆死したのです。悩んだ末、私は巌さんに真実を語ったのですが、あのときのお兄さんの驚いた表情は忘れられません。

「いや、弘は沖縄で米艦に突っこんだに違いない。人を惑わせることを言わないでください」

巌さんは頑として私の言うことに耳を貸してくれませんでした。ありのままの事実を伝えさえすればいいというものではないのかもしれません。長い長い沈黙のあと、巌さんは「まことに失礼しました。弘の最期の真実をよく伝えてくれました。ありがとう、ありがとう」と号泣されました。

このときの訪問で私は巌さんから、大上が特攻隊に編成された翌朝、父親にあてた手紙というのを渡されています。いまも大切に保管していますが、内容を一部紹介しましょう。

親として子を失うほど悲しいことはございません。血の続くものの自然の情です。思う存分泣いてください。（中略）ただ思うのは、学校より直ちに入隊し、みんなに心行くまで孝行、愛情を注ぐことが出来なかったことです。（中略）特に母上には私が現世を去って心配し、体を壊すことがないよう。

大上はそんな文面の手紙を書いた一〇日後、さらにつぎの手紙を書いています。

自分の子を失う親がかわいそうです。が父上、母上、決して泣いて下さるな。もし、父上、母上が悲しがられたら私は喜んで任務につく事ができません。子どもとして、親を思う心位《ぐらい》、はげしいものはありません。一番思われるのはやはり親の事です。だから此《こ》の親が悲しがられたら死んでも死に切れません。

私は何時までも、ご両親様の近くにおりますから、御安心の程を。

智子（妹）には嫁入りすることなく、当分の間家におれ、そして私らの分迄《まで》も十二分孝行を尽くしてくれ、おまえひとりが父母の子どもだ。

今日よりは、我が子とも、兄とも思って呉《く》れるな。それで俺は安心だ。


家族にあてて書いた二通の手紙は結局投函《とうかん》されず、成増《なります》飛行場近くの知人に預けられたまま、大上は還らぬ人となりました。手紙は、その知人が戦後、大上の実家に送った行李《こうり》の中から見つかったそうです。

なんとも矛盾した内容です。父親に泣いてくださいと言ったり、我が子とも思うなと言ったりして。大上はよく成増の部屋で、親から来た手紙を読みながらひとり悩んでいましたが、それだけ親のこと、妹のことを考えていたんでしょう。そういう男でした、大上っていうのは。とにかく優しい男だったんです。

大上の実家を訪問したのち、昭和四七年八月、熊本に柴田秋歳《あきとし》小隊長の遺族を訪ねました。

天草《あまくさ》にある柴田小隊長の生家で私が面会したのは兄の明さんです。まずは庭先に案内されたのですが、そこには大きく「秋歳の碑」と書かれた、幅一メートル、高さ二メートルを超す巨大な石碑がありました。三年前に死んだ父親の寅太《とらた》さんが建てたもので、「遠いところに墓を建てても秋歳を忘れてしまうから、父は庭に石碑を建てたのです」と明さんは語っていました。

父親の寅太さんは、日露戦争で、負傷した中隊長を背負いながら七人斬りを果たしたという武勇伝を持つ元陸軍上等兵ですが、六人兄弟の末っ子の柴田小隊長のことをとてもかわいがっていたそうです。柴田小隊長は天草でも有名な秀才で、寅太さんにとっては航空士官学校に進んだ末っ子のことが何よりの自慢の種でした。

寅太さんはその息子の死を、最後まで受け入れることができなかった。

「秋歳はどこか小さな島で生きておらんじゃろか。秋歳が生きていてくれれば、金も勲章もいらん」

そんなことを言いながら、亡くなるまでお参りを一日も欠かすことはなかったそうです。

柴田小隊長の最期も誤って伝わっていました。我々の小隊長だった前田光彦少尉が柴田小隊長の村葬に参列したとき、遺族にこう話したからです。

「柴田は戦死した隊長に代わり、隊員を率いて一〇機で沖縄の船舶に突入して抜群の功績を残しました」

前田は詳細を知らず、遺族に望ましい報告をしたのでしょう。その後、元整備兵が訪ね、柴田が徳之島から単独で出撃したことを伝えたのですが、すでに前田の話を信じて疑わなかった親族にとってはなかなか受け入れがたい事実のようでした。

「柴田少尉の出撃は徳之島で私も見送りました」

悩んだ末、私は事実のとおりを明さんに伝えました。明さんは驚きながら、

「なんで他人の飛行機を取り上げてまで行かねばならなかったのでしょう。そんなことをしなければ故郷に帰ることもできたのに」

そうしんみりと語っていました。同時に弟の責任感の強さを思い出し、そうするしかなかったのだろうと納得していました。

柴田小隊長が作った隊歌の歌詞の写しを渡し、徳之島で柴田小隊長が出撃する際にみなで号泣しながら合唱した話をし、

「優秀な柴田少尉のことです。必ず沖縄に到達して敵艦に体当たりされたと私は信じます」

そう明さんに告げると、明さんは涙ながらに私の手を握りしめ、本渡港《ほんどこう》まで送ってくれました。

連絡船に乗り、初秋の天草の海を眺めていると、沖縄の海で死んだふたりの姿が瞼《まぶた》に浮かんできます。

「大上！　柴田少尉！　俺は事実しか言えなかったけど許してくれ」

天草の海はどこまでも穏やかで、美しく輝いていました。

私はその後、鹿児島まで足を延ばし、藤山隊長の墓参りに向かいました。隊長の姉妹に案内されて訪ねた墓からは、噴煙を上げる桜島が一望できました。故郷でどうぞゆっくりお休みください――そう心の中で祈っていると、在りし日の隊長の姿が胸に浮かんでくるのでした。

一方、第二二振武隊の同期のなかには、どうしても遺族の所在がわからない者もいました。農業の道を志していた立川美亀太《たちかわみきた》と明治大学のマンドリンクラブ出身の伊東信夫です。その後伊東については、昭和五八年七月になってようやく東京に遺族が暮らしていることがわかりました。

竹下と島津と三人で東京府中《ふちゅう》の多磨《たま》霊園に伊東の墓参りをしたときは、激しい雨が降っていました。我々を伊東の姉、静枝さんたち三姉妹が墓前で出迎えてくれ、集まったみなでお線香をあげたのです。三八年余の歳月をかみしめ、しのつく雨のなかで頭を垂れるばかりでした。

遺族の三人からは、弟がどんな死に方をしたのか、家族を失った者ならだれもが抱く疑問を抱えながら戦後を過ごしてきたと聞かされました。

作曲家になる夢を持っていた弟が、「まさか特攻隊員になるとはこれっぽっちも思わなかった」と静枝さんは呟きました。陸軍は肉親にさえ、特攻隊員に選ばれたこと、出撃基地名、日時などを伝えることを禁じていましたが、律儀で一本気なところのある伊東は、それを頑《かたく》なに守っていたようです。

お姉さんの話を聞いていて、ほんとうにやりきれない気持ちになりました。出撃一ヵ月半ほど前の二月二〇日、成増基地で最後の訓練に励んでいた伊東は、武蔵野市に嫁いでいた静枝さんを訪ね、一泊したそうです。伊東は特攻のことをついに口にせず、翌朝、挙手の礼を残して去っていったのですが、ただ一言だけ、静枝さんに言い残しました。

「今度、家の近くを低空飛行するから。それが俺だからね」

自分が死地に赴くことを匂《にお》わせたかったのでしょう。

五日後のこと。その日は静枝さんの長女の通う小学校の卒業式でした。小学校の上空に一機の隼《はやぶさ》が現れ、低空飛行で両翼を左右に何度も振りながらゆっくりと西に飛び去りました。校舎の二階の窓からそれを目撃した静枝さんは、胸を締めつけられる思いで弟との永遠の別れを予感したそうです。

確かにあのころ、武蔵野市上空を通過する演習があったことを、私は思い出しました。

伊東は編隊を組む前に一瞬抜け出して、小学校の上を飛んだのでしょう。私は伊東と同じ小隊でしたし、その日もずっと彼といっしょにいましたが、そんな話はいっさいしなかった。どうにかして家族に最後の別れを告げたかったんだろうと思います。

我々は心ならずも生き延びたという屈折した思いをずっと抱きながら、戦後を生きてきました。それでも伊東の死の寸前の姿を語らなくてはと、竹下が切り出しました。

「伊東は残念なことになりました」

「どうしたのですか」

「伊東は我々の目の前でグラマンに撃墜されたのです」

すべてを伝えても、静枝さんは動揺の色を表しませんでした。

「弟は米軍の敵艦を撃沈させたということで、連合艦隊司令長官から感状をもらっています。それどころか金鵄勲章《きんしくんしょう》と旭日章《きょくじつしょう》ももらっています。グラマンに迎撃されたはずがありません」

遺族としては米艦隊に突入したと思い込んでいるし、そう信じたいのです。しかし竹下だけでなく柄沢も、伊東が目の前でやられたのを見ているのです。そのことを口を揃《そろ》えて伝えました。私も、

「勲章や感状はみなもらっているのです。伊東は出撃したことで目的を達成しているのではありませんか」

そのように話しました。西長も大上も柴田小隊長も伊東も立川も全員敵艦を撃沈したことになっており、遺族は感状をもらっています。でも感状などというものは、みな同じ文面なんです。やがて静枝さんは、弟がグラマンに撃墜されたという事実を受け入れてくれました。

「父が生きているうちに、ほんとうの弟の最期の様子を教えてあげたかった」

静枝さんは目をうるませていました。父親の三吉さんは、すでに昭和三二年に八〇歳で他界していました。柴田小隊長の父同様、息子の生還を最後まで信じていたといいます。

多磨霊園に降り続ける雨も雷鳴も、一向にやむ気配がありませんでした。

「この雨は、弟の涙雨ね」

姉の静枝さんがポツリともらした言葉に、いまなお癒《い》えない特攻隊員の遺族の心の傷を実感しました。静枝さんもふたりの妹ももう他界されましたが、天国で弟と久しぶりの再会を果たしたことと思います。私も、操縦席で最後に見た、伊東の悲しい眼差《まなざ》しをいつになっても忘れることができません。

真実を伝えることで、死んだ仲間たちの無念を少しではあるが晴らすことができた。

私は今もそう思っています。

なぜ俺だけが

第二二振武隊の仲間たちの墓参を一通りすませると、今度は特別操縦見習士官の同期生の墓参りにとりかかりました。死んだ者たちに線香をあげ、訓練時代の思い出を遺族の方々に話したかったのです。このころ、知覧に新たに特攻隊員の慰霊施設が建立されることになったのですが、そこに飾るための遺影を集めることも目的のひとつとなりました。

ラッキーセブン隊の私を除く六人の墓参りはもちろんのこと、これまでに訪ねた家は六〇軒を数えます。それにしても、親の気持ちを知るとやりきれないですね。多くの親たちが願掛けをし、お百度参りをしていたことを知ったのです。母親から、私の命を捧げますから代わりに息子を返してほしいと言われたことも何回かありました。

息子が親の墓を建てるのが当たり前なのに、特攻隊の場合は順序が逆で親が息子の墓を建てることになります。それでも墓を建てられるだけまだよいほうで、姉と弟とふたりきりの家族で、弟が特攻で死んでしまったという遺族もいました。その方は戦後、ひとり生きていくのに精一杯で、墓も建てられず結婚もできなかったといいます。遺族年金をもらっていない人も何人かいたので、代わりに手続きをしました。

特攻隊員の遺族が心中に抱えている思いには、凄まじいものがあります。菅原《すがわら》中将をたたき殺したいと言う方もいました。戦時中は特攻隊員を軍神にまつりあげておきながら、戦争が終われば洟《はな》もひっかけないのですから。

大貫さん、あなたは死ななくてよかったですねと遺族の方々に言われるのが墓参をしていていちばん辛かった。返す言葉がありませんでした。

私が所属していた第二二振武隊、別名「黒マフラー隊」の隊員一二人のうち、島津等、柄沢嘉則《からさわよしのり》、竹下重之《しげゆき》、井上立智《りっち》、前田光彦、そして私の六人が、戦後も生き残りました。あの世に行きかけたのが前田です。知覧飛行場で特攻機の調子が悪いにもかかわらず、無理矢理飛び立とうとし、全身骨折で意識不明の重体に陥ったんですから。しかし前田は生命力の強い男で、久留米の陸軍病院に運び込まれて一命をとりとめ、敗戦を迎えます。戦後は航空自衛隊に入隊し、ジェット戦闘機のパイロットになり、昭和五七年、五八歳で亡くなりました。

柄沢は故郷の新潟に帰り、中学校の教師になりましたが、昭和五六年五月に病死しました。

竹下は戦後国鉄に入社し、総務の仕事を定年まで勤め上げ、平成三年、脳出血のため六九年の生涯を終えています。

日系二世の特攻隊員井上は、語学力を買われて大阪の進駐軍に勤務、約四年間電話設営の仕事にたずさわり、日系移民の娘貞子さんと結婚しました。あとで貞子さんから聞いたのですが、井上は「俺は米軍と交戦はしていない」とだけくり返し、戦争についての話をいっさいしなかったそうです。私も戦後井上から、特攻のことは思い出したくないから話すなと、真顔で声を荒らげて言われたことがあります。彼なりの激しい苦悩と葛藤があったのだと思い知りました。

東京に移り、保険業、旅行業、貿易商などの職業を転々とした井上は、昭和二七年からテレビ会社の渉外係としてプロボクシングのマッチメイクを手がけるようになります。五月の白井義男とダド・マリノのWBC世界フライ級タイトルマッチを手始めとして、ファイティング原田、藤猛などの世界戦を手がけるなど、渉外係兼通訳として大活躍しました。私もファイティング原田の試合をリングサイドで見せてもらったことがありますが、ボクシングブームも昭和四〇年代後半には下火になり、井上は再び会社勤めに戻りました。

その間昭和三五年に、井上は一度だけ両親と再会するためアメリカに行ったことがあるそうです。終戦まで収容所にいた両親は、戦後になって比較的対日感情がよいシカゴに移り住んでいたのですが、井上の母親は元特攻隊員がアメリカにやってくれば逮捕されるに違いないと、大いに胸を痛めていました。

出発前に母親の心中を知らされた井上は、駐日米国大使館に市民権復帰を求める申請書を提出、その際に自分の軍歴を添え、特攻隊に所属していたことをはっきりと告げました。さらに当時の日本の青年が置かれていた立場を「誰もがお国のために働かなければならなかった」と説明したところ、なんの問題もなく市民権が復活したのでした。

昭和五六年、五九歳の井上はカリフォルニアに移住します。すでに両親は他界していましたが、兄弟三人が住むサンノゼに落ち着いて農場経営に余生の情熱を注ぎ、昭和六三年に亡くなりました。アメリカでも自分が元「カミカゼパイロット」であったことは、一度として話さなかったといいます。

特操のなかで最も操縦技術が高く、藤山隊長を補佐していたのが島津です。戦後、故郷岡山に帰って歯科医を開業、私と同じく仲間の墓参りを続けてきました。島津は八六歳になりますが、つい先日まで現役の歯科医として活躍し「大先生」と呼ばれていました。いまは息子さんが跡を継いでいます。仲間の遺影を枕元《まくらもと》に置いて朝夕のお参りを欠かすことはありませんし、知覧の慰霊祭にも顔を出して仲間たちの供養に勤めています。

まだ元気にしているのは島津と私のふたりだけになってしまいました。

話を私のことに戻しましょう。弟と事業をおこしたのですが、その後建設関係の仕事を中心にいくつか職を変え、昭和四六年から建設機械リースの仕事を始め、一五年ほど続けたのち、昭和六一年に引退しました。

私は自分が特攻であるということは、周囲の親しい者を除いては誰にも語りませんでした。言ったって自慢にもなりませんし、昔のことは忘れたかった。

でも、その間もずっと、仲間のことがいつも心に浮かんで離れませんでした。片一方は生き残り、片一方は死んで……なんで俺が生き残ったかと思うと、彼らに対してほんとうに申し訳ないと思います。

〈大貫健一郎〉

〈解説〉上官たちの戦後

「父は自決すべきでした」

ふたりのことを書かなくてはならない。第六航空軍の菅原道大《すがわらみちおお》軍司令官と倉澤清忠《くらさわきよただ》参謀についてである。

「最後の一機で必ず、俺も突入する」

そう訓示した菅原は、七月末に飛行第六〇戦隊に自分が乗り込むための特攻機を用意するように命じたとされている。出撃予定日は八月二五日だったが、広島、長崎への原爆投下やソ連軍の中国東北部進攻により、菅原が想像したより速いペースで事態は動いた。

福岡の菅原のもとにも最新の御前会議の情報は寄せられており、菅原の日記にもポツダム宣言受諾のことが記述されている。

御前会議開かれ三時間に及び、両総長、陸軍大臣以外の参列者は無条件降伏の已《や》むなきを主張し、遂《つい》に此《こ》れ以上無辜《むこ》の民《たみ》を苦しむるを忍びず、即時国体不変の一条件を以《もっ》て降伏を御聖断あらせられたりと。嗚呼《ああ》万事休す。
原子爆弾の出現とソ連の参戦は痛く我国上下《わがくに》を震駭《しんがい》し、必勝の信念を失わしめたるを虞《おそ》れたるに、今や致し方なし。最後迄《まで》！　最終戦まで！　最後の一機一兵まで！　真に世界の強国全体を相手として敗るるも、国民として皇祖皇宗に対し十分の申し訳立つることとなり。今や勝敗を度外に置き、只其《ただそ》の方法を講ずるを決意したるに。

（一九四五年八月一二日）

菅原は八月初頭から新しいノートを使用しており、その表紙には毛筆で大きく「決戦日記」と書かれている。特攻による自決を考えていた菅原にとって、この時機のこの「御聖断」は意外だったようで、逡巡《しゅんじゅん》するさまが日記から読み取れる。

既《すで》に作戦に死を期し、又《また》全面降伏に際しての覚悟も予《あらかじ》めきめ居《い》たるも、余《あま》り突然に過早《かそう》なる此《こ》の決を見、正《まさ》に戸惑いの姿なり。徐《おもむ》ろに意を決せんとす、特に軍司令官として完全に任務を終了してのこととすべし。

（同日）

日記が書かれた三日後に敗戦となる。特攻あるいは自決の意を決していたとされる菅原だが、最後の決断を先のばしにしていた。

一方、海軍側の沖縄航空特攻隊の指揮官である第五航空艦隊司令長官宇垣纏《うがきまとめ》中将は同八月一五日、鹿児島県鹿屋《かのや》の飛行場に整列した二二名の特攻隊員の前に立ち、最後の訓示を行った。

「神州の不滅を信じ気の毒なれど、余《よ》の供《とも》を命ず、参れ」

宇垣は山本五十六長官から伝えられた恩賜の短剣を手に、指揮官の中津留《なかつる》達雄大尉機の後部座席に乗り込み沖縄に出撃した。宇垣は沖縄に向かう途上、辞世の電報を打っている。

本職は皇国無窮《むきゅう》と天航空部隊特攻精神の昂揚《こうよう》を確信し、部下隊員が桜花《おうか》と散りし沖縄に進攻、皇国武人の本領を発揮し、驕敵《きょうてき》米艦に突入撃沈す。指揮下各部隊は本職の意を体し、来《きた》るべき凡《あら》ゆる苦難を克服し、精強なる国軍を再建し、皇国を万世《ばんせい》無窮ならしめよ。

天皇陛下万歳《ばんざい》

昭和二十年八月十五日一九二四　機上ヨリ

午後七時二四分にこの文面を打電したのち、夜八時二五分、「我奇襲ニ成功ス」という打電を最後に宇垣は敵艦に向かった。

菅原の敗戦の日の日記には、宇垣の沖縄突入に触れたあとで、自身の自決について記されている。


単に死を急ぐは、決して男子の取るべき態度にあらず。任務完遂こそ、平戦時を問わず吾人《ごじん》の金科玉条《きんかぎょくじょう》なれ。

然《しか》らば自決の期は、
一、九州を去る時
二、軍司令官罷免《ひめん》の時（軍司令部復員の時）
三、敵の捕手、身辺に来《きた》る直前
四、軍内の統制つかず、曠職《こうしょく》の責を自覚せる時
五、精神的苦痛に堪えず、進んで自決を選ぶ時
（八月一五日）


菅原と並ぶ海軍側の沖縄特攻作戦の最高責任者の出撃を受けて、第六航空軍の高級参謀のひとりが、菅原にこう要請している。

「重爆機を用意しますから、突っこむお覚悟を」

そのとき川嶋虎之輔第六航空軍参謀長と会食中だった菅原の対応は、毅然として断っ

た、逡巡したなど諸説あるのだが、いずれにしても菅原がその要請を取り上げなかったことは事実である。

翌一六日、今度は海軍のフィリピン特攻作戦を率いた大西瀧治郎《たきじろう》中将が、左のような遺書を残して割腹自殺した。

特攻隊の英霊に曰《もう》す。善《よ》く戦いたり、深謝す。最後の勝利を信じつつ肉弾として散《さん》華《げ》せり。然《しか》れ共《ども》其《そ》の信念は遂《つい》に達成し得ざるに至れり。吾《われ》死を以《もっ》て旧部下の英霊と其《そ》の遺族に謝せんとす。

相次ぐ海軍側の特攻責任者自決の報に接して、陸軍特攻作戦の責任者は何を想っていたのであろうか。菅原の次男が埼玉県に暮らしていることを人づてに知った。取材には応じてくれないだろうと思いながらも連絡をとったところ、面会を許可された。こうして私は菅原の次男・深堀道義さんに話を聞くことになった。

「父は自決すべきでした」

驚くような言葉を深堀さんは発した。

「しかし前途ある若者たちを道連れにしなかったことが、せめてもの救いですね」

一九四五年九月の日記に、自決を思いとどまるよう部下に促された菅原が、新たに打ちこむ仕事を見出したことが記されている。

> 本日、川嶋参謀長より特攻隊の精神顕彰事業を為《な》すは予《よ》を措《お》いて他なし。今後中心となりて活動せらるれば吾等《われら》も亦傘下《またさんか》に入りて、一臂《いっぴ》を揮《ふる》わんとの話あり。（中略）
> 此《こ》の際の自決は結局自慰に過ぎず、何等《なんら》の意義なしとの同氏の議論に対しても、今後予が当然天職として為すべき仕事あらば喜んで生きながらえん。（中略）
> 然《しか》るに本日、川嶋参謀長よりの意見は、総軍司令官も考慮せられあるが、何とかして特攻精神の継承、出来得《できう》べくんば顕彰事業或《ある》いは遺族の救恤《きゅうじゅつ》又《また》は回向《えこう》等、何等かの仕事を為すべきにあらずや。（九月二三日）

特攻隊に対する慰霊顕彰である。

> 今は其《そ》の目途《めど》なきも、数年後に及べば何事をか出来得《できう》べし。決して政治問題ならず、潜行運動にもあらず、特攻精神顕彰、遺族慰問、と気長に行けば宜《よろ》し。

さらに同日の日記には、連合国から戦犯に咎《とが》められる可能性と、それを引き受ける覚悟があることが記されている。

然《しか》し其の間に、戦争犯罪人問題起らば如何《いかん》！　平気で裁判に立てば可ならん。而《しか》して数年の服役、出獄後は、恰度《ちょうど》それ等事業の好機にあらずや。然し斯《か》くして荏苒《じんぜん》延命しても其の見込《みこみ》立つや、其の立たざるに於《おい》ては万事休す。潔《いさぎよ》く自決すべし。（同日）

菅原はその後、福岡の米軍司令部で事情聴取を受けたが、戦犯に問われることなく、一九四五年一一月半ばに妻子のもとへと戻った。道義さんによると、菅原が埼玉県飯能《はんのう》で営みはじめたのはきわめて質素な生活だったという。一方で、日記に書いた通りに慰霊顕彰をはじめ、敗戦の翌年にはさっそく福岡、神奈川在住の特攻隊員の遺族を弔問《ちょうもん》した。

茲《ここ》に福岡、神奈川の行脚《あんぎゃ》を終わるに方《あた》り所感を記し置くの要あり。
一、特攻参加の動機は全く英霊達の発意なり。父兄は強く制し得ざりしも、口に出して之《これ》を制したるものあり。（中略）
二、特攻を出した家庭とて当局に不満はなし。（一九四六年三月一二日）

弔問直後の日記に「参加の動機」を書きこむということは、菅原がそれだけこの問題を気にしていたということなのだろう。そして遺族感情を強く気にしていることがはっきりとわかる。

菅原はこの年だけで数回にわたって遺族を弔問しているが、同年、長男道紀《みちのり》は中国戦線で罹患《りかん》したマラリアがもとで、二四歳の生涯を終えた。

「私が死ぬと、ご両親も少しは肩身が広げられますね」

と最後の言葉を残したという。

一九五一（昭和二六）年、菅原は軍人恩給を資金にして、元航空総軍司令官河辺正三《かわべまさかず》大将、元軍令部総長及川古志郎《こしろう》大将、元第三航空艦隊司令長官寺岡謹平《きんぺい》中将らと、有志の人々の喜捨《きしゃ》を仰ぎ、法隆寺の秘仏「夢違《ゆめちがい》観音像」を模造した四体の観音像を建立《こんりゅう》する。二体が陸軍、残りの二体が海軍の航空特攻犠牲者に捧げられることになり、「特攻平和観音」と名づけられ、翌年五月、東京音羽《おとわ》の護国寺で開眼法要を開催した。一尺八寸の金銅の観音像の胎内には、菅原自らが記した沖縄戦で戦没した特攻隊員全員の名前が書かれた巻物が収められた。一九五六年、特攻平和観音は世田谷山観音寺に移設され、以来、菅原は亡くなる直前まで、一八日を月命日と決め毎月特攻平和観音を参詣《さんけい》していたという。

道義さんによると菅原は第六航空軍最大の特攻基地だった知覧にも特攻観音を祀りたいと考えていたという。タイミングを同じくして一九五五年九月、知覧では市民が中心となって特攻平和観音堂が建立され、東京にあった特攻平和観音像のうち陸軍の一体が奉安された。胎内には世田谷観音同様に菅原が書いた巻物が収められている。

その後、知覧では毎年五月三日に慰霊祭が行われている。一九八二年には特攻慰霊顕彰会が組織され、のちに特攻隊戦没者慰霊平和祈念協会と改称して現在も活動が続いている。

しかしこのような菅原の慰霊顕彰の活動を、表面的なものと見なし、快く思っていない人たちは少なからずおり、出撃できず生き残った義烈空挺隊《ぎれつくうていたい》の隊員たちには「腹も切れずにのうのうと暮らしている菅原をこらしめてやろう」という計画があったという。大貫健一郎さんも菅原の態度は特攻を美化するものであり、戦死者の死を悼《いた》み過去を反省しているとは言いがたいと語っている。

東京・目黒の防衛研究所には、「特攻作戦の指揮に任じたる軍司令官としての回想」と題された菅原の原稿が保管されている。一九六九年に書かれたこの原稿には菅原の特攻観が明確に記され、戦後四半世紀を経てもなお、特攻は命令ではなく自発的行為だったとの考え方が貫かれている。

特攻は戦法ではなく国家興廃の危機に際する国民の愛国至情の勃発《ぼっぱつ》の戦力化である。戦力具体化の巧拙については自《おのずか》ら議論もあろうが、あの場合特攻すなわち飛行機を以《もっ》てする体当たり戦闘は唯一の救国方法であり、それが我が国に於《お》いて自然発生の姿で実現したことに意義があるのであって、功罪を論ずるのは当たらないと思う。

菅原は九〇歳を過ぎると認知症が進行し、近所に住む道義さん夫妻が交代で面倒を見ることになった。

「夕食後、父と食卓をはさんで向き合っていると、奇妙なことを言いだすのです」

それまでは頑《かたく》なに特攻のことを語らなかった菅原が、ある日道義さんにこう語りかけたのである。

「川嶋君、明日の出撃はどうなる？」

川嶋君とは、第六航空軍の二代目参謀長川嶋虎之輔のことだ。道義さんは軍隊調の口調で返事をして受け流したそうだ。道義さんがこう言う。

「経理部長、あそこの兵隊たちは腹をすかせているから先に食べさせてやってくれ、なんて言われましたし、晩年の父の頭のなかには第六航空軍のことだけが残っていたようです」

菅原は、最後まで自決できなかったことを心のなかで悩んでいた。家事の手伝いをしていた女性に向かって「刀を持ってこい、腹を切る」と言うことがあったし、道義さんの妻裕子さんにも「拳銃《けんじゅう》はどこに隠した」と口癖のように言ったという。

菅原は陸軍戸山学校を首席で卒業した際、「恩賜」と刻印された拳銃を下賜されている。菅原は戦後すぐ、進駐軍の取り調べが及んでも発見されぬようその拳銃を油紙に包んで庭先に埋めて隠した。後に掘り出した拳銃は錆《さ》びついて使えなくなっていたのだが、認知症が進みそのことを忘却していたのだ。

死を前にして、菅原は道義さんにこうつぶやいた。

「二〇歳前後の若者がなんで喜んで死んでいくものか」

その言葉の意味を問うこともできないまま、一九八三年一二月二九日、菅原は九五歳で他界した。自決できなかったことを生涯自責していた沖縄特攻作戦の司令官は、特攻隊について周囲に最後までほとんど何も語ることはなかった。

いつも拳銃を携行していた倉澤参謀

「ずっとね、手放さなかったんですよ」

残された「倉澤テープ」の中で、沖縄特攻作戦の編成を担当した第六航空軍の倉澤清忠参謀は衝撃的なことを語っている。

「手放さなかったんですよ、拳銃をね」

倉澤は戦時中に使っていた拳銃を、護身のために八〇歳まで持ち続けていた。

振武寮運営の実質的責任者だった倉澤は、一九四五年七月以降、茨城県の第二六飛行団参謀として本土防衛作戦の作成にあたることになり、栃木県の那須野《なすの》飛行場などを拠点とした。

倉澤は本土防衛においても特攻作戦を敢行している。終戦直前の八月一三日、犬吠埼《いぬぼうざき》沖一〇〇キロの海上に米軍の機動部隊が出現したとの報を受けると、傘下にあった第二〇一神鷲隊《しんしゅうたい》を那須野飛行場から出撃させ、そのうちの二機が米艦隊に突入したとされる。

結局、米軍は本土上陸せず、倉澤は那須野飛行場で敗戦を迎えた。その後、一橋大学で経済学を学びなおし、印刷会社では社長の地位まで上りつめ、一九八八年に退職した。菅原同様、航空同人会や航空奉賛会などの活動に積極的にかかわり、各地で行われる特攻隊の慰霊祭などにはこまめに顔を出したが、家族を含め周囲に特攻について語ることはなかった。

「特攻隊を出撃させた現場責任者は私だったからね。多くの隊員を出撃させたので、恨みに思われるのは仕方がない。遺族からも反感を買っていたからね」

これは「倉澤テープ」に遺された発言である。倉澤は、特攻隊の生存者や関係者から襲われるかもしれないという不安を常に抱きながら暮らしていたことが、遺された肉声から窺《うかが》うことができる。

「自己防衛のためピストルには実弾をこめて持ち歩き、家でも軍刀を手放しませんでした」

そんな倉澤の言葉を裏付けるかのように、大貫さんはこう語っている。

「戦後ね、一度だけだけど、仲間たちといっしょに倉澤を殴りに行こうという話になったんです。慰霊祭ではいつもでかい顔していたからね」

大貫健一郎さんと特操の仲間数人は、世田谷観音の慰霊祭に出席している倉澤に接触を試みたことがあった。

「倉澤さんですよね。お顔を貸してください」

「ああいいよ」

倉澤は大貫さんたちに素直に従って、外の天幕のところに出てきたという。

「お座りになってください」

大貫さんたち特操出身者五、六人が周りを取り囲むと顔色が変わった。

「私たちを覚えていますよね」

倉澤は慌てて頭を振った。

「覚えがない。おたくどちらさんですか」

「実はね、あんたに死ぬほど殴られたんだ。今日はお返しをしたい」

「どちらさんでしょうか。私はあなたたちを存じあげない」

倉澤は顔を真っ青にして言った。

「『忘れたわけではないだろう、少尉の大貫だよ』と言うと、あのときは悪かったと詫びるんだ。あの鬼のようなやつがとても小さく見えて、殴る気がすっかりうせてしまった」

倉澤は八〇歳になって、自宅近くの田無《たなし》警察署に拳銃を提出している。警察官には、父親の遺品を整理していたときに偶然に見つかったものだと説明した。田無署は倉澤宅の現場検証を行ったが、前例のないケースをどう処理してよいのかわからなかったのか、倉澤の言い分が聞き入れられ決着した。

倉澤は二〇〇三年一〇月二九日、リンパ癌で亡くなった。享年八六。

〈渡辺　考〉

終章　知覧再訪

大貫健一郎《おおぬきけんいちろう》さんが戦後ずっとお守りのように大切にしているもの、それは仲間たちの言葉が書かれた日章旗である。北伊勢《きたいせ》飛行場で訓練中に整備兵を含めた第二二振武隊《しんぶたい》の全員が、遺書代わりに寄せ書きをしたものだ。神奈川県葉山の自宅近くの大貫家の菩提寺《ぼだいじ》である新善光寺で、大貫さんはその日章旗を鞄《かばん》から取りだし、広げて見せてくれた。

闘魂　藤山中尉
殉皇　立川《たちかわ》少尉
一誠　伊東少尉
祝出師《すいし》　西長《にしなが》少尉……。

若者たちは毛筆で墨黒々と、自分たちの思いを綴《つづ》っていた。辞世の筆というよりも、自らを鼓舞するための寄せ書きである。大貫さんは戦後、辛いことがあるとこれを広げて仲間たちの言葉と向き合った。

「いろいろありました。仕事のうえでも、普段の生活でも。でもこれを見ると元気が湧《わ》いてきた。しっかりしろ、がんばれって仲間たちに励まされるんです。ずいぶん助けられました」

大貫さんはこの寄せ書きを見るたびに、死んだ仲間ひとりひとりの顔を思い出す。とりわけ最後までいっしょだった三人の表情が浮かんでくるという。立川美亀太《みきた》の怒った顔、淡々とした西長武志《たけし》、いつも穏やかだった大上弘《おおうえひろむ》。

大貫さんが日の丸の上のあたりを愛おしげに指でさすり始めた。そこには、「大上弘」と書かれていた。大上が日の丸に残した言葉は「汝《なんじ》自身の力を知れ」。大上の「力」とはなんだったのか、大貫さんは戦後長きにわたって考え続けてきた。大貫さんは親友の名前を何度も何度もなぞりつづけた。

「惜しい男でしたね」

大貫さんの声は震えていた。真っ赤になった両目から大粒の涙がこぼれ落ちた。取材中、大貫さんが初めて見せた涙だった。大貫さんは日の丸を見つめなおした。

「ひとりひとりの笑顔が全部浮かびます。彼らがどんな気持ちで死んでいったかを思うと言葉がありません」

大貫さんは私に向かって言った。

「知覧《ちらん》に行ってみましょう」

大貫さんの体調は一年前に患《わずら》った脳梗塞《のうこうそく》の後遺症を抱えて万全とはいえず、常に数種類の薬を飲み続けていた。医師からも長旅は厳禁と言い渡されていたが、大貫さんの決心は揺るがない。

「知覧に行くのも、これが最後かもしれない。だから、どんなことがあっても行きたいのです。最後に仲間たちに会っておきたいのです」

大貫さんの、引き締まった表情を前に、私は頷《うなず》くのが精一杯だった。

＊

二〇〇七年九月、早朝の羽田空港にいつものようにスーツにネクタイをしめた大貫さんの姿があった。心なしか目のあたりが腫《は》れぼったくみえる。

「昨晩はちょっと昂《たか》ぶっていて、あまり眠れなかったんですよ」

目を軽くこすって大きく欠伸《あくび》をすると、大貫さんは鹿児島空港行きの搭乗口にゆっくりとした足取りで向かっていった。

飛行機に乗り込み着席すると、大貫さんは前を見すえたまま押し黙っている。客室乗務員が話しかけても、軽く頷くだけである。滑走が始まると、私のほうに乗り出して耳もとでささやく。

「戦後何度も飛行機には乗ってきたけど、やっぱりどうも苦手だね。特に離陸の瞬間は。どうしても自分が操縦していたときのことを思い出してしまうからね」

そう言うと大貫さんは目を閉じた。定刻どおり離陸した飛行機は上昇を続け、やがて雲海の上をすべるように飛んでいく。

およそ一時間半のフライトで、降下のためのベルト着用サインが点灯する。窓の外を見やると、噴煙を上げる雄々《おお》しい桜島が眼下に屹立《きつりつ》していた。それをじっと凝視する大貫さんの表情は、思いつめたようだった。記憶の芯にこびりついた六二年前の出来事をひとつひとつ思い返していたのかもしれない。

鹿児島空港に降り立つと、真夏のような陽光が襲いかかってきた。タクシーに乗り込み、指宿《いぶすき》スカイラインのインターチェンジを降りて田園風景の中を走ると、突如大きな看板が目に飛び込んできた。

「平和の尊さを語りつぐ街」

知覧町に入ったのだ。

商店が建ちならぶ町中の所々に、きれいに刈り込まれた生け垣と石垣が並んでいる。江戸期に作られた武家屋敷がいまだに残されており、知覧は「薩摩《さつま》の小京都」ともいわれている。町の中心部には、古びた木造家屋がポツンとあった。特攻隊員を親身になって世話した「特攻おばさん」鳥濱《とりはま》トメさんが営んでいた富屋食堂だ。

市街地を抜けしばらくすると、道路の両側におびただしい数の石灯籠《いしどうろう》が整然と並んでいた。よく見てみると、ひとつひとつに特攻隊員の姿が彫られている。九州から沖縄に飛び立った陸軍特攻隊の戦没者と同じ数だという。

それまで黙って外を眺めていた大貫さんが、ポツリとつぶやく。

「間もなく見えてくるはずなんですけどね」

前方の風景に目をこらしていた大貫さんが、突如、電気に撃たれたような表情になった。

「あー、ありました」

大貫さんが指をさした方向に、午後の陽光に包まれた均整のとれた山がシルエットになりそびえていた。開聞岳《かいもんだけ》、別名薩摩富士。知覧を飛び立った特攻隊員たちは、開聞岳を目標に操縦桿《そうじゅうかん》を操ったという。

「知覧に来て初めてこの山を知りました。姿のいい山だなって飛行場から眺めては思っていました。でも切ないですよね、あの山の向こうはひたすら沖縄まで海。そしてそこには多くの仲間が眠っているわけですから」

国道の両側から建造物がなくなり、青々とした畑が広がる。そこがかつて四三九人の若者が飛び立ち、命を落とした知覧飛行場の跡地だった。大貫さんは感慨深げな眼差《まなざ》しを浮かべている。

「悩み、怒り、諦《あきら》め……仲間とともに泣いた、私の生涯で最も大きな核となっている場所です」

タクシーを降りると突風に襲われ、大貫さんはかぶっていた帽子を両手で押さえた。

「それにしてもすっかり変わってしまったね」

戦後、陸軍特攻の中心基地だった知覧飛行場は民間に払い下げられ、その大半が農地に転用された。一面に広がる畑には名産の知覧茶とサツマイモが植えられているが、昼下がりの猛暑のなか、誰ひとり働いている者はなく、無数のスプリンクラーだけが首を振りながら散水していた。

「一〇万坪の広い敷地でした。ここにある家も戦後に建てられたのでしょう」

道路わきの民家を指さした後、大貫さんは口をつぐみ目を伏せて黙々と歩き続けた。

やがて黒い大理石でできた石碑が眼前に現れた。「戦闘指揮所跡」と書かれたその場所は、かつて沖縄戦の指令が出された待機所（ピスト）があったところだ。

「この場所で、いろいろなことがありましたよ。我々が知覧に降りて、最初に集まったのもここだし、菅原《すがわら》軍司令官が訓示をしたのもここでした。そして……」

そこまで言うと大貫さんは言葉をつまらせた。あたりには蟬《せみ》の声が響き渡っている。

「ここが、仲間たちと最後の見納めをした場所でした」

一九四五年四月三日、午後三時二五分。第二二振武隊の藤山二典《つぎのり》隊長が一人一人の隊員

たちを集め訓示をし、故郷に最後の別れを告げ、おたがいに顔を寄せ合い見つめ合った、その場所だったのだ。

「向こうが平和会館でございます。その横にあるのが特攻平和観音でございます」

残暑の日差しのなか、知覧特攻平和会館前の広場にバスガイドの声が響く。観光客相手の露天商は呼び込みに余念がない。大型バスが次から次へと駐車場に到着しては、老若男女をはき出していく。

「あ、戦闘機がある」

楽しげに声をあげる中年男性や日傘をさした中年婦人たちが、デジタルカメラで記念写真を撮り続けている。

観光客の群れに紛れるようにして、大貫さんは特攻平和会館に向かった。

「写真しかありませんけどね。みんな若いですよ。二一から二三くらいで、歳をとりません」

途上の広場には作家・石原慎太郎の製作した映画『俺は、君のためにこそ死にに行く』の撮影のために作られた一式戦闘機のレプリカが展示されている。大貫さんが乗っていたのとまったく同じタイプの「隼《はやぶさ》」だが、撮影後に知覧町が譲り受けたのだという。

大貫さんは少しだけ立ち止まり模型を見つめたが、すぐに再び歩きだした。

大きな純白の建物が道路の突き当たりにあった。戦後、知覧の人々が中心となって建てた特攻平和観音堂である。わずか一尺八寸ほどの観音像が祀《まつ》られ、その胎内には沖縄特攻作戦で死んだ一〇三六名の名前を書いた墓碑銘が収められている。堂の横には「至純」と書かれた石碑があった。小泉純一郎が内閣総理大臣在職中に揮毫《きごう》したものだった。子ども連れの若い夫婦、外国からの見学者、年老いた人々……。年間六〇万人の入館者を数える知覧特攻平和会館には、この日も多くの観光客や見学者がつめかけていた。

さまざまな展示物がケースに収められているが、中には第二二振武隊に関するものもあった。そのひとつが、大貫さんの忘れられない親友の毛筆文だった。大貫さんはその字をなぞるように、ガラスケースの上から指を動かす。

「大上の字がこんなところにありましたね。達筆な男だった」

大上が母にあてた言葉だった。

笑って下さい
散りてつくす
弘の孝行
母上様　弘

「あいつはほんとうに家族思いの優しい奴だった」

そう言うと、大貫さんは大上の書いた字に向かって手を合わせた。

特攻平和会館のホールには各振武隊の遺書が展示されている。大貫さんは神妙な顔で仲間たちの最期の言葉に向き合っていた。

「こういう遺書を見るとやりきれない。彼らの考えていることがしみじみと伝わってくるから」

壁一面には、沖縄特攻作戦で戦死した一〇三六名の陸軍特攻隊員の遺影が沖縄戦で犠牲になった順番に掲げられている。戦後、大貫さんが遺族や関係者を訪ね歩き集めたものも数十枚にのぼる。

第二二振武隊の仲間たちは、初期の作戦に参加したためいちばん手前に掲げられていた。

大貫さんがまっさきに駆け寄ったのは、藤山二典中尉の遺影だ。

「隊長、ほんとうにお久しぶりでした」

大貫さんは手を合わせて黙禱《もくとう》した。

隊長の横には若き音楽家の遺影があった。

「伊東、変わっとらんな。どうしている？」

飛行服を着た仲間たちは別れた日のままの姿だ。

「あ、西長がおる。タチもいる」

大貫さんは仲間たちの遺影を、一枚一枚順番に触っていた。

「タチ、おう来たぞ」

凛《りん》とした柴田秋歳《あきとし》少尉の写真を見ながら、大貫さんは言った。

「柴田少尉」

「最後に隊歌を歌って見送りましたね」

「あそこに大上がいる」

大貫さんは興奮した声をたてていた。

「大上、来たぞ」

写真の中の大上弘少尉は満面の笑顔だった。

大貫さんは瞑目《めいもく》しながら、死んだ仲間たちひとりひとりに話しかけた。八六歳の元特攻隊員の目元からは大粒の涙があふれ止まらなかったが、もはやそれを拭《ぬぐ》おうともしなかった。

仲間たちの遺影が飾られた展示室を出るとき、大貫さんは深々と頭を下げた。周りのひとたちが怪訝《けげん》な表情で見つめるほど長い間、ただひたすら祈っていた。

＊

慰霊の旅は終わった。

「喜び勇んで笑顔で出撃したなんて真っ赤な嘘《うそ》。特攻隊の精神こそが戦後日本の隆盛の原動力だ、なんて言う馬鹿なやつがいますが、そういう発言を聞くとはらわたがちぎれる思いがします。陸海軍あわせておよそ四〇〇〇人の特攻パイロットが死んでいますが、私に言わせれば無駄死にです。特攻は外道《げどう》の作戦なのです。

言い尽くせない思いがあります。我々は普通の若者だったし、みないろんな夢を持っていました。あの時代にぶちあたって運が悪かったと思うことや、青春を謳歌《おうか》しているいまの若者たちを見てうらやましく思うこともあります。でもいまの若者も不幸にして戦争に直面すればやむを得ず特攻隊員になってしまうかもしれない。そんな時代が二度とやってこないようにするためにも、私は自分が見た悲惨をしっかりと後世に語り継ぎたいのです。

特攻に対しては、いろんな考え方があるでしょうけれど、帰するところは、あんな無茶な作戦二度とごめんだということ。これは生き残った者、死んだ者、みんな同じ思いだと思いますよ。戦後六〇年、特攻のことをひとときだって私は忘れていません」

大貫さんが知覧を訪ねることは二度とないだろう。しかし、これで区切りがついたわけではないと大貫さんは思っている。

「仲間たちと最後のお別れをしました。でも私はまだ死ぬわけにはいかない。彼らのためにも特攻の真実を次の世代に向けて語り続けていかないといけないからです」

鹿児島市内に向かう車の中でしっかりとこちらを見すえながら大貫さんは言いきった。特攻作戦から幾多の年が重なった。それでも大貫健一郎さんの心の中で、特攻という許しがたい作戦への怒りの炎は、強く燃えつづけていた。

〈渡辺　考〉

あとがきにかえて

渡辺　考

透明のガラスの向こうのDJブース席に、私がこれから面会する女性が座っている。大貫妙子《おおぬきたえこ》さん。

一九七三年のデビューから今日に至るまで、日本のポップミュージック・シーンを牽《けん》引《いん》してきたミュージシャンである。透き通ったメロディーと心に染みる歌詞を聞いていると、すがすがしい気持ちになるのは私ひとりではないだろう。近年は音楽活動に加えて、エッセーの執筆など表現の幅を広げている。

この日は、NHKのFM番組の収録日で、私は番組収録後に妙子さんにインタビューをすることになっていた。

私は妙子さんのファンのひとりではあるが、音楽の話をするつもりはなかった。聞きたいことはひとつ、妙子さんの父親についてである。

父の名前は、大貫健一郎《おおぬきけんいちろう》。

ブースから出てきて、ひといきつくと、妙子さんは語り始めた。

「父が特攻隊員だったと知ったのがいつごろだったか、さだかではありませんが、そのことにショックを受けたという記憶はありません。ただ、特攻隊が爆弾を抱えて突っこんでいく人たちだということは、子どもだった私にもわかっていました」

しかし一〇代の終わりからミュージシャンとして脚光を浴び始めた妙子さんには、父親の過去と向き合う心の余裕などなく、ただひたすら音楽の世界に没頭していたという。父は父で、現実の生活に忙殺され、会話をする時間もなかった。

二〇年ほど前に父と同居するようになり、はたと気づかされたことがあった。

「父の本棚をはじめてちゃんと見たとき、そこが戦争の本で埋め尽くされていることで思い知らされました。父にとって戦争の記憶は、生涯ぬぐい去ることのできないものなんです。父は戦記雑誌やさまざまな会報誌に執筆していますが、理不尽な死を選択せざるをえなかった特攻とあの戦争の意味を、ずっと探し続けているのかもしれません」

それでも同居からしばらくの間は、特攻そのものについて父の口から語られることはなかった。

「特攻隊で生き残ったことに対して、表立ってよかったと口にする人は、誰もいないと思います。死ぬことが与えられた任務だったからです。そのことに対する思いは、身内だからといって聞くことはできませんでしたし、聞かずともわかることでした。夢も希望も未来もある二〇歳そこそこの若者にとって、特攻が受け入れがたい任務だったことは明らかですし、父の思いは、想像するだけでも胸がキリキリと痛みました。

特攻という任務で結ばれた絆《きずな》は強かった。その仲間がつぎつぎと目の前で死んでいく。父は出撃し生き残りましたが、あのとき、父の人生は終わったんだと思います。戦後は、父の長い長い余生なんです。きっと」

それでも父は、振武寮《しんぶりよう》の存在について、娘に語ったことがあった。

「生き残ったものの、またさらなる苦しみが待っていた。その屈辱は容易に忘れることができないでしょう。父は、生き残ってよかったと思うときも、死んだほうがよかったと思ったこともあったと思います」

妙子さんは、近年になって、父の存在の意味をかみしめている。

「子どもにとって父親の過去は関係ありません。父がいなければ私はここに存在していない。父は大きな存在で、生き残ってくれてありがとうという、感謝の気持ち以外ありません」

妙子さんは、死んだ仲間の思いを背負った父を励まし続けてきた。

「戦後六〇年あまりを経て、特攻隊の真実を語ることができる人が少なくなるなか、父が常に危惧《きぐ》してきたことは、ともすると特攻隊が美化されて伝えられていることでした。私は父に『生き残ったお父さんのお役目は、真実を伝えることなんじゃないですか。それが亡くなった戦友への供養になると思うし、無念の思いを抱いて逝《い》ったみんなのためだと思う。みんなが背中を押してくれていますよ。世間の声なんか気にせず、思い残すことなくありのままを語ったほうがいい』と折に触れ言ってきました」

そんな妙子さんの思いを聞いた私は、父の戦争体験が娘の音楽に与えた影響について尋ねてみた。しかし、「それはありません」と言われてしまった。

「父のDNAは受け継いでいますが、戦争体験は受け継いでいないので。それは体験した人にしかわからないでしょう。ただ、多くの命の犠牲のうえにいまの平和があることを忘れてはならないという、強い気持ちは持ち続けてきました。多くを語らない父ですが、父の世代が生きている限り、戦争の後始末は終わらないのではありませんか」

妙子さんは続けた。

「音楽で世界が平和になるとは思っていないし、そんな甘いものではないとわかっています。でも、音楽は時代を映す鏡だと思うし、過去においてもすべての芸術がそうだったように、音楽家には表現することへの自由が与えられています。マスという顔の見えないところに向かって歌うのではなく、身近な人へのメッセージこそが、まっすぐに届く言葉であり共感へと結びついていくはずです。そういう姿勢は、これからも貫いていきたいですね」

父とはちがう道を歩んできた娘。平和を希求する心は、ちがう形で父親から娘にバトンタッチされているのだと思った。

インタビューを終えた妙子さんは、足早に夕闇《ゆうやみ》が覆《おお》う渋谷の街にとけ込んでいく。
私の脳裏には、軽やかで伸びのある妙子さんの歌声が響いていた。

文庫版あとがき

渡辺　考

ほろ酔い気分を冷ますため、私は中洲から博多駅まで夜風に吹かれ逍遥していた。博多の夏の代名詞「博多祇園山笠」の飾り山が境内中央に鎮座する櫛田神社を抜けて少し行ったところで、私は眼前の風景に打たれた。一軒の古びた和風の旅館が、街灯に照らされ青白く浮かびあがっていた。レトロな風景は、私に何かを強く語りかけていたが、その正体が何なのか、一瞬わからなかった。ふうっと深呼吸をして、ハッとした。その旅館は「振武寮」ができる前、特攻隊の帰還兵が寝泊まりしていた「大盛館」だった。今は「鹿島本館」という屋号になっているが、大貫さんが喜界島から福岡に到着した日に過ごし、特操二期の片山さんも投宿していたことは本文で述べた通りである。

奇遇は続く。

翌日、知人と薬院近くのカフェで会った後、あてもなく近隣地域を歩いていたら、そこに出て来た風景に再びハッとさせられた。九電記念体育館だった。言わずもがなであるが、振武寮があった場所である。

二日連続で特攻隊の施設に巡り合ったことは偶然にしてはできすぎだ。私は、太平洋戦争最末期にこの地で呻吟した大貫健一郎さんのことを瞼に浮かべた。突きつけられた光景は、もう一度しっかりと特攻隊のことを見つめ直せ、という大貫さんからのメッセージだったのかもしれない。

体育館の横の振武寮があったあたりには、高層の高級マンションが建築中で、そこに陸軍特攻隊のなごりはもはや何もなかった。親子連れの満たされた表情に年月の推移を感じさせられた。

一二年前、この地を一緒に歩いた大貫健一郎さんもこの世にもういない。

二〇〇七年一〇月にNHKスペシャル『学徒兵　許されざる帰還～陸軍特攻隊の悲劇～』を放送した後、この本が完成するまで大貫さんと一年半にわたって面会を繰り返し、大貫さんの体験を細部に至るまで聞きこんだ。八六歳の大貫さんの記憶力は、年月の経過を全く感じさせない鮮明で詳細なものだった。戦争という圧倒的な暴力と、それに伴う理不尽な数々の出来事、そして仲間たちの無念。それらを絶対に風化させてはいけないというパトスによって大貫さんの記憶は貫かれていた。その頃、娘の妙子さんに会うと「今、父を生かしているのは、この本で特攻隊の真相を残そうという気持ちだと思います」と教えてくれたのが印象的だった。大貫さんの怒りの深さに、毎回インタビューが終わるとぐったりと虚脱に陥ったことは忘れることができない。私にとって貴重な時間だった。

そうして二〇〇九年七月に単行本が出た。しかし、その後の大貫さんは一気に弱っていった。精神的にも肉体的にも強靭だった大貫さんは、寝込むことが多くなり、近くに立ち寄った際に連絡しても面会は叶わなかった。

そして二〇一二年、大貫さんはこの世を去った。この本が大貫さんの最後のメッセージとなった。

剛毅なひとだった。それでいて、つねに深い内省を自らに課した修行僧のようなひとでもあった。

とことん語りあった幾晩かがある。中洲と屋台をはしごして痛飲しながら聞いた不時着後の喜界島での奇譚、鎌倉の宿で聞いた特攻作戦への怒りなど、思い出は尽きない。

とりわけ忘れられないのが、三重県の温泉宿での一夜である。

二〇〇七年の初夏、大貫さんが戦争末期にいた三重県菰野飛行場の跡地を訪ねたあと、投宿したのは、湯の山温泉という温泉宿だった。何気なく番組スタッフが選んだ宿だったのだが、そこに近づいた時、大貫さんはとても驚いていた。そこは振武寮を出た大貫さんが、菰野飛行場で伊勢湾上陸部隊に対する特攻を命じられ、明日もわからぬ悶々とした日々を送っていたときに、仲間とともに度々訪れた温泉宿そのものだったのだ。

その夜、大貫さんと部屋で酒を酌み交わしたのだが、彼は思い詰めたような表情でこう語った。

「死んだらね、無なんですよ。死後の世界なんてあるわけはありません。霊魂なんてない。極楽も地獄もない。ただただ闇の中」

言葉を区切って、ちょっとうつむき、こう続けた。

「思えば、俺はね、六〇年以上前に、闇の中にいないといけなかったんですよ。だから戦後は、生きていても、生きていないような気がしていましたね」

若きころに強制的に死と向き合わされて以来、戦後もそのことを考え続けてきたひとの重い言葉に、なにひとつ言葉を返すことなどできなかった。

振りかえってみると、番組の取材、そして本の執筆のために、大貫さんを含め五人の元陸軍特攻隊員に取材をしたのだが、全員が今は鬼籍に入った。各人各様ながらも長い戦後だったと思う。「振武寮」の存在そのものを私に教え、貴重な資料を提供してくれた記録作家・林えいだいさんもこの世を去った。心からご冥福をお祈りします。貴重な話の数々は、私の胸にしっかりと刻み込まれた。大貫さんたちがもはやこの世にいないからこそ、心の奥底からしぼり出された叫びをしっかりと嚙み締め直し、次の世代に継いでいかないといけないと強く思う。

大貫さんの死後、私はどのように特攻隊の取材を進めていいのか、混迷に陥っていた。もはや、特攻隊のことを直に知る人などいないだろうと信じ込んでいた。そのような中、作家の鴻上尚史さんが手がけた『不死身の特攻兵　軍神はなぜ上官に反抗したか』(講談社現代新書)に出会った。

頭を打たれたような衝撃だった。

鴻上さんは、本書がきっかけで、ある特攻兵に興味をもったという。陸軍特攻隊の第一陣としてフィリピンの海を飛んだ佐々木友次さんだ。佐々木さんは、九度特攻に飛び立ち、死ぬことなく、帰還したことで知られるが、その佐々木さんを鴻上さんは、数年がかりで探し出したのである。

佐々木さんが存命であることなど想像もしていなかった。諦めることなく佐々木さんの所在を突き止め、最後のインタビューを敢行した鴻上さんの執念にも似た熱意にただただ敬服と感謝の気持ちでいっぱいである。

また、鴻上さんの本を通して、本書の存在に気づいた朝日新聞出版の上坊真果さんには、文庫版出版に向け、いろいろと奔走していただいた。人の縁がこのような奇遇でできあがっていくことに感動をおぼえている。

九州のとある温泉でこの文を書いている。夜、近くの川に赴くと、蛍が飛びかっていた。暗闇の中に明滅する蛍の飛来を見ているうちに、特攻服姿の若き大貫さんの表情が浮かんだ。スーッと飛んで行き、時に光を放つ命。大貫さんは、死は「闇の中」と言っていたが、私は蛍のように、闇の中にも光があるのでないかと思った。あってほしいと思った。

二〇一八年六月

主要参考文献

■各種資料

『戦史叢書』全一〇二巻　防衛庁防衛研修所戦史室（朝雲新聞社、一九六六年〜一九八〇年）
「菅原道大日誌」（『偕交』一九九四年一二月号〜一九九六年六月号）
「特攻作戦の指揮に任じたる軍司令官としての回想」菅原道大（防衛研究所所蔵、一九六九年）
「沖縄陸軍特攻における『生』への一考察　福岡振武寮の問題を中心に」加藤拓（『史苑』文教大学史学会編、二〇〇七年）
「解析文書　ウルトラ」米国国立公文書館所蔵
「靖部隊編成表」第六航空軍司令部
「陸軍航空の鎮魂」航空碑奉賛会　一九七八年
「続　陸軍航空の鎮魂」航空碑奉賛会　一九八二年
「特操一期生史」特操一期生会事務局
「特操一期生会報」特操一期生会事務局
「特操一期生写真集」特操一期生会事務局
「特操二期生会報」特操二期生会事務局
「学鷲の記録―積乱雲」特操二期生会事務局

■一般図書

『陸軍航空特別攻撃隊史』生田惇（ビジネス社、一九七七年）

『神風特別攻撃隊』猪口力平、中島正（日本出版協同、一九五一年）
『ドキュメント神風　特攻作戦の全貌』デニス・ウォーナー、ペギー・ウォーナー、妹尾作太男訳（時事通信社、一九八二年）
『幻の大戦果　大本営発表の真相』辻泰明、ＮＨＫ取材班（日本放送出版協会、二〇〇二年）
『岩波講座アジア・太平洋戦争5　戦場の諸相』吉田裕他（岩波書店、二〇〇六年）
『アジア・太平洋戦争』吉田裕、森茂樹（吉川弘文館、二〇〇七年）
『陸軍特別攻撃隊』上下巻　高木俊朗（文藝春秋、一九七四年・一九七五年）
『特別攻撃隊』特攻隊慰霊顕彰会編（特攻隊慰霊顕彰会、一九九〇年）
『特攻　外道の統率と人間の条件』森本忠夫（文藝春秋、一九九二年）
『「特攻」と日本人』保阪正康（講談社、二〇〇五年）
『修羅の翼　零戦特攻隊員の真情』角田和男（今日の話題社、一九八九年）
『特攻の真実　命令と献身と遺族の心』深堀道義（原書房、二〇〇一年）
『特攻の総括　眠れ眠れ母の胸に』深堀道義（原書房、二〇〇四年）
『特攻作戦　大空に散った青春　若者たちの熱き思い』別冊歴史読本第三二巻第一六号（新人物往来社、二〇〇七年）
『日本軍戦闘機』別冊歴史読本第八一号戦記シリーズ五五号（新人物往来社、二〇〇一年）
『日本軍用機写真集』（文林堂、一九九〇年）
『日本陸軍航空秘話』田中耕二、河内山譲、生田惇編（原書房、一九八一年）
『写真集　カミカゼ　陸・海軍特別攻撃隊』上下巻（ベストセラーズ、一九九六年・一九九七年）
『あゝ神風特攻隊』安延多計夫（光人社、一九七七年）

『戦藻録』宇垣纏（原書房、一九六八年）
『知覧』高木俊朗（朝日新聞社、一九六五年）
『玉砕戦と特別攻撃隊』別冊歴史読本第四三号戦記シリーズ三九号（新人物往来社、一九九七年）
『特別攻撃隊の記録』陸軍編、海軍編　押尾一彦（光人社、二〇〇五年）
『魂魄の記録　旧陸軍特別攻撃隊知覧基地』（知覧特攻平和会館管理組合・知覧特攻慰霊顕彰会、二〇〇五年）
『第二次大戦米国海軍作戦年誌一九三九―一九四五』米国海軍省戦史部編、史料調査会訳（出版協同社、一九五六年）
『特攻の町　知覧　最前線基地を彩った日本人の生と死』佐藤早苗（光人社、一九九七年）
『陸軍特攻・振武寮　生還者の収容施設』林えいだい（東方出版、二〇〇七年）
『昭和は遠く　生き残った特攻隊員の遺書』松浦喜一（径書房、一九九四年）
『図説　特攻　太平洋戦争の戦場』森山康平（河出書房新社、二〇〇三年）
『特攻長官・大西瀧治郎』生出寿（徳間書店、一九八四年）
『大本営陸軍部　上奏関係資料』山田朗、松野誠也（現代史料出版、二〇〇五年）
『大本営陸軍部戦争指導班　機密戦争日誌』下巻　軍事史学会編（錦正社、一九九八年）
『日本の暗号を解読せよ　日米暗号戦史』ロナルド・ルウィン、白須英子訳（草思社、一九八八年）
『戦略・戦術でわかる太平洋戦争　太平洋の激闘を日米の戦略・戦術から検証する』太平洋戦争研究会編著（日本文芸社、二〇〇二年）
『レイテ戦記』大岡昇平（中公文庫、一九七四年）

■新聞・雑誌記事

「39年目の墓参」（『読売新聞』一九八三年八月三日〜一五日）
「振武寮　隠された特攻隊員」（『西日本新聞』一九九三年八月一一日〜一五日）
「特攻の記録」（『丸エキストラ別冊』一九九八年七月、潮書房）

謝辞

刊行にあたり多くの方々の、ご支援ご協力をいただいた。

第二二振武隊隊員だった岡山の歯科医・島津等君には、たいへんお世話になった。島津君は病に倒れていると聞き、いずれは後先と思いながらも心配でならない。特操では二期生の京都の片山啓二君が他界された。私たちが建立した「特操之碑」(京都護國神社境内)護持のために結成した「近畿特操会」事務局長としての骨折りに対し、感謝の意を表するとともに心よりのご冥福をお祈りする。

陸上自衛隊明野駐屯地航空学校広報課の小川満氏、三重県菰野町郷土資料館長佐々木一氏、知覧特攻平和会館の松元淳郎氏には、それぞれ現地を訪問した際に、懇切なご案内を受け、明野でも知覧でも、それぞれ感無量の思いだった。ここにご紹介できなかった皆様を含め、心より感謝を申しあげる。

大貫健一郎

陸軍航空特攻隊の取材は、筑豊の田川に住む作家林えいだい氏から振武寮の存在を教わったことに始まる。さらに、陸軍航空特攻隊生存者の紹介を受け、倉澤清忠少佐のインタビューテープや、第六航空軍の編成表などの資料の提供も受けた。林氏の寛大な力添えなしには、番組も本書も誕生しえなかっただろう。

菅原道大中将の次男深堀道義さんにも多大な協力をいただいた。倉澤清忠少佐のご遺族も同様である。陸軍特攻隊の成立については戦史研究家生田惇氏と森山康平氏から、振武寮については立教大学大学院で史学研究をしていた加藤拓氏から助言をいただいた。偕行社・大東信祐氏には資料提供のみならず数限りない助言を受けた。番組制作にあたっても多くのスタッフに支えられた。すべての関係者の皆様、どうもありがとうございました。

渡辺　考

解説

鴻上尚史

『不死身の特攻兵　軍神はなぜ上官に反抗したか』（講談社現代新書）という本を書きました。九回出撃して、九回生還した陸軍一回目の特攻隊員、佐々木友次さんに関する本でした。

じつは、佐々木さんという存在を教えてくれたのが、この『特攻隊振武寮』でした。この本の中の「ところで佐々木だが、その出撃はトータルで八度に及び、周囲が死に追い立てるのをあざ笑うかの如く、ことごとく生還している」という文章に衝撃を受けた所から、僕の佐々木友次さんに対する旅は始まったのです。ですから、この本を読んでいなければ、『不死身の特攻兵』も生まれませんでした。佐々木さんの存在を教えて下さった著者の渡辺考さんには、感謝しかありません。

二〇〇九年に出版されたこの本を手に取ったのは、特攻に出撃し、帰ってきた隊員を軟禁する『振武寮』という理不尽そのものの存在に衝撃を受けたからです。

僕は子供の頃から、特攻隊に特に関心がありました。理解したいのにできない、という理由が大きかったと思います。どうしてそんな戦術を取らなければいけなかったのか。なぜ、終戦まで続いたのか。本当に「微笑みながら突入」したのか。分からないこと、知りたいことは山ほどありました。

特攻関係の本はとてもたくさん出版されています。僕と同じように「特攻とはなんだったのか?」ということを知りたい人が多いのだと思います。

多すぎてどれを読めばいいのか迷うほどですが、『振武寮』の存在は特攻の理不尽さを別な角度から照射したものだと思います。

もう一人の著者の大貫健一郎さんが大貫妙子さんのお父様だったことで、この本はより身近な存在になりました。大貫妙子さんとは、テレビの仕事で何度か共演しました。ライブにも行きました。大貫健一郎さんの体験が、より切実なものとして僕に迫りました。

今回、文庫化にあたり再読してみると、九回生還した佐々木友次さんと、大貫さんの発言や行動、気持ちに似た部分が多いことに気付きました。

「死ぬことが運命ならば、生き残ることも運命ではなかろうか――」

この本の冒頭の大貫さんの言葉です。これは、佐々木さんの「(生きて帰って来れたのは)寿命としか考えられない」という言葉に対応すると思います。

人は自分を超えた圧倒的に大きなものに翻弄された時には、時代とか運命とか寿命とかを考えるようになるのではないか。そう思わなければ、多くの仲間が死んで、自分が生きていることに説明がつかない。あまりにも小さな偶然や出来事が、死と生を簡単に分けるという残酷な現実を知れば知るほど、無力感に抗えなくなる。そういうことかもしれません。

操縦士であることの感想も似ています。

激しい訓練や屈辱的な扱いを受けても、辞める奴は一人もいなかった。「大空をかけめぐる爽快感は他の何物にも代えがたく、戦闘機を自由自在に操縦できるようになったときは、ああ男に生まれてよかったと思いました」と大貫さんは書きました。

佐々木さんは言います。「なにせ、空へ浮かんでれば何でもいいんでね」「戦場に行くのが恐ろしいとかあんまり思ったことないですよ。飛んでいればいいんです」

お二人とも、本当に空を飛ぶことが好きなんだなと感じます。そして、空に上がれば、どんなに激しい軍隊のいじめも階級的重圧からも解放される。

パイロットは技術職であり、プライドを持つ存在だったのだと分かります。

そんな人達にある日、体当たりの命令が来る。その時の反応も似ています。

大貫さんは書きます。

「みな一様に青ざめた。冗談じゃない、そんなことできるわけないじゃないか。俺たちは戦闘機乗りを志願したわけで、戦わないで突っこんでいくなんてとんでもない」

佐々木さんもまた「いや話にならんですよ。動揺して」と僕に語りました。一カ月の間に何人もの殉職者を出しながら、死に物狂いで急降下爆撃の訓練を続けているパイロット達に、突然、体当たりの命令を出す。それは、彼らの技術の否定であり、プライドの否定であり、存在そのものの否定でした。

大貫さんと佐々木さんの違いは、所属した部隊の隊長が喪服に倣って黒マフラーをつけたか、「我々は爆弾を落とす。体当たりはしない」と宣言するかでした。

また、大貫さんは一応、「志願」の形になっています。ほとんど、暗黙の空気としての「命令」ですが、形としては一応、「志願」です。戦後、指導部が強弁し続けた内実のない「志願」です。

佐々木さんの場合、はっきりとした「命令」でした。

飛行時間は佐々木さんの方が何倍か多いようです。結果、佐々木さんは実戦での急降下爆撃の難しさを経験します。そして大貫さんは、特攻が指導部が思っているほど簡単なことではないと気付きます。

爆弾を落としても当たりにくいから、直接体当たりしようというのは、「航空の実際を知らないか、よくよく思慮の足らんやつだ」と、佐々木さんの上官、岩本隊長は言い放ちました。

作戦の理不尽さに怒り、呆れたのは二人とも同じです。自国の島に不時着した場合でも、飛行機を燃やし、自決せよという命令を本気で言うことの理不尽さと愚かしさ。

生還するたびに、佐々木さんが浴びた「次は必ず死んでこい！」「どんな船でもいいから体当たりしろ！」という命令の理不尽さや愚かしさと同じです。

命令した上官が「最後の一機で必ず私はおまえたちの後を追う」と言いながら、戦後も生き延びたのも、お二人とも同じです。

大貫さんにこの言葉を言った司令官は九五歳まで、佐々木さんの司令官は六八歳まで生きました。

特攻に出発する時に、充分な掩護も戦果確認もなかったのも同じです。「精神一到すれば何事か成らざらん」という精神論で大貫さんは押し切られましたが、佐々木さんもたった一機での特攻を求められました。

大貫さんと佐々木さんが同じだと書いていますが、じつは、多くの特攻隊員はみんな同じだったということです。佐々木さんの方が一九四四年の一一月から一二月、大貫さんは一九四五年の四月ですから、状況は大貫さんの方が悪化していますが、ごく初期を除けば、特攻の実際は悪化しながらも、とても似ているのです。

掩護機や戦果確認機を出す余裕はどんどんなくなり、出せたとしてもほんの数機、百機単位で波状攻撃して来るアメリカ軍機にはなんの意味もない編成でした。

そして、後半、『振武寮』に入れられる大貫さんと、九回も特攻を繰り返しフィリピンの山奥に逃げ込む佐々木さんの運命ははっきりと分かれます。

『振武寮』の倉澤清忠少佐の存在は凄まじいの一言です。戦後、復讐を恐れて八〇歳まで拳銃を持っていたという記述には唸りました。本人が自分のしたことの意味を知り、どんなに怯えていたのか分かります。

同時に、インタビューのあけすけな語りに、これまた唸ります。「十二、三歳から軍隊に入ってきているからマインドコントロール、洗脳しやすいわけですよ」を始めとした発言に衝撃を受けます。

この本は、大貫さんの「特攻隊員に選ばれて、不時着するまで」と「『振武寮』に入れられた顚末とそこでの生活」、そして、もう一人の著者、渡辺考さんの丁寧な「特攻隊の歴史と実態」の三つの大切な部分によって構成されています。

大貫さんは、「私は自分が特攻であるということは、周囲の親しい者を除いては誰にも語りませんでした」と書かれています。

じつは、佐々木さんもずっと語ってきませんでした。若い頃に一度、長いインタビューに答えた以外は、話して欲しいという依頼をずっと断ってきたのです。

けれど、ある時期、それはたぶん自分の寿命としての人生を意識し始めた時に、自分の歴史を語り始めました。

大貫さんは二〇一二年に、佐々木さんは二〇一五年にお亡くなりになりました。よくぞ言葉を残してくれたと思います。

大貫さんや佐々木さんの言葉をしっかりと受け止め、未来の人達に渡すことが、今を生きる日本人の責任のような気が僕はしています。

（こうかみ　しょうじ／作家・演出家）

特攻隊振武寮《とつこうたいしんぶりよう》　帰還兵《きかんへい》は地獄《じごく》を見《み》た　朝日文庫

2018年８月30日　第１刷発行
2025年７月30日　第２刷発行

著　者　大貫健一郎《おおぬきけんいちろう》・渡辺《わたなべ》　考《こう》

発行者　宇都宮健太朗
発行所　朝日新聞出版
〒104-8011　東京都中央区築地5-3-2
電話　03-5541-8832（編集）
03-5540-7793（販売）

印刷製本　株式会社 DNP 出版プロダクツ

Published in Japan by Asahi Shimbun Publications Inc.
定価はカバーに表示してあります

ISBN978-4-02-261940-2
落丁·乱丁の場合は弊社業務部（電話03-5540-7800）へご連絡ください。
送料弊社負担にてお取り替えいたします。